La invitación

LA INVITACIÓN

Vi **Keeland**

TRADUCCIÓN DE
**Tamara Arteaga y
Yuliss M. Priego**

CHIC

Primera edición: febrero de 2022
Título original: *The Invitation*

© Vi Keeland, 2021
© de esta traducción, Tamara Arteaga y Yuliss M. Priego, 2022
© de esta edición, Futurbox Project S. L., 2022
Todos los derechos reservados.
Los derechos morales de la autora han sido reconocidos.

Diseño de cubierta: Taller de los Libros
Modelo de cubierta: Nick Bateman
Fotógrafo: Tamer Yilmaz

Publicado por Chic Editorial
C/ Aragó, n.º 287, 2.º 1.ª
08009, Barcelona
www.chiceditorial.com
chic@chiceditorial.com

ISBN: 978-84-17972-67-7
THEMA: FRD
Depósito Legal: B 2397-2022
Preimpresión: Taller de los Libros
Impresión y encuadernación: Liberdúplex
Impreso en España — *Printed in Spain*

Capítulo 1

Stella

—No puedo hacerlo… —Me detuve en mitad de las escaleras de mármol.

Fisher se paró unos cuantos pasos por delante y bajó los escalones para regresar junto a mí.

—Claro que sí. ¿Te acuerdas de cuando tuviste que hacer una presentación sobre tu presidente favorito en sexto? Estabas hecha un flan. Creías que te quedarías en blanco ahí mismo mientras todos te miraban.

—Sí, ¿y qué?

—Bueno, pues esto es lo mismo. Al final lo hiciste, ¿verdad?

Fisher había perdido la cabeza.

—Aquel día todos mis miedos se hicieron realidad. Salí a la pizarra y empecé a sudar. No recordaba absolutamente nada de lo que había escrito. Todos se quedaron mirándome y encima tú me acosaste con preguntas.

Fisher asintió.

—Exacto. Tu mayor miedo se hizo realidad y, aun así, seguiste adelante. De hecho, ese día terminó siendo el mejor de tu vida.

Negué con la cabeza, perpleja.

—¿Y eso por qué?

—Esa fue la primera vez que coincidimos en la misma clase. Creía que eras otra niñita pesada como las demás. Pero después de clase, me increpaste por burlarme de ti mientras intentabas exponer. Eso me hizo ver que eras diferente. Y ese mismo día decidí que nos convertiríamos en mejores amigos.

Sacudí la cabeza.

—No volví a dirigirte la palabra durante ese año.

Fisher se encogió de hombros.

—Sí, pero te convencí al año siguiente, ¿no? Y ahora mismo estás un poquito más tranquila que hace dos minutos, ¿verdad?

Suspiré.

—Supongo.

Me ofreció un brazo.

—¿Entramos?

Tragué saliva. A pesar de lo aterrorizada que me sentía por lo que estaba a punto de hacer, me moría de ganas por ver cómo habían decorado la biblioteca para la boda. Me había pasado incontables horas sentada en esos escalones, preguntándome cómo sería la vida de los viandantes.

Fisher, vestido de esmoquin, esperó paciente con el codo flexionado mientras me debatía unos instantes más. Por fin, con otro suspiro profundo, acepté su brazo.

—Si terminamos en la cárcel, vas a tener que conseguir tú el dinero de la fianza para ambos. Yo estoy más que tiesa.

Me dedicó esa sonrisa suya de estrella de cine.

—Hecho.

Conforme subíamos los escalones restantes hasta las puertas de la Biblioteca Pública de Nueva York, repasé todos los detalles que habíamos preparado en el Uber de camino. Nuestros nombres para la velada serían Evelyn Whitley y Maximilian Reynard. Max era agente inmobiliario (su familia era dueña de Reynard Properties) y yo había estudiado el Máster en Administración de Empresas en Wharton y había vuelto hacía poco a la ciudad. Ambos vivíamos en el Upper East Side; al menos eso sí era cierto.

Había dos camareros vestidos de uniforme y con guantes blancos apostados junto a las altísimas puertas de la entrada.

Uno sostenía una bandeja llena de copas de champán y el otro, un portapapeles. Aunque mis piernas siguieron moviéndose, el corazón parecía intentar escaparse del pecho para huir en dirección contraria.

—Buenas tardes. —El camarero con el portapapeles inclinó la cabeza—. ¿Me dicen sus nombres, por favor?

Fisher ni siquiera se inmutó cuando soltó la primera de las muchas mentiras que diríamos esa noche.

El hombre, que tenía un pendiente en la oreja, comprobó la lista y asintió. Extendió un brazo para invitarnos a entrar y su compañero nos ofreció una copa de champán a cada uno.

—Bienvenidos. La ceremonia tendrá lugar en la rotonda. Los asientos para la novia están a su izquierda.

—Gracias —respondió Fisher. En cuanto estuvimos algo lejos de ellos, se acercó a mí—. ¿Ves? Estaba chupado. —Dio un sorbo a su copa—. Mmm, está buenísimo.

No sabía cómo podía estar tan tranquilo. Pero bueno, tampoco me entraba en la cabeza cómo había conseguido convencerme para esta locura. Hace dos meses, cuando volví a casa de trabajar, me encontré a Fisher, que también era mi vecino, saqueando las sobras que tenía en la nevera: algo habitual. Mientras se zampaba un plato de pollo a la milanesa de hacía dos días, me senté a la mesa de la cocina y revisé el correo electrónico y tomé una copa de vino. Charlando, abrí un sobre enorme sin leer siquiera la dirección que aparecía en el destinatario. Dentro había una invitación de boda preciosísima: blanca y negra, con relieve y laminada en oro. Era una obra de arte. Y la boda se celebraba ni más ni menos que en la Biblioteca Pública de Nueva York, justo al lado de mi antigua oficina y en cuyas icónicas escaleras a menudo me sentaba a almorzar. Llevaba sin pasarme al menos un año, así que me apetecía muchísimo asistir a una boda allí.

Aunque, para ser sincera, no tenía ni idea de quiénes eran los novios (¿un familiar lejano, tal vez?); los nombres no me sonaban lo más mínimo. Cuando le di la vuelta al sobre, entendí por qué. Había abierto la correspondencia de mi antigua compañera de piso. Uf. Vaya por Dios. No era a mí a quien habían invitado a aquella boda de ensueño en uno de mis lugares favoritos del mundo.

Pero, tras un par de copas de vino, Fisher me convenció de que quien debería ir era yo, no Evelyn. Me dijo que era lo mínimo que la muy ladrona de mi compañera podía hacer por mí. Al fin y al cabo, se había marchado a hurtadillas en mitad de la noche con mis zapatos favoritos y el banco me había devuelto el cheque que me había dado para pagar los dos meses de alquiler que me debía. Merecía mucho más que ella asistir a una boda elegante donde cada plato bien podría costar mil dólares. Sabía Dios que ninguno de mis amigos se iba a casar nunca en un lugar como ese. Para cuando nos fundimos la segunda botella de merlot, Fisher ya había decidido que suplantaríamos a Evelyn y pasaríamos una noche divertida y estupenda por cortesía de la impresentable de mi antigua compañera. Fisher hasta rellenó la tarjeta de respuesta con los dos nombres de las personas que asistirían antes de guardársela en el bolsillo trasero del pantalón para enviarla al día siguiente.

Yo, en realidad, me había olvidado de los planes que habíamos hecho en plena borrachera hasta hace dos semanas, cuando Fisher vino a casa con un esmoquin que le había pedido prestado a un amigo para asistir a la ceremonia. Yo me opuse y le dije que no iba a colarme en ninguna boda cara de gente a la que ni siquiera conocía y él hizo lo de siempre: me convenció de que la mala idea realmente no lo era tanto.

Hasta ahora. Me encontraba en mitad del inmenso recibidor de una boda que probablemente costara doscientos mil dólares con la sensación de que me iba a hacer pis encima.

—Bébete el champán —me ordenó Fisher—. Te ayudará a relajarte un poquito y te dará mejor color a la cara. Estás igual que en la presentación sobre por qué te gusta tanto John Quincy Adams.

Entrecerré los ojos, aunque él esbozó una sonrisa, decidido. Estaba segura de que nada de lo que hiciera serviría para tranquilizarme. Pero, aun así, apuré el contenido de mi copa.

Como si nada, Fisher enterró una mano en el bolsillo del pantalón y paseó la mirada con la cabeza bien alta, como si no temiera nada en el mundo.

—Llevo mucho tiempo sin ver a mi vieja amiga, la Stella fiestera —dijo—. ¿Sería posible que apareciera esta noche?

Le tendí la copa de champán vacía.

—Cállate y tráeme otra copa antes de que salga por patas.

Se rio entre dientes.

—Como desees, *Evelyn*. Tú siéntate e intenta no jodernos la tapadera antes de que podamos ver siquiera a la preciosa novia.

—¿Preciosa? Ni siquiera sé qué aspecto tiene.

—Todas las novias son preciosas. Por eso llevan velo: para que no se pueda ver la fealdad y todo sea mágico en su día especial.

—Qué romántico.

Fisher guiñó el ojo.

—No todos pueden ser tan guapos como yo.

Tres copas de champán me ayudaron a calmarme lo suficiente como para aguantar sentada toda la ceremonia. Y a la novia claramente no le hacía falta velo. Olivia Rothschild (o Olivia Royce, como se llamaría a partir de ahora) era guapísima. Se me saltaron las lágrimas cuando vi al novio pronunciar sus votos. Era una pena que la feliz pareja no fuesen amigos míos de verdad, porque uno de los padrinos era increíblemente atractivo. Puede que hubiese fantaseado con que Livi (así la llamaba en mi cabeza) me juntara con el colega de su nuevo marido pero, por desgracia, lo de esta noche era una farsa, no un cuento protagonizado por Cenicienta.

Sirvieron los cócteles en una sala preciosa en la que nunca había estado. Examiné la obra de arte del techo mientras aguardaba en la barra a que me trajeran la copa. Fisher me había dicho que necesitaba ir al baño, pero tenía la sensación de que se había escaqueado para hablar con el guapísimo camarero que no le había quitado el ojo de encima desde que habíamos entrado.

—Aquí tiene, señorita. —El barman me tendió una bebida.

—Gracias. —Miré rauda a mi alrededor para ver si alguien me estaba prestando atención antes de hundir la nariz en la copa para oler el líquido. «Desde luego, no es lo que he pedido».

—Esto… Disculpe. ¿Es posible que me haya servido ginebra Beefeater y no Hendricks?

El barman frunció el ceño.

—Diría que no.

Olisqueé el líquido por segunda vez, ahora segura de que se había equivocado.

La voz de un hombre a mi izquierda me pilló desprevenida.

—¿Ni lo ha probado siquiera y dice que le ha echado otra marca de ginebra?

Sonreí con educación.

—La ginebra de la marca Beefeater se hace con enebro, piel de naranja, almendra amarga y mezcla de tés, que es lo que le da el sabor a licor. La de Hendricks se hace con enebro, rosa y pepino. Cada uno desprende un olor diferente.

—¿Lo bebe solo o con hielo?

—Ni lo uno ni lo otro. Es un gin martini, así que lleva vermut.

—¿Pero se cree capaz de oler que le ha servido la ginebra equivocada sin probarla siquiera? —La voz del tipo dejaba claro que no creía que pudiera.

—Tengo muy buen sentido del olfato.

El hombre miró por encima de mi hombro.

—Eh, Hudson, te apuesto cien pavos a que no es capaz de diferenciar las dos ginebras ni aunque estén la una al lado de la otra.

La voz del segundo hombre provino de la derecha, prácticamente a mi espalda. Era grave y, aun así, aterciopelada y suave, como la ginebra que el barman tendría que haber usado para servirme la copa.

—Que sean doscientos.

Cuando me giré para mirar al hombre dispuesto a apostar a favor de mis habilidades, sentí que se me abrían mucho los ojos.

«Vaya…». El padrino atractivo. Me lo había quedado mirando durante la mayor parte de la ceremonia. Ya era guapo desde lejos, pero de cerca era tan impresionante que hasta sentí mariposas en el estómago. Tenía el cabello oscuro, la piel bronceada, un mentón perfecto y unos labios gruesos y exquisitos. Su peinado (engominado y con la raya a un lado) me recordó a las estrellas de cine clásico. En lo que no había podido reparar en la ceremonia desde la última fila era en la intensidad de sus ojos, azules como el océano, que ahora mismo me estudiaban como si fuese un libro.

Carraspeé.

—¿Va a apostar doscientos dólares a que puedo distinguir las ginebras?

El guaperas dio un paso hacia adelante y mi sentido del olfato se despertó. «Él sí que huele mejor que cualquier ginebra». No sabía con certeza si era su colonia o algún gel de baño, pero fuera lo que fuese, tuve que hacer acopio de toda mi fuerza de voluntad para no inclinarme hacia él y esnifarlo. Su olor era tan sensual como su aspecto. Aquel dúo era mi kriptonita.

—¿Me está diciendo que he apostado mal? —Había un matiz de humor en su voz.

Negué con la cabeza y me giré para hablar con su amigo.

—Voy a seguirle el juego con su pequeña apuesta; yo también apuesto doscientos.

Cuando mis ojos regresaron al hombre atractivo a mi derecha, lo vi arquear muy ligeramente la comisura de la boca.

—Muy bien. —Elevó el mentón en dirección a su amigo—. Dile al barman que sirva un chupito de Beefeater y otro de Hendricks. Que los coloque delante de ella sin decirnos cuál es cada uno.

Un minuto después, levanté el primer chupito y lo olí. Sinceramente, ni siquiera necesitaba oler el otro, pero lo hice de todas formas, solo por si las moscas. «Joder...». Tendría que haber apostado más. Era demasiado fácil, como quitarle caramelos a un bebé. Deslicé hacia adelante uno de los chupitos por la barra y hablé con el barman expectante.

—Este es el de Hendricks.

El barman parecía impresionado.

—Es correcto.

—Mierda. —El tipo que había empezado la apuesta resopló. Hundió la mano en el bolsillo delantero del pantalón, sacó una billetera impresionante y extrajo de ella cuatro billetes de cien dólares. Sacudió la cabeza a la vez que los arrojaba hacia nosotros en la barra—. Para el lunes ya lo habré recuperado.

El hombre atractivo me sonrió y recogió su dinero. En cuanto hice lo mismo, agachó la cabeza para susurrarme al oído:

—Buen trabajo.

«Ay, Dios». Su aliento cálido envió un escalofrío a través de mi cuerpo. Había pasado demasiado tiempo desde la última vez que había tocado a un hombre. Por desgracia, sentía las rodillas un poco como de gelatina, pero me obligué a hacer caso omiso de ellas.

—Gracias.

Rodeándome, alargó el brazo hacia la barra y levantó uno de los chupitos. Se lo llevó a la nariz y lo olió antes de dejarlo en su sitio y pasar al otro.

—Yo no huelo nada diferente.

—Eso es porque su olfato es normal.

—Anda. Y el suyo es... ¿extraordinario?

Sonreí.

—Pues sí, así es.

Parecía divertido cuando me pasó uno de los chupitos y lo sostuvo en el aire para hacer un brindis.

—Por ser extraordinarios —dijo.

Normalmente no me iban los chupitos, pero ¿qué demonios? Choqué mi vasito con el suyo antes de beberlo. Tal vez el alcohol me ayudara a asentar los nervios que este hombre parecía haber despertado de golpe.

Dejé el vasito vacío sobre la barra, junto al suyo.

—Supongo que esto es algo que suelen hacer a menudo, ¿no? Como su amigo ha dicho que lo recuperaría el lunes…

—Nuestras familias son amigas desde que éramos unos críos. Pero las apuestas empezaron cuando fuimos a la misma universidad. Yo soy fan de los Notre Dame, y Jack de los USC. Por aquel entonces estábamos pelados, así que solíamos apostar una pistola eléctrica en los partidos.

—¿Una pistola eléctrica?

—Su padre era policía. Le dio la pistola para que la guardara bajo su asiento en el coche en caso de que la necesitara, pero dudo que se imaginara a su hijo recibiendo descargas de cincuenta mil voltios cada vez que una intercepción hacía perder a su equipo en el último segundo.

Negué con la cabeza.

—Menuda locura.

—No fue de nuestras decisiones más lúcidas, no. Pero al menos yo gané más veces que él. Una lesión cerebral ayudaría a explicar algunas de las decisiones que este tomó en la universidad.

Me reí.

—¿Entonces lo de hoy solo ha sido otra «intercepción» más?

—Básicamente. —Sonrió y extendió la mano—. Me llamo Hudson, por cierto. Puedes tutearme.

—Encantada. Yo soy St… —Justo cuando iba a meter la pata de lleno, me contuve—. Yo soy Evelyn. Y lo mismo digo.

—Entonces, ¿eres aficionada a la ginebra, Evelyn? ¿Es por eso que yo no huelo ninguna diferencia entre las dos?

Sonreí.

—Lo cierto es que no me considero una aficionada a la ginebra, no. De hecho, suelo beber vino. Pero ¿he mencionado en qué trabajo? Soy química de fragancias; vaya, una perfumista.

—¿Haces perfumes?

Asentí.

—Entre otras cosas. Desarrollé aromas para una empresa de cosméticos y fragancias durante seis años. A veces era un perfume nuevo, otras un aroma para toallitas desmaquillantes, o incluso algún cosmético que necesitara un olor más placentero.

—Nunca en mi vida había conocido a una perfumista.

Esbocé una sonrisa.

—¿Es tan emocionante como esperabas?

Se rio entre dientes.

—¿Qué hay que hacer para trabajar de eso?

—Bueno, me gradué en Química. Pero, aunque consigas todos los títulos que quieras, si no sufres de hiperosmia, no podrás llevar a cabo el trabajo.

—Y eso es…

—Un trastorno que aumenta de forma exagerada la sensibilidad hacia los olores; vaya, tener el olfato hiperdesarrollado.

—Entonces, ¿se te da bien oler cosas?

Me reí.

—Exacto.

Mucha gente creía poseer buen sentido del olfato, pero en realidad no entendían lo superdesarrollado que lo tenía alguien con hiperosmia. Demostrarlo siempre era el mejor método. Además, tenía muchas ganas de saber qué colonia usaba. Así que me incliné y olí a Hudson.

—Gel de Dove —dije, soltando el aire.

No parecía del todo convencido.

—Sí, pero lo usa mucha gente.

Sonreí.

—No me has dejado acabar. Dove Cool Moisture. Lleva pepino y té verde, ingredientes que suelen llevar también las ginebras, por cierto. Y usas champú L'Oreal Elvive, como yo.

Huelo el extracto de flor de Tiaré, de rosa canina y el ligero aroma a aceite de coco. Ah, y usas desodorante Irish Spring. De hecho, creo que no llevas colonia.

Hudson arqueó las cejas.

—Vaya, impresionante. Anoche nos tuvimos que quedar en un hotel y se me olvidó meter la colonia en la maleta.

—¿Cuál sueles usar?

—No te lo puedo decir. ¿Qué diversión tendríamos en la segunda cita si no hacemos la prueba del olor?

—¿En la segunda cita? No sabía que estuviéramos en la primera.

Hudson sonrió y me tendió una mano.

—La noche es joven, Evelyn. ¿Bailas?

El nudo en la boca del estómago me advirtió que era mala idea. Se suponía que Fisher y yo íbamos a permanecer juntos y limitar el contacto con otras personas para minimizar la probabilidad de que nos descubrieran. Miré en derredor, pero no vi a mi amigo por ninguna parte. Además, este hombre era de lo más atrayente. Sin saber muy bien cómo, antes de que mi cerebro terminara de debatir todos los pros y los contras, coloqué una mano sobre la suya. Me condujo hacia la pista de baile, me rodeó la cintura con un brazo y empezó a guiarme con el otro. No era sorprendente que supiera bailar.

—Bueno, Evelyn del olfato extraordinario, no te había visto nunca antes. ¿Eres invitada o la acompañante de alguien? —Miró alrededor de la estancia—. ¿Algún tío me está mirando mal ahora mismo por bailar contigo? ¿Voy a tener que ir a por la pistola eléctrica de Jack para protegerme de un novio celoso?

Me reí.

—He venido con alguien, pero solo es un amigo.

—Pobre hombre…

Sonreí. El flirteo de Hudson era excesivo, pero aun así lo recibí de buena gana.

—A Fisher le interesa más el camarero que repartía las copas de champán que yo.

Hudson me acercó un poco más a él.

—Tu acompañante ya me cae mucho mejor que hace treinta segundos.

Se me erizó el vello de los brazos cuando bajó la cabeza y me rozó el cuello brevemente con la nariz.

—Hueles de maravilla. ¿Llevas uno de los perfumes que has elaborado tú?

—Sí. Pero no se puede comprar. Me gusta la idea de tener un perfume propio por el que la gente me recuerde. Mi esencia.

—No creo que te haga falta ningún perfume para que te recuerden.

Me guiaba por la pista de baile con tanta elegancia que me preguntaba si no habría tomado clases de baile profesional. La mayoría de los hombres de su edad pensaban que los bailes lentos solo eran balancearse hacia adelante y hacia atrás mientras te restregaban el paquete.

—Bailas muy bien —admití.

Hudson respondió haciéndonos girar:

—Mi madre era bailarina profesional de bailes de salón. Si quería comer, aprender no era una opción, sino una obligación.

Me reí.

—Qué guay. ¿Alguna vez has pensado en seguir sus pasos?

—Para nada. Crecí viéndola sufrir de bursitis en la cadera, tener fracturas por estrés, desgarros de ligamentos… No es una profesión tan glamurosa como hacen ver en los concursos de la tele. Tiene que ser tu pasión si quieres trabajar de ello.

—Creo que eso pasa en cualquier trabajo.

—Muy cierto.

La canción tocó a su fin y el maestro de ceremonias ordenó a todo el mundo que tomara asiento.

—¿Dónde estás sentada? —preguntó Hudson.

Señalé el lateral del salón, donde nos habían sentado a Fisher y a mí.

—Por allí. En la mesa dieciséis.

Asintió.

—Te acompaño.

Llegamos a la mesa al mismo tiempo que Fisher, que venía de otra dirección. Nos miró a Hudson y a mí y divisé en su rostro la pregunta que no pronunció en voz alta.

—Esto… este es mi amigo, Fisher. Fisher, él es Hudson.

Hudson extendió la mano.

—Encantado.

Tras estrecharle la mano a un callado Fisher, que parecía haber olvidado cómo hablar, se giró hacia mí y volvió a tomarme de la mano.

—Debería regresar a mi mesa con los demás.

—Vale.

—¿Me reservas un baile para luego?

Sonreí.

—Me encantaría.

Hudson hizo el amago de marcharse, pero algo lo detuvo.

—Por si acaso decides desaparecer como Cenicienta, ¿cuál es tu nombre completo, Evelyn? —dijo conforme retrocedía.

Por suerte, que usara mi nombre falso me recordó que no debía darle el verdadero como casi había hecho la primera vez.

—Whitley.

—¿Whitley?

«Ay, Dios». ¿Conocía a Evelyn?

Me observó fijamente.

—Qué bonito. Te veo luego.

—Eh… Sí, claro.

Cuando Hudson ya no podía oírnos, Fisher se inclinó hacia mí.

—Se supone que mi nombre es Maximilian, cariño.

—Ay, madre, Fisher. Tenemos que irnos.

—Qué va. —Se encogió de hombros—. No pasa nada. A fin de cuentas, nos inventamos ese nombre. Yo soy tu acompañante. Nadie conoce el nombre de la persona que ha traído Evelyn. Aunque sigo queriendo hacer de magnate inmobiliario.

—No, no es por eso.

—¿Entonces?

—Tenemos que irnos porque lo sabe…

Capítulo 2

Stella

Fisher dio un trago a la cerveza.

—Estás paranoica. Ese tío no tiene ni idea. Le he visto la cara cuando has pronunciado el apellido de Evelyn y lo único en lo que se ha fijado es en lo guapa que eres.

Negué con la cabeza.

—No, ha puesto cara rara. Lo he visto.

—¿Cuánto rato has estado hablando con él?

—No sé. Puede que unos quince minutos. Lo he conocido en la barra y luego me ha sacado a bailar.

—¿Te parece el típico tío al que le daría vergüenza preguntarte algo si eso le preocupara?

Lo pensé. En realidad, no. Hudson tenía pinta de ser más atrevido que tímido.

—No, pero…

Fisher me agarró de los hombros.

—Respira hondo.

—Fisher, deberíamos irnos.

El maestro de ceremonias habló otra vez para rogarnos que tomáramos asiento, ya que estaban a punto de servir la cena.

Fisher deslizó mi silla hacia atrás.

—Comamos algo al menos. Si cuando acabemos todavía sigues queriendo marcharte, podemos hacerlo. Pero creo que solo estás siendo paranoica. Ese tío no tiene ni idea.

Mi instinto me decía que nos fuéramos ahora mismo, pero cuando inspeccioné la estancia, me di cuenta de que éramos de los pocos rezagados que quedábamos en pie y la gente nos estaba mirando.

Suspiré.

—Vale. Cenamos y luego nos vamos.

Fisher sonrió.

Hablé en voz baja, consciente de los otros invitados sentados a nuestra mesa y a los que habíamos estado ignorando con tan mala educación:

—A todo esto, ¿dónde estabas?

—Hablando con Noah.

—¿Quién es Noah?

—Un camarero guapo. Va a ser actor.

Puse los ojos en blanco.

—Claro. Se suponía que debíamos permanecer juntos, ¿sabes?

—No parecía que estuvieras muy sola. ¿Quién era el Adonis, por cierto? Sabes que no me gusta que haya hombres más atractivos que yo en tu vida.

Suspiré.

—Estaba buenísimo, ¿verdad?

Fisher se bebió la cerveza.

—Yo me lo follaba.

Ambos nos reímos.

—¿De verdad crees que no se ha dado cuenta de nada? No lo dices por que quieras quedarte, ¿verdad?

—No. Estamos totalmente a salvo.

Sin saber cómo, me relajé un poco durante la cena. Aunque creo que se debió más al camarero (que no dejaba de rellenarme la bebida sin que se lo pidiera) que porque pensara que Fisher tenía razón. No es que ya no creyera que Hudson supiese que éramos unos impostores, sino más bien que el atolondramiento provocado por la ginebra había conseguido que me diera igual si ese era el caso.

Cuando nos retiraron los platos, Fisher me pidió bailar y yo pensé ¿por qué no? No todos los días lograba una bailar con dos hombres guapísimos. Así que fuimos a la pista de baile y nos movimos a ritmo de una canción de pop pegadiza. Luego, cuando la música se ralentizó, Fisher me envolvió entre sus brazos.

A mitad de la canción, nos estábamos riendo en nuestra pequeña burbuja cuando un hombre llamó la atención de mi acompañante con unos golpecitos en el hombro.

—¿Te importa si te la robo?

«Hudson».

Mi corazón empezó a latir desbocado. No supe si fue por la perspectiva de estar de nuevo entre los brazos de aquel hombre atractivo o por miedo a que nos descubriera.

Fisher sonrió y dio un paso hacia atrás.

—Cuida bien de mi chica.

—Eso pretendo.

Lo dijo de una manera que me hizo sentir incómoda. No obstante, Hudson me abrazó y empezó a movernos al compás de la música, tal y como había hecho antes.

—¿Te lo estás pasando bien? —preguntó.

—Mmm… Sí. Este lugar es ideal para una boda. Nunca había estado aquí.

—¿De quién has dicho que eras invitada? ¿De la novia o del novio?

«No lo he dicho».

—De la novia.

—¿Y de qué la conoces?

«Mierda». Levanté la mirada y la boca de Hudson se curvó hasta esbozar lo que parecía una sonrisa, pero no era de las que decían «ja, ja, qué divertido». Era más cínica que jovial.

—Eh… Bueno… Trabajábamos juntas.

—Anda, ¿fue en Inversiones Rothschild?

Quería salir por patas. Quizá Hudson percibiera que iba a hacer justo eso, porque, a menos que fueran imaginaciones mías, sentí que me agarraba con más ahínco. Tragué saliva.

—Sí. Trabajé en Inversiones Rothschild.

Lo único que sabía del efímero trabajo de Evelyn era que había sido recepcionista y que no aguantaba a su jefe. Solía referirse a él como Capullo Integral.

—¿De qué?

La conversación empezaba a parecerse más bien a un interrogatorio.

—De recepcionista.

—¿Recepcionista? Pero creía que eras perfumista.

«Mierda. Cierto». Se me había olvidado la identidad que había asumido cuando había sido sincera sobre mi profesión.

—Esto… Eh… Estoy empezando mi propio negocio y las cosas se retrasaron un poco, así que necesitaba trabajar de algo.

—¿Y qué clase de negocio estás empezando?

Al menos esa parte no era mentira.

—Se llama Mi Esencia. Es una línea de perfumes personalizados que se envían por correo.

—¿Cómo funciona?

—Enviamos veinte muestras de olores para que la persona los califique del uno al diez además de un cuestionario detallado. Según los tipos de olores que prefieran y sus respuestas a la encuesta, creamos un olor exclusivo para ellos. He creado un algoritmo que obtiene la fórmula dependiendo de los datos que recibamos.

Hudson me observó con atención. Era como si tratara de resolver un rompecabezas. Cuando volvió a hablar, su voz sonó más suave.

—Pues no es mala idea en absoluto.

Tal vez fuera el alcohol, que me había desinhibido, pero la sorpresa con la que habló me ofendió muchísimo.

—¿Creías que porque soy rubia no se me iba a ocurrir nada interesante o qué?

Hudson me lanzó lo que sospechaba que podría ser una sonrisa sincera, pero enseguida se esfumó y su expresión volvió a tornarse estoica. Me miró fijamente durante un buen rato y yo contuve la respiración a la espera de que me acusara de ser una impostora.

—¿Puedes venir conmigo un momento? —dijo, por fin.

—¿A dónde?

—Tengo que dar un discurso y esperaba poder tenerte cerca. Tu belleza me dará los ánimos que necesito.

—Ah… claro.

Hudson sonrió, pero de nuevo sentí que pasaba algo raro. Sin embargo, lo que me había pedido no parecía tener gato encerrado, así que cuando me tomó de la mano y me condujo hasta la parte delantera del salón, traté de convencerme a mí misma de que esa sensación rara no era más que paranoia, proveniente de mi mala conciencia.

Habló con el maestro de ceremonias y luego nos encaminamos al lateral de la pista de baile a esperar. Nos hallábamos el uno al lado del otro cuando la canción terminó y el maestro de ceremonias pidió a los invitados que volvieran a tomar asiento.

—Señoras y señores, me gustaría presentarles a una persona muy importante para los recién casados. Es el hermano de nuestra preciosa novia y muy buen amigo de nuestro galante novio. ¡Denle un muy fuerte aplauso al padrino, Hudson!

«Joder. Joder. ¡Es el hermano de la novia!».

«¡Capullo Integral!».

Hudson se inclinó hacia mí.

—Quédate aquí donde pueda verte, preciosa Evelyn.

Asentí y sonreí, aunque realmente tenía ganas de vomitar.

Durante los siguientes diez minutos, Hudson dio un discurso elocuente. Habló de lo aburrida que había sido su hermana de pequeña y lo orgulloso que estaba de la mujer en la que se había convertido. Cuando contó que tanto su padre como su madre habían fallecido, se me cerró la garganta. La admiración por su hermana era evidente y el discurso tuvo partes serias pero también divertidas. Mientras hablaba, suspiré aliviada de que no tuviese nada raro preparado bajo la manga. Era una pena que lo hubiese conocido en estas circunstancias y que me hubiera presentado con un nombre falso, porque Hudson tenía pinta de ser muy buen partido.

Al final del discurso, levantó su copa.

—Por Mason y Olivia. Os deseo amor, salud y riqueza, pero sobre todo que disfrutéis de una larga vida juntos.

Un coro de «salud» resonó por la estancia antes de que todos dieran un sorbo a sus copas y creí que aquel sería el final del discurso. Pero no. En vez de devolverle el micrófono al maestro de ceremonias, Hudson se giró y me miró directamente. La sonrisa malvada que se extendió por su rostro me puso los pelos de punta y no en el buen sentido.

—Ahora —prosiguió—, tengo una sorpresa especial para todos. A la gran amiga de mi hermana, *Evelyn*, le gustaría decir unas palabras.

Abrí los ojos como platos.

Él continuó.

—La historia de cómo se conocieron no tiene desperdicio. Y se muere por compartirla con todos vosotros esta noche.

Hudson se acercó a mí, micrófono en mano. Le brillaban los ojos de diversión, pero mi preocupación ahora se limitaba a no vomitarle encima.

Le hice un gesto con la mano para que se alejara mientras negaba con la cabeza, pero eso solo propició que caminara más rápido.

Habló al micrófono a la vez que me agarraba de la mano.

—Evelyn parece muy nerviosa. Es un poco tímida. —Tiró de mí y yo no tuve más remedio que dar dos pasos reticentes hacia el centro del salón antes de hincar los talones y negarme a avanzar más.

Hudson se rio y levantó el micrófono una vez más.

—Parece que necesita que la animen. ¿Qué me dicen, señoras y señores? ¿Le damos un aplauso a *Evelyn* que la ayude a subir y a decir unas palabras?

La multitud empezó a aplaudir. Quería que me tragase la tierra ahora mismo. Pero cada vez veía más claro que el único modo de salir de esa era lanzarme de cabeza al desastre. Todos me miraban. No había forma de escapar indemne. Ponderé la opción de salir huyendo, pero decidí que era mejor que me persiguieran unas pocas personas que no la sala entera.

Así que respiré hondo, me acerqué a la mesa de invitados más cercana y le pregunté a un hombre mayor si su bebida contenía alcohol. Cuando me respondió que era vodka con hielo, me la llevé a la boca y la apuré entera. Luego me alisé el vestido, cuadré los hombros, levanté el mentón y me encaminé hacia Hudson antes de arrebatarle el micrófono con una mano temblorosa.

Él sonrió con suficiencia y se inclinó para susurrarme al oído:

—Buena suerte, *Evelyn*.

La estancia se quedó en silencio y sentí que el sudor me perlaba la frente y el labio superior. Se me formó un nudo del tamaño de una pelota de golf en la garganta y me empezaron a hormiguear los dedos de las manos y de los pies. Todos me miraban, así que supliqué a mi cerebro que se inventara una historia. Cualquier cosa. Al final se me ocurrió una, aunque tuve que improvisar un poquito. No desentonaba mucho con lo que había tenido que hacer durante toda la velada, así que…

Carraspeé.

—Hola…

Había estado sujetando el micrófono con la mano derecha. Al fijarme en que me temblaba, levanté también la izquierda y la coloqué sobre la otra para evitar el tembleque. Luego respiré hondo.

—Hola. Soy Evelyn. Olivia y yo nos conocimos en preescolar.

Cometí el error de mirar hacia la mesa de los recién casados. La cara de la novia denotaba absoluta confusión, y me observaba mientras le susurraba algo a su marido.

«Será mejor que me dé prisa…».

—Como ya ha dicho Hudson, quería compartir cómo nos conocimos Livi y yo. Acababa de mudarme a la ciudad en pleno año escolar y no tenía muchos amigos. Por aquel entonces era muy tímida. Me ponía roja como un tomate cada vez que era el centro de atención, así que evitaba hablar en clase siempre que podía. Un día, me bebí una botella de agua entera durante el recreo. Tenía muchísimas ganas de ir al baño cuando volvimos al aula, pero el señor Neu, nuestro profesor, ya había empezado la clase y no quería interrumpirlo. Medía como dos metros y daba muchísimo miedo; la mera idea de levantar la mano y que todos los niños se giraran para mirarme cuando pronunciara mi nombre me asustaba un montón, así que me aguanté durante toda la explicación. Pero, madre mía, el hombre no dejaba de hablar.

Miré de nuevo a la novia.

—¿Te acuerdas de que el señor Neu cotorreaba sin parar y nos contaba todos esos chistes malos? ¿Y que solo yo me reía con ellos?

La novia me miraba como si estuviese completamente loca. Razón no le faltaba, estaba claro.

Durante los siguientes cinco minutos, no dejé de parlotear delante de un salón lleno de gente. Les conté cómo salí corriendo al baño cuando el profesor por fin se calló, pero que todos los retretes estaban ocupados y que no logré aguantarme más. Les detallé cómo regresé a clase con los pantalones mojados y que intenté ocultarlo, pero que un niño me vio y gritó: «¡Mirad! ¡La nueva se ha hecho pipí encima!». Me había querido morir en aquel momento, incluso se me habían saltado las lágrimas, hasta que mi amiga vino al rescate. En un acto de coraje que forjaría un vínculo irrompible entre nosotras, Olivia también se meó encima, se puso en pie y les dijo a todos que el césped estaba mojado durante el recreo y que nos habíamos sentado juntas.

Terminé la historia diciendo frente a una sala llena de rostros sonrientes que mi mayor deseo para la feliz pareja era que compartieran el mismo amor y las mismas risas que yo había compartido con la novia durante tantísimos años. Levanté una mano y sostuve una copa imaginaria.

—Un brindis por los novios.

La gente empezó a aplaudir y supe que ese era el momento de salir pitando de allí. Hudson seguía en el lateral y, si no me equivocaba, tal vez estuviera un poquitín orgulloso de mí por no haberme venido abajo. Le brillaban los ojos. Me observó fijamente mientras caminaba hacia él y cuando estampé el micrófono contra su pecho.

Cubrió el micro y sonrió.

—Qué entretenido.

Le mostré mi dentadura perfecta en una sonrisa exageradamente amplia y le indiqué con el dedo que se inclinara hacia adelante.

En cuanto lo hizo, le susurré al oído:

—Eres un cabrón.

Hudson soltó una carcajada mientras yo me alejaba de allí. Ni siquiera eché la vista atrás para ver si me estaba siguiendo. Por suerte, Fisher ya venía hacia mí, así que no tuve que buscarlo antes de salir pitando.

Tenía los ojos abiertos como platos.

—¿Estás borracha? ¿Qué narices ha pasado ahí?

Aferré su brazo y seguí caminando.

—Tenemos que salir de aquí ya. ¿Tienes mi bolso?

—No.

«Mierda». Me planteé dejarlo allí, pero dentro tenía la tarjeta de crédito y mi carné de conducir. Así que giré a la izquierda y fui derecha hacia nuestra mesa. De reojo, vi a Hudson y al novio hablar con el jefe de sala y señalar en nuestra dirección.

—¡Mierda! Hay que darse prisa. —Prácticamente corrí el resto del camino hasta nuestra mesa, cogí el bolso y me giré. Tras dar dos pasos, di media vuelta.

—¿Qué haces? —preguntó Fisher.

Agarré una botella cerrada de Dom Pérignon de nuestra mesa.

—Me la llevo.

Fisher negó con la cabeza y se rio a la vez que nos dirigíamos hacia la puerta. De camino a la entrada, birlábamos botellas de champán de cada mesa junto a la que pasábamos. Muchos invitados no tenían ni idea de qué pasaba, pero nos movíamos tan rápido que ni siquiera tuvieron tiempo de comentar nada. Para cuando alcanzamos la salida, teníamos los brazos llenos de botellas de champán con valor de al menos mil dólares.

Tuvimos suerte de que hubiese varios taxis amarillos parados fuera, esperando a que el semáforo se pusiera en verde. Subimos al primero libre que vimos, Fisher cerró de un portazo y ambos miramos, de rodillas, por la ventanilla de atrás. El jefe de sala y los dos guardias de seguridad que habían estado examinando los carnés de identidad ya habían recorrido la mitad de los escalones de mármol. Hudson se encontraba en la cima, apoyado como si nada contra una de las columnas de mármol y bebiéndose una copa de champán mientras contemplaba nuestra loca huida. La sangre palpitaba con fuerza en mis oídos a medida que alternaba la vista entre el semáforo y los hombres que nos pisaban los talones. Justo cuando alcanzaron el bordillo y bajaron a la calzada, el semáforo cambió a verde.

—¡Acelere! ¡Acelere! —le grité al taxista.

El hombre pisó el acelerador y Fisher y yo permanecimos de rodillas observando por la ventanilla de atrás cómo los hombres se volvían cada vez más pequeños. En cuanto giramos a la derecha en la esquina, me di la vuelta y me derrumbé en el asiento. No terminaba de recuperar el aliento.

—¿Qué narices ha pasado, Stella? Primero te veo bailar con un tío guapísimo que parecía totalmente loco por ti y, de repente, estás contando no sé qué historia frente a un salón lleno de gente. ¿Vas pedo?

—Aunque lo hubiese estado antes, se me habría pasado de golpe.

—¿Qué te ha pasado?

—La cuestión no es qué, sino quién.

—No lo pillo.

—¿Recuerdas el tío bueno con el que estaba hablando?

—Sí.

—Bueno, resulta que sabía que todo… —Un miedo atroz me embargó cuando caí en la cuenta de que no sabía dónde estaba mi teléfono. En medio de un ataque de nervios, abrí el bolso y empecé a sacar cosas. Evidentemente, no estaba dentro, pero tenía que estar allí. Me negaba a aceptar lo que había hecho. Le di la vuelta al bolso y vacié el contenido en mi regazo.

«El móvil».

«¡Joder, no está!».

—¿Qué buscas? —pregunta Fisher.

—Por favor, dime que tienes mi móvil.

Niega con la cabeza.

—¿Por qué debería tenerlo?

—Porque, si no, significa que me lo he dejado en la boda, encima de la mesa…

Capítulo 3

Hudson

—Señor Rothschild, tiene una llamada.

Resoplé y pulsé el interfono.

—¿Quién es?

—Evelyn Whitley.

Dejé el bolígrafo en el escritorio, me recliné en la silla y contesté al teléfono.

—Hola, Evelyn, gracias por llamar.

—No pasa nada. ¿Cómo estás?

«Lo bastante frustrado como para llamar a la insufrible amiga de mi hermana pequeña, a la que no quise dar trabajo, aunque no me quedó otra, y la cual dejó de venir a trabajar hace dos meses tras dimitir sin previo aviso».

—Yo bien, ¿y tú?

—Bastante bien, aunque comparado con Nueva York, en Luisiana hay mucha humedad.

¿Entonces allí era adonde se había ido? Lo cierto era que me daba igual. Además, mantener una conversación banal con Evelyn no formaba parte de mi apretada agenda.

—Le he pedido a mi secretaria que te localice porque quería hablar contigo. Una mujer vino a la boda de Olivia fingiendo ser tú.

—¿En serio? ¿Quién haría algo así?

—Esperaba que me lo dijeras tú.

—Pues no tengo ni idea. Ni siquiera sabía que Liv me había invitado a la boda. No recibí la invitación.

—Mi hermana me comentó que te la mandó más o menos cuando te mudaste. La envió a tu antigua dirección. ¿Te recogía alguien el correo o te lo remitían?

—Recibo casi todo por correo electrónico: la factura del móvil, las de las tarjetas de crédito y esas cosas, así que no pedí que me remitiesen nada. Mi antigua compañera de piso sigue viviendo allí, así que puede que la recibiera ella.

—¿Compartías piso con alguien?

—Sí, con Stella.

—¿Crees que pudo ser Stella?

Evelyn soltó una carcajada.

—Lo dudo. No es de las que se cuelan en las bodas.

—Supongamos que sí. Descríbeme a tu compañera.

—Pelo rubio; medirá metro sesenta y cinco, más o menos; es pálida, con curvas y lleva gafas. Calza un treinta y siete.

El color de pelo, lo de las curvas y la piel encajaban y supuse que podría haberse puesto lentillas. Pero ¿quién narices daba el número de pie en una descripción?

—Por casualidad tu compañera no tendrá la manía de oler cosas, ¿verdad?

—¡Sí! Stella es diseñadora de perfumes para Estée Lauder. O al menos lo era antes de dimitir. Solo fuimos compañeras durante un año, pero se pasaba todo el tiempo oliendo cosas, lo cual me resulta rarísimo. También solía contarme su vida cuando le preguntaba algo y le daba barritas de chocolate a la gente. ¿Cómo has sabido que ol…? ¡Ay, Dios! ¡No me digas que Stella se hizo pasar por mí en la boda!

—Eso parece, sí.

Evelyn rompió a reír.

—No la creía capaz de algo así.

Durante el poco tiempo que había pasado con ella me di cuenta de que, al parecer, la mujer sorprendía a mucha gente. Muchos habrían salido pitando si les hubiera pedido que cogieran el micrófono, pero Stella no. Aunque estuviera hecha un manojo de nervios, se recompuso y se armó de valor. No sabría decir qué me ponía más, si su aspecto, el hecho de que no se amilanara ante aquel reto, o su forma de llamarme cabrón antes de irse.

Habían pasado ocho días desde la boda de mi hermana y seguía sin poder sacarme a esa maldita mujer de la cabeza.

—¿Cómo se apellida Stella? —pregunté.

—Bardot, como la actriz de cine clásico.

—¿No tendrás por casualidad su número de casa?

—Sí, lo tengo en el móvil. Te lo puedo mandar cuando colguemos, si quieres.

—Me vendría bien, sí.

—Vale.

—Gracias por la información, Evelyn.

—¿Quieres que la llame y le diga que tiene que pagar el cubierto o algo?

—No hace falta. De hecho, preferiría que no mencionases esta conversación si hablas con ella.

—Vale, de acuerdo. Como quieras.

—Adiós, Evelyn.

Tras colgar, me froté la barbilla mientras miraba por la ventana.

«Stella Bardot… ¿Qué hago…? ¿Qué hago contigo?».

Abrí el cajón del escritorio y saqué el iPhone que la empresa de *catering* me había enviado. Dijeron que lo habían encontrado en la mesa dieciséis. Ordené a mi secretaria que llamara a todos los que estuvieron sentados a esa mesa, excepto a la mujer misteriosa. Nadie había perdido su móvil, así que estaba bastante seguro de a quién pertenecía. La pregunta era: ¿qué iba a hacer con él?

Helena, mi secretaria, asomó la cabeza en la sala de juntas.

—Señor Rothschild, lamento interrumpirle, pero ha venido alguien a verlo. No tiene ninguna cita programada en la agenda, pero afirma que usted la ha invitado.

Señalé a la gente sentada a la mesa.

—Estoy en mitad de una reunión. Ahora mismo no tengo concertado nada más.

Ella se encogió de hombros.

—Eso suponía. Le diré que está ocupado.

—¿Cómo se llama?

—Stella Bardot.

«Vaya, vaya, vaya…». Cenicienta por fin había venido a recoger su zapato de cristal, ¿eh? Había pasado casi una semana desde que le escribí, así que supuse que la señorita Bardot no tendría los ovarios de venir. Guardaba la antigua dirección de Evelyn en los archivos de la empresa y podría haberle devuelto el móvil si hubiese querido, pero no habría sido divertido. En cambio, le mandé mi tarjeta con un mensaje en el dorso:

«Si quieres recuperar lo que te dejaste, ven y recógelo».

—¿Puedes decirle que estoy ocupado y que, si espera, la veré cuando acabe?

—Por supuesto. —Helena cerró la puerta.

La reunión duró otros cuarenta minutos, pero probablemente debería haber acabado en dos, porque saber lo que me esperaba en el vestíbulo me tenía totalmente distraído. Volví a mi despacho con los documentos de la sala de juntas.

—¿Quiere que haga pasar a la señorita Bardot? —preguntó Helena cuando pasé junto a su mesa.

—Dame cinco minutos y después hazla pasar, por favor.

No sabía qué decir cuando la señorita Cuela-bodas entrara por la puerta. Aunque también era cierto que no era yo quien tenía que dar explicaciones, así que decidí esperar a ver hacia dónde iba la conversación.

Fue una buena decisión, porque en cuanto cruzó el umbral apenas fui capaz de acordarme de cómo me llamaba yo.

Evelyn (o, mejor dicho, Stella) estaba más guapa de lo que recordaba. En la boda llevaba el pelo recogido, pero ahora lo tenía suelto y ondulado, y los mechones rubios enmarcaban su tez blanca. Llevaba unas gafas enormes de pasta dura que le conferían el aspecto de una bibliotecaria y el vestido veraniego azul marino y las bailarinas la hacían parecer más menuda que en la boda.

Mantuve la expresión lo más impasible que pude al tiempo que le indicaba que tomase asiento frente a mí.

Ella se mordió el labio inferior, pero entró en el despacho.

—¿Puedes cerrar la puerta cuando salgas, Helena, por favor? —le pedí a mi secretaria.

Ella asintió.

—Por supuesto.

Stella y yo mantuvimos un duelo de miradas antes de que se sentara al otro lado del escritorio.

—Pensaba que no vendrías a recoger tu zapato de cristal, Cenicienta.

Ella cruzó las piernas y apoyó ambas manos en la rodilla.

—Créeme, si hubiera otra opción, no estaría aquí.

Enarqué una ceja.

—¿Debería tomármelo como un insulto? Tenía ganas de que vinieras a visitarme.

Ella frunció los labios.

—Ya imagino. ¿Qué tipo de humillación me espera hoy? ¿Vas a llamar a tus empleados para burlarte de mí y señalarme con el dedo?

Crispé los labios.

—No pensaba hacer algo así, pero si es lo que te va…

Ella dejó escapar un suspiro.

—Oye, siento lo que hice. Ya le he escrito una disculpa a la novia y he mandado un pequeño regalo a la dirección que había en la invitación. No lo hice con mala intención. Cuando llegó la invitación, la abrí por error, y unas copas de vino después, a mi amigo Fisher y a mí se nos ocurrió colarnos. Estaba cabreada con mi compañera, la persona a la que estaba dirigida la invitación. Se fue sin decirme nada y se llevó un montón de ropa y zapatos míos, y justo ese día me habían devuelto el cheque que me mandó por los dos meses de alquiler que debía.

Hizo una pausa para tomar aire.

—Sé que lo que hice no tiene excusa. Se supone que una boda es un evento íntimo y sagrado para amigos y familiares, pero quiero que sepas que es la primera vez que hago algo así. —Sacudió la cabeza—. Además, no habría asistido si hubiese sido en otro sitio, pero me encanta esa biblioteca. Trabajé a una manzana de allí durante seis años y he comido en esas escaleras no sé cuántas veces. Estaba deseando asistir a un evento dentro.

Me froté la barbilla y la observé. Parecía sincera.

—¿Por qué has tardado tanto en recoger el móvil?

—¿Quieres que te diga la verdad?

—No, prefiero que te inventes una historia como en la boda. Como aquello acabó tan bien…

Ella puso los ojos en blanco y suspiró.

—No pensaba venir. Incluso me compré otro iPhone, pero tengo que pagar el alquiler dentro de poco y estoy sin blanca porque he invertido todo mi dinero en abrir un negocio que ahora se ha retrasado. Tenía catorce días para devolver el teléfono, que es caro de narices, y hoy es el último. No puedo gastarme mil pavos en un móvil nuevo ahora que no comparto piso. Es devolverlo o llamar a mi padre para pedirle dinero. Entre venir aquí y enfrentarme a las consecuencias de la estupidez que he hecho y llamar a mi padre… Pues aquí estoy.

A mi hermana no le había sentado mal lo que había pasado. Estaba preocupada y quiso saber quién era la mujer que había contado una historia falsa de su infancia, pero al explicarle que la había pillado tratando de hacerse pasar por una invitada, Olivia me echó la bronca por ponerla en un apuro en lugar de sacarla de allí discretamente. A decir verdad, hasta yo me había sentido un poco mal al ver cómo Stella palidecía y empezaba a sudar con el micrófono en la mano, pero también me había cabreado. En el fondo, era consciente de que el hecho de que me hubiera mentido en la cara me había traído malos recuerdos. Tampoco ayudó mucho que me hubiera casado hacía siete años en ese mismo lugar. Así que tal vez el cabreo con Stella había sido un poco desmesurado.

Abrí el cajón del escritorio, saqué el móvil y lo deslicé por la superficie.

—Gracias —dijo Stella. Lo cogió y tocó la pantalla. El teléfono se iluminó y vi que arrugaba la frente—. Está cargado, ¿has sido tú?

Asentí.

—Cuando el del *catering* me lo hizo llegar el día después de la boda, estaba sin batería.

Ella me devolvió el gesto, pero vi que no había contestado a lo que ella tenía en mente.

—¿Has intentado… adivinar el código?

Aunque aquello había sido exactamente lo que había hecho, logré mantenerme serio. No hacía falta que supiera que me había pasado una hora tratando de desbloquearlo con distintas combinaciones porque sentía curiosidad por la mujer que había salido huyendo de la boda, así que hice caso omiso de la pregunta, junté las yemas de los dedos y repuse con tono serio:

—Tendría que haberlo encendido para ver si pedía algún código, ¿no?

Stella negó con la cabeza y guardó el móvil en el bolso.

—Ah, sí, claro. Es cierto.

Intercambiamos una mirada durante varios segundos hasta que el silencio se volvió incómodo.

—Bueno, pues… —Se puso en pie—. Debería marcharme.

Por retorcido que pareciera, no quería que se fuera. Tenía mil preguntas que quería hacerle, como qué le había hecho su padre para que ella no quisiera llamarlo, o por qué se había retrasado el negocio en el que había invertido. En cambio, copié su gesto y me levanté.

Extendió la mano sobre el escritorio.

—Gracias por guardar el móvil y perdona de nuevo por lo que hice.

Agarré su diminuta mano y la sostuve durante demasiado tiempo. No obstante, aunque ella pareció darse cuenta, no dijo nada.

Tras soltarla, Stella hizo amago de marcharse, pero enseguida volvió a girarse. Abrió la cremallera del bolso y rebuscó dentro. Sacó algo y me lo ofreció.

—¿Te gusta el chocolate?

No entendía nada, pero respondí que sí.

—Siempre llevo una barrita de Hershey's en el bolso para emergencias. Contiene anandamida, un neurotransmisor que ayuda a sentirte más feliz. —Se encogió de hombros—. A veces se las doy a la gente que veo que lo necesita, pero casi siempre me las como yo. Me encanta el chocolate. A tu hermana le mandé un regalo, pero a ti no te he traído nada. Es lo único que tengo como ofrenda de paz.

Esta mujer me daba una barrita de chocolate para compensar el haberse colado en una boda de setecientos dólares el cubierto. Tenía que admitirlo: no había otra como ella.

Levanté las manos.

—No pasa nada. Estamos en paz. Quédatela.

Siguió con la mano extendida.

—Me sentiría mejor si te la quedaras.

Logré reprimir una carcajada y la cogí.

—Vale, gracias.

Stella se colgó el bolso del hombro y se dirigió a la puerta. La seguí para abrírsela, pero volvió a detenerse abruptamente. Esta vez, en lugar de ofrecerme una barrita de chocolate, se inclinó hacia mí e inhaló.

—*Retrouvailles* —dijo.

Hablaba un poco de francés y supe que aquello se traducía como «reencuentro» o algo parecido.

Al ver mi expresión confusa, sonrió.

—Es la colonia que llevas, ¿no? Se llama *Retrouvailles*.

—Ah… Sí, creo que se llama así.

—Tienes buen gusto. Caro, pero bueno. La creé yo.

—¿En serio?

Asintió y ensanchó la sonrisa.

—Te queda bien. Las colonias huelen diferente en cada persona.

Menuda sonrisa tenía. Sin poder evitarlo, desvié la mirada hacia sus labios.

«Joder». Me dieron ganas de mordérselos.

—¿Te echas la colonia donde se toma el pulso? —Señaló el hueco en la parte baja de la garganta—. ¿Aquí?

Al mirar su delicado cuello, me descubrí prácticamente salivando.

—Supongo.

—Por eso dura tanto. Los perfumes y las colonias se reavivan con el calor corporal. Muchos hombres se la echan a ambos lados del cuello, pero justo debajo de la garganta es una de las zonas más cálidas porque la sangre bombea cerca de la superficie de la piel. Por eso la mayoría de las mujeres también se la echan en las muñecas y tras las orejas.

—¿Tú llevas? —pregunté.

Ella frunció el ceño.

—¿Perfume?

Hice un gesto afirmativo con la cabeza.

—Sí, otro que también he creado yo.

Mantuve los ojos clavados en ella a la vez que me inclinaba hacia adelante. No se movió cuando nuestras narices quedaron a escasos centímetros de distancia, así que ladeé la cabeza, acerqué la nariz a su oreja e inhalé profundamente.

Olía de forma espectacular.

Eché la cabeza hacia atrás a regañadientes.

—A ti también te sientan bien tus creaciones.

Stella volvió a sonreír una vez más, pero supe por el brillo de sus ojos que ella también estaba algo desconcertada.

—Gracias, y gracias por todo una vez más, Hudson.

Se giró para salir de mi despacho y, cuando cruzó el umbral, me sobrevino una extraña sensación de pánico.

—Stella, espera…

Volvió a detenerse y miró hacia atrás.

Antes de poder contenerme, solté lo primero que se me pasó por la cabeza.

—Cena conmigo.

Capítulo 4

Stella

—¿Sabes algo del Príncipe Encantador?

Aunque apenas eran las siete de la mañana, Fisher abrió mi nevera y sacó un táper con la cena del día anterior.

Yo negué con la cabeza e intenté no mostrarme decepcionada.

—Quizá sea lo mejor.

—Ha pasado una semana ya, ¿no?

—Ocho días, aunque no llevo la cuenta ni nada.

«Claro que la llevo».

Me miró de arriba abajo.

—¿Por qué estás vestida tan temprano?

—He ido a ver el amanecer hace un rato.

—No sé si te has enterado, pero para dormir un poco más puedes ponerte amaneceres y atardeceres bonitos de salvapantallas en el ordenador. —Fisher quitó la tapa del táper y clavó el tenedor en la chuleta de pollo empanada como si fuera un Chupa Chups. A continuación, mordió un trozo.

—No es lo mismo, pero gracias. Oye, ¿quieres que te lo caliente? ¿Te doy un plato y un cuchillo? O mejor aún, ¿te preparo unos huevos para desayunar?

—No hace falta. —Fisher se encogió de hombros y volvió a darle un mordisco a la chuleta—. ¿Por qué no lo llamas?

Miré a mi mejor amigo, perpleja.

—No puedo.

—¿Por qué no?

—Porque seguramente haya cambiado de opinión. ¿No te acuerdas de cómo nos conocimos? Me extraña que llegara a pedirme el número. Creo que tuvo un lapsus y cuando me fui, se lo pensó mejor. Además, mañana tengo una cita, ¿recuerdas?

—¿Con quién?

—Ben.

—¿El tipo que conociste por internet? Eso fue hace semanas, ¿no?

—Sí. Había quedado con él hace unos días, pero le dije que no podía.

—¿Por qué?

—No sé. —Me encogí de hombros—. Tenía mucho que hacer.

Fisher me miró mal.

—Buen intento, pero no cuela. Esperabas que el Príncipe Encantador te llamara y por eso no hiciste planes.

—No es verdad.

—¿Has mirado el móvil más de una vez en lo que va de semana para ver si tienes mensajes?

—No —respondí, demasiado rápido y a la defensiva.

Sí que lo había hecho, y varias veces al día, además. Pero sabía lo incansable que podía llegar a ser Fisher. Y eso era precisamente lo que lo hacía tan buen abogado. Si encontraba algún hilo, tiraba y tiraba de él hasta descoser un suéter entero, así que no pensaba ponerle aquel hilo en bandeja.

Me observó atentamente.

—Creo que me la estás colando.

Puse los ojos en blanco.

—Por si no lo sabes, se puede salir con más de una persona a la vez.

Por suerte, me llamaron al teléfono fijo del trabajo.

—¿Quién llamará a Mi Esencia un sábado? Tal vez algún vendedor de Singapur. Allí todavía es viernes, ¿no?

Fisher soltó una carcajada.

—Al revés. Allí es domingo.

—Ah...

Encontré el teléfono en el salón, encima de una caja de muestras. Apoyé el auricular en el hombro mientras también cogía la caja.

—¿Dígame?

—Hola, ¿hablo con Stella Bardot?

Volví a la cocina, abrí la caja y saqué uno de los tarritos de cristal.

—Sí, soy yo, ¿quién es?

—Me llamo Olivia Royce.

El tarro se me cayó e impactó contra la baldosa de la cocina con un estruendo, pero gracias a Dios no se rompió. Traté de agarrar el auricular apoyado en el hombro.

—¿Has dicho Olivia Royce?

—Sí. Espero que no te importe que te haya llamado. No he encontrado tu página web, pero al buscar el nombre de tu empresa en internet aparecía este número, así que he probado a llamar.

—No, para nada.

—He recibido tanto tu nota como tu regalo. Al mencionarle a mi hermano lo que me has enviado, me ha dicho que estás montando una empresa de perfumes personalizados. Me encantaría pedirte algunos para mis damas de honor, pero no he encontrado nada en internet.

—Ya… La web todavía no está en marcha.

—Vaya. ¿Te los puedo pedir a ti directamente?

—Claro, por supuesto.

—¡Bien! Me alegro. Me he devanado los sesos pensando qué regalarles a las chicas. Quiero algo personal y especial, y esto sería perfecto. Me encanta el mío, por cierto. Muchas gracias.

No me lo podía creer. Olivia me había llamado para hacerme un pedido, no para mandarme a la mierda por colarme en su boda. Tal vez no se había dado cuenta de que era yo, pero

44

no tenía pinta, porque le había mandado su regalo por correo junto con una nota de disculpa y por lo visto había hablado con Hudson sobre mí.

—Gracias a ti. Les puedo mandar las muestras de los componentes y, en cuanto me digan sus preferencias, les daré prioridad.

—No, no. Quiero que sea una sorpresa. Las conozco muy bien; podría decirte lo que suelen vestir y hablarte de ellas. ¿Podrías crear algo basándote en eso?

No estaba segura de que fuera tan efectivo como lo hacía normalmente, pero por razones obvias no podía decirle que no.

—Claro, me parece genial.

—¿Te viene bien el lunes a las doce y media?

Arrugué el ceño.

—Pues... a las doce y media me viene bien, sí.

—Vale. ¿Qué te parece ir al Café Luce de la Cincuenta y tres? ¿Te queda lejos? ¿Vives en la ciudad?

Abrí los ojos como platos. ¿Quería que nos viésemos en persona? Creía que me iba a hacer hueco en su agenda para mandarme un correo o llamarme, sin más.

—Sí, sí que vivo aquí. El Café Luce me parece bien.

—¡Perfecto! ¡Gracias, Stella! Tengo muchas ganas de conocerte.

Diez segundos después, la llamada se cortó. Me quedé mirando el teléfono. Fisher no me había quitado el ojo de encima en todo ese tiempo.

—¿Quién te ha llamado?

—Olivia Royce.

—¿Y esa quién es?

—La novia de la boda en la que nos colamos.

Al día siguiente, llegué veinte minutos antes a la cafetería. Ben quiso venir a recogerme, pero a mí me gustaba quedar en sitios públicos con gente a la que no conocía bien para poder irme cuando quisiera. Pedí un *latte* descafeinado y me senté en un sillón a un lado de la barra. Como la cafetería a la que iba siempre tenía periódicos y revistas para que los clientes leyeran mientras bebían los carísimos cafés, cogí el *The New York Times* y empecé a hojear la sección de sociedad. Cuando iba más o menos por la mitad, me quedé helada al ver una foto. Tras parpadear varias veces para asegurarme de que no me lo había imaginado, me acerqué el periódico para leer mejor la noticia:

Olivia Paisley Rothschild y Mason Brighton Royce contrajeron matrimonio el 13 de julio en la Biblioteca Pública de Nueva York, en Manhattan. La ceremonia fue oficiada por el reverendo Arthur Finch de la iglesia episcopal.

La señora Royce, de veintiocho años —a quien el novio llama Livi—, es vicepresidenta de una empresa de marketing. Se graduó en la Universidad de Pensilvania y cursó un máster en Administración de Empresas en Columbia.

Es hija de Charlotte Bianchi Rothschild y Cooper E. Rothschild, ambos fallecidos y naturales de Nueva York. El organizador de la boda fue su hermano, Hudson Rothschild.

El señor Royce, también de 28 años, ha fundado su propia empresa de informática y se especializa en seguridad y cumplimiento de datos. Se graduó en la Universidad de Boston y cursó un posgrado en Informática Aplicada en la Universidad de Nueva York.

No podía creer que me hubiese topado por casualidad con el anuncio de su boda. ¿Qué probabilidad había? Llevaba años sin leer el *The New York Times,* así que me parecía rarísimo. Fisher siempre decía que, si pensabas en positivo, te pasarían cosas positivas. Tal vez se tratase de eso. Durante semana y media me había dedicado a pensar a menudo en cierto hombre que me había pedido el teléfono, pero que aún no me había llamado.

A principios de semana estuve haciendo *zapping* y me topé con *Bailando con las estrellas*. Pese a no seguir el programa, lo dejé puesto sin saber por qué. Al ver a las parejas en un baile lento, me acordé de cómo me sentí en los brazos de Hudson en la boda de su hermana. Aquello hizo que recordara el buen ritmo que tenía, lo cual me llevó a pensar en otras cosas en las que podría tenerlo también. Entonces, el viernes por la noche, cuando Fisher vino después del trabajo, me trajo una botella de ginebra de la marca Hendricks. Me recordó al momento en que se me erizó el vello de los brazos cuando Hudson me susurró al oído: «La noche es joven, Evelyn. ¿Bailas?».

En la vida habría imaginado que me fuese a pedir una cita cuando aparecí en su despacho con el rabo entre las piernas para recoger el móvil. Cuando lo hizo, di rienda suelta a mi imaginación. Incluso pospuse la segunda cita con Ben. Pero después de esperar a que sonase el teléfono durante más de una semana, me di cuenta de que era una estupidez distanciarme de un hombre bueno y que me había llamado a menudo solo porque quizás otro también fuera a hacerlo.

Ben entró unos minutos antes de la hora a la que habíamos quedado. Eché un último vistazo a la foto de la boda antes de cerrar el periódico. No iba a arruinar la cita pensando en otro hombre.

—Hola —me saludó Ben con un beso en los labios.

Era nuestro segundo beso, ya que el primero había sido al final de la cita anterior, pero estuvo bien. No sentí ningún hormigueo ni se me erizó el vello, pero estábamos en una cafetería, ¿qué esperaba? Cuando Ben se separó, me tendió una caja de bombones Godiva que me había pasado desapercibida.

—Iba a traerte flores, pero luego pensé que tendrías que cargar con ellas durante toda la noche. Seguro que esto te cabe en el bolso.

Le sonreí.

—Es un gesto muy bonito por tu parte, muchas gracias.

—He reservado mesa en un asador. Y más tarde, si te apetece, hay un bar de comediantes al lado y hoy es noche de micrófono abierto.

—Me parece genial.

—¿Estás lista?

—Sí.

Arrojé el vaso vacío a la basura de camino a la salida. Después, estiré la mano hacia el pomo, pero Ben se me adelantó.

—Por favor, deja que la abra yo.

—Muchas gracias.

Miré hacia ambos lados una vez salimos.

—¿Hacia dónde vamos?

—El restaurante está a unas calles de aquí. En Hudson.

—¿La calle Hudson?

—Sí. ¿Está muy lejos como para ir en tacones? Podemos ir en Uber, si no.

—No, no, no pasa nada.

«¿La calle Hudson? ¿En serio?».

Empezamos a andar.

—Nunca he ido a ese restaurante —comentó Ben—, pero tiene muy buenas valoraciones, así que espero que esté bien.

—¿Cómo se llama?

—Hudson's.

Tuve que reprimir una risa. «¿Hudson's en la calle Hudson?». No pensar en esa persona aquella noche era misión imposible.

Capítulo 5

Stella

El lunes llegué al restaurante unos minutos tarde, aunque había salido de casa más temprano de lo habitual. El tren que llevaba a la zona norte de la ciudad había decidido no detenerse en la parada sin motivo aparente.

Cuando entré, Olivia ya estaba sentada a una mesa. Se la veía tan distinta sin el vestido de novia que casi ni la reconocí, pero ella me saludó con la mano y sonrió como si fuésemos amigas de toda la vida.

Tenía la ligera sensación de que realmente no quería encargarme ningún perfume, sino cantarme las cuarenta en persona; o peor aún, llamar a la policía para que me arrestaran. Sin embargo, su invitadora sonrisa consiguió suavizar la paranoia.

—Hola. —Dejé la caja que llevaba en una silla vacía y deslicé hacia atrás la silla que quedaba frente a ella—. Siento llegar tarde. El tren ha decidido saltarse la parada.

—No te preocupes. —Estiró el brazo e inclinó la cesta del pan en mi dirección para mostrarme que estaba vacía—. Como ves, no me he aburrido. Me he pasado seis meses sin comer carbohidratos antes de la boda, así que estas últimas semanas he estado recuperando el tiempo perdido. —Soltó la cesta y me tendió la mano—. Soy Olivia Rothschild, por cierto. Ostras, no. Ahora soy Olivia Royce. Todavía no me acostumbro.

Sonreí pese a estar hecha un manojo de nervios.

—Stella Bardot. —Supuse que lo mejor sería airear el ambiente, así que respiré hondo—. Oye, Olivia, siento mucho lo que hice. Por norma general, no suelo colarme en bodas.

Ella inclinó la cabeza.

—Ah, ¿no? Es una pena. Creía que nos llevaríamos bien. Yo me colé una vez en un baile de fin de curso.

Abrí los ojos como platos.

—¿En serio?

Olivia se rio entre dientes.

—Ya ves. Me enrollé con el acompañante de una chica y volví a casa con el labio hinchado.

Relajé los hombros.

—Ay, madre. No te haces una idea de lo tranquila que me quedo porque no estés enfadada.

Ella sacudió una mano.

—Para nada. No le des más vueltas. Me impresionó mucho la historia que contaste. ¿De verdad se mearon encima por ti?

Sonreí, triste. El recuerdo ahora me sabía agridulce, puesto que mi hermana y yo ya no nos hablábamos.

—En realidad, fui yo quien lo hizo, y sucedió en preescolar. Mi hermana es un año menor que yo y no pudo aguantarse durante el desfile de Navidad. Un niño señaló que llevaba los pantalones húmedos y se rio de ella. No podía dejar que pasara sola por eso.

—Qué bonito. Mi hermano es mayor que yo. Siempre ha sido muy protector conmigo, a veces hasta lo imposible. Pero dudo que hubiese llegado a mearse encima para ayudarme. —Dio un sorbo a su bebida—. Aunque, ahora que lo pienso, probablemente sí lo hiciera. Nunca admitiría que habría sido para protegerme. Seguro que diría que se había meado él y que yo le había copiado.

Nos reímos.

—Hudson me ha contado la razón por la que viniste a la boda. No me sorprendí cuando me comentó que Evelyn se largó en mitad de la noche y encima te dejó meses de alquiler sin pagar. Siempre ha ido a su bola. En nuestro primer año de universidad, nos fuimos juntas de vacaciones en primavera. Conoció a un tío diez años mayor que nosotras y que solo hablaba francés. A los dos días de viaje, me desperté y me encontré con una nota que decía que se había ido a Francia a conocer a la familia del tío ese porque estaba enamorada. Me dejó sola en Cancún. Y la cabrona encima se llevó mis zapatos favoritos.

—No me digas. ¡Cuando se marchó también se llevó los míos!

Nos volvimos a reír y Olivia continuó.

—También le robó algo a Lexi, la exmujer de mi hermano. Las dos tuvieron un rifirrafe y se dejaron de hablar. Luego yo convencí al cabezota de mi hermano para que le diera trabajo y, después de unos meses, ella dejó de ir. No me lo va a perdonar nunca. Es superrencoroso.

—Ya, la verdad es que Hudson no parece ni la mitad de indulgente que tú.

—Y te quedas corta. Es sobreprotector a más no poder. Cuando me eché mi primer novio a los dieciséis, Hudson solía sentarse en los escalones de fuera a esperar a que volviera por la noche. Por supuesto, eso implicaba que al final recibía un besito en la mejilla en vez de poder disfrutar de un buen morreo de despedida. Me sabe mal por Charlie. La pobre no podrá echarse novio hasta los cuarenta.

—¿Charlie?

—La hija de Hudson.

Asentí. No sabía muy bien por qué, pero no esperaba que tuviese hijos. Aunque también era verdad que no sabía mucho de él aparte de que era guapísimo, que olía divinamente, que sabía bailar y que no me había llamado en diez días desde que le había dado mi número.

—¿Es mayor?

—Tiene seis años, pero actúa como si tuviera dieciséis. —Se rio—. Mi hermano la lleva clara.

El camarero se acercó para tomarnos nota, aunque yo ni siquiera había podido mirar la carta todavía. Olivia había pedido una ensalada de pollo aderezada con vinagre de pera. Sonaba delicioso, así que pedí lo mismo.

—Bueno pues… —Se olisqueó la muñeca—. Cuéntame cómo te las has ingeniado para crear el mejor perfume que haya olido en mi vida. Estoy obsesionadísima con él.

Sonreí.

—Gracias. Me dejé guiar por lo que observé en la boda. Llevabas gardenias en el ramo y también había en los centros de mesa, así que tomé ese dato como referencia. Oí decir a una de las mujeres de mi mesa que irías a Bora Bora en tu luna de miel. Así que supuse que debía de gustarte la playa, por lo que añadí calone, que le dio un toque a brisa de mar. Y luego tu vestido era bastante tradicional, pero con un cinturón de seda rojo pasión, así que pensé que podrías ser un poco atrevida.

—Es impresionante. Hasta el tarro era perfecto.

—Ese fue uno de los diseños de los que me enamoré perdidamente, pero que al final no podremos vender. Es de importación de Italia, y con mi escaso presupuesto, no era viable.

—Es una pena. Es muy bonito.

—Espero que más adelante sí pueda incluirlo.

Durante la hora siguiente, le expliqué cómo funcionaba Mi Esencia. Le hice una demostración completa a Olivia; la mujer olió las veinte muestras que traía y las valoró, y luego le hice todas las preguntas que finalmente aparecerían en la web como parte del proceso de compra. Ella me preguntó mil cosas, aunque parecía más interesada en la parte de la gestión. Yo anoté datos de todas las damas de honor y ella eligió los tarros para cada una de ellas.

—Bueno, ¿cuándo abre oficialmente Mi Esencia? —me preguntó cuando acabamos.

Fruncí el ceño.

—No lo sé.

—¿Y eso? Si ya lo tienes todo preparado.

—Sí, al menos en la cabeza. El problema es que me he topado con algunos problemillas financieros. Es una larga historia, pero antes tenía un socio y tuve que pagarle un buen pellizco para hacerme con su parte. Gasté casi todo el dinero de la empresa para conseguir existencias, así que me quedé prácticamente a cero. Pero bueno, no pasaba nada, porque tenía una cuenta con crédito suficiente como para poder seguir adelante. Había pedido ese préstamo casi un año antes, solo por si acaso me hacía falta. Cuando fui a sacar dinero la primera vez, el banco me dijo que tenía que renovarla anualmente para que la cuenta de crédito siguiera abierta. Yo no tenía ni idea. Acababa de dejar el trabajo en Estée Lauder, y cuando escribí que había cambiado de empleo, me cancelaron la cuenta de crédito. Si lo hubiese hecho unos días antes, no habría tenido que escribirlo y todo habría ido bien.

—Vaya, qué mal.

Asentí.

—Pues sí. Y ningún banco concede préstamos a los parados. He probado con la SBA. Son prácticamente mi última esperanza.

El camarero trajo la cuenta. Alargué el brazo para cogerla, aunque últimamente odiaba malgastar el dinero. Era lo mínimo que podía hacer por esta amable mujer en cuya boda me había colado.

Pero Olivia fue más rápida que yo.

—Invito yo.

—No puedo aceptarlo. Ya te debo una comida.

Sacudió la mano y sacó la cartera del bolso. Colocó la tarjeta de crédito en la libretilla y la cerró.

—De eso nada. Además, insisto.

Antes de poder seguir discutiendo, levantó la mano y el camarero vino y se llevó la cuenta.

Suspiré; me sentía un poco perdedora.

—Gracias.

—No es nada.

Salimos juntas. Yo iba al norte de la ciudad a hacer unos recados y ella debía volver al trabajo, que estaba en la otra dirección, así que nos despedimos. Olivia me dio un abrazo como si fuésemos tan amigas de toda la vida como había dicho en su boda.

—Tendré los perfumes listos la semana que viene —le dije—. Puedo enviártelos a ti, o a cada persona individualmente, si lo prefieres.

Ella esbozó una sonrisa.

—Llámame cuando los tengas listos y ya se nos ocurrirá algo.

—Vale. Genial.

Una semana después estaba hasta arriba de trabajo.

—Esta es la última. —Fisher colocó la última caja sobre las otras, que ya formaban una montaña de metro y medio. Se subió la camiseta y usó la parte baja para secarse la frente de sudor—. Más te vale hacer *manicotti* rellenos pronto por todo el peso que me has obligado a levantar hoy.

—Te lo prometo. No tenía ni idea de lo mucho que había acumulado en el trastero. No puedo creer que hubiese doscientas cajas ahí dentro. —En mi actual esfuerzo por abaratar costes, había convencido a Fisher para que me ayudara a mover todo del trastero que tenía alquilado por un riñón a mi apartamento. Como ya no tenía compañera de piso, disponía de espacio.

Fisher llevó la mano a su espalda y la metió bajo la cinturilla de sus *shorts*.

—Casi se me olvida. He recogido nuestro correo. Este paquete que te han dejado se está cayendo a pedazos. Es como si el cartero hubiese roto el cartón cuando lo metió a presión en tu buzón.

Todo estaba húmedo debido al sudor de su espalda. Arrugué la nariz.

—Qué asco. Ponlo allí, porfa.

Fisher lanzó la pila de cartas sobre la mesa de la cocina y los sobres se esparcieron. El logo impreso en uno de ellos me llamó la atención. La SBA. Lo cogí y lo examiné.

—Ay, madre. Es un sobre pequeño. Eso no es buena señal.

—¿De quién es?

—De la Small Business Administration; se supone que me darían una respuesta al préstamo que les pedí en dos o tres semanas. Apenas han pasado dos.

—Estupendo. Probablemente les haya encantado tanto tu negocio que no han podido esperar para concedértelo.

Negué con la cabeza.

—Cuando presentas la solicitud para algo, si recibes un sobre fino, nunca es buena señal. Es como cuando te encuentras en el buzón un sobre blanco normal de la universidad a la que quieres ir en vez del paquetón marrón que suelen mandar de bienvenida. Si me fuesen a conceder el préstamo, sería así de grueso.

Fisher puso los ojos en blanco.

—Hoy en día, la inmensa mayoría de las cosas se hacen *online*. Deja de ser tan negativa y abre el maldito sobre. Apuesto a que dentro hay un usuario y una contraseña para que firmes lo que sea que necesiten que firmes en su página web.

Solté un suspiro.

—No me da buena espina, Fisher. ¿Qué hago si me lo deniegan? Ya he acudido a tres bancos. Nadie concedería un préstamo a una persona en paro. Fui una idiota al dejar el trabajo y pensar que podría montar este negocio. Ya me han sustituido en Estée Lauder, y ahora la mayoría de trabajos decentes como perfumista están fuera del país. ¿Qué narices hago? ¿Cómo voy a pagar el alquiler?

Fisher colocó las manos sobre mis hombros.

—Respira hondo. Todavía no sabes lo que contiene el sobre. Por lo que sabemos, bien podría ser una simple carta agradeciéndote el interés e informándote de que llevan retraso en los trámites.

Estaba demasiado nerviosa para abrirlo, así que se lo tendí a mi amigo.

—Ábrelo tú. Yo no puedo.

Fisher sacudió la cabeza, pero rasgó el papel igual. Conteniendo la respiración, lo observé mientras sus ojos leían las primeras líneas. La mueca que puso me reveló todo lo que necesitaba saber.

Cerré los ojos con fuerza.

—Mierda…

—Lo siento, Stella. Dicen que no llevas mucho tiempo en el negocio ni tienes la suficiente liquidez. Pero ¿cómo narices vas a tener uno u otro si no te conceden el préstamo para ayudarte a empezar a mover el negocio?

Suspiré.

—Lo sé. Eso mismo me dijeron los bancos.

—¿No puedes empezar bajo mínimos, coger experiencia y luego volver a solicitarlo?

Ojalá fuera tan fácil.

—No tengo los embalajes ni las muestras suficientes para incluir en las cajas y que la gente pueda encargar los perfumes.

Fisher se pasó una mano por el pelo.

—Joder. Yo tengo como nueve mil dólares en el banco que guardaba para alguna emergencia. Son tuyos, si quieres. Ni siquiera tienes que devolvérmelos.

—Muchísimas gracias por el ofrecimiento, Fisher. Te adoro, de verdad. Pero no puedo aceptar tu dinero.

—No seas ridícula. Eres mi familia y la familia está para eso.

No quería insultar a mi amigo, pero con nueve mil dólares ni siquiera tenía para empezar.

—Se me ocurrirá algo. Pero gracias por tu generosa oferta. Significa muchísimo para mí que me lo hayas ofrecido.

—¿Sabes qué merece esta situación?

—¿El qué?

—Dom. Voy a coger unas de esas carísimas botellas de champán que nos quedan de la boda.

—¿Vamos a celebrar? ¿Celebramos que me han rechazado el préstamo o que mi apartamento se ha convertido oficialmente en un almacén?

Fisher me dio un beso en la frente.

—Vamos a celebrar que todo va a salir bien. Recuerda: si no piensas en positivo, no te pasarán cosas buenas. Vuelvo enseguida.

Mientras se marchaba a su apartamento, el de la puerta de al lado, yo miré a mi alrededor. El salón estaba hecho un desastre, aunque parecía apropiado, porque mi vida también lo era. Hacía un año estaba prometida, tenía un buen trabajo en el que ganaba un sueldo de seis cifras, unos ahorros con veintisiete años que la mayoría de gente no llega a reunir hasta los cuarenta y el sueño de una nueva y emocionante aventura empresarial. Ahora mi exprometido iba a casarse con otra, yo estaba en el paro y arruinada y mi nueva y emocionante aventura empresarial me tenía con la soga al cuello.

Bajé la mirada un momento hacia la carta abierta sobre la mesa, luego la arrugué en un puño y la arrojé al cubo de la basura en la cocina. Fallé el tiro, por supuesto. Aturdida, revolví el correo, que era casi todo publicidad, y luego decidí abrir el paquete destrozado que había recibido. Supuse que serían más muestras que había pedido antes de que el banco me cerrara la cuenta de crédito; productos que ahora no me podría permitir. Pero cuando abrí la caja, no eran componentes para los perfumes, sino un diario que había pedido por eBay. Me había olvidado de él desde que había ganado la puja casi tres meses atrás. Los envíos internacionales podían tardar la vida y este procedía de Italia.

Normalmente, cuando me llegaba un diario nuevo, apenas aguantaba las ganas de leer el primer capítulo. Pero este tan solo era un recordatorio de los doscientos cuarenta y siete dólares que había malgastado. Lo dejé en la mesilla del salón y decidí ducharme antes de que Fisher volviera con el champán.

Diez minutos después, cuando salí del cuarto de baño, me encontré a mi mejor amigo despatarrado en el sofá, bebiendo champán y hojeando el diario.

—Oye, sabes que esta mujer no escribía en nuestro idioma, ¿no? —Fisher me tendió una copa de champán.

La acepté y me desplomé en el sillón frente a él.

—Es un hombre. Y es italiano. Lo que significa que pagué de más por él y además tengo que encargar la traducción.

Los diarios escritos por hombres siempre acababan valiendo una fortuna porque eran muy escasos. La última vez que compré uno francés me costó trescientos dólares, más otros ciento cincuenta por la traducción.

Di un sorbo al champán.

—Se quedará cogiendo polvo durante un tiempo. Pagar una traducción no está tan alto en mi lista de prioridades como comer el mes que viene.

Fisher negó con la cabeza y dejó el deteriorado diario sobre la mesilla.

—Creía que habías dejado de leerlos después de lo que pasó el año pasado; estabas obsesionadísima.

Suspiré.

—He recaído.

—Eres muy rara, Stella Bella, ¿lo sabías?

—Y eso me lo dice alguien que colecciona y pega las pegatinas de los plátanos en el interior de la puerta de su armario.

Mi móvil empezó a sonar en el bolsillo, así que lo saqué y leí el nombre que aparecía en la pantalla.

—Vaya, qué coincidencia. Es la mujer a la que le robamos el champán.

—Dile que nos envíe más.

Me reí y deslicé el dedo por la pantalla para descolgar.

—¿Sí?

—Hola, Stella. Soy Olivia.

—Hola, Olivia. Gracias por llamar. Ya tengo listos los perfumes para tus damas de honor.

—Tengo muchísimas ganas de verlos. O de olerlos. Bueno, de verlos y olerlos.

Sonreí.

—Espero que a tus amigas les gusten.

—Le he hablado a varias personas sobre lo que haces y todos quieren encargarte un perfume. ¿Sabes ya cuándo podrás tener la web operativa?

Fruncí el ceño.

—No en breve, por desgracia.

—Vaya… ¿Qué ha pasado?

—La SBA ha denegado mi solicitud de préstamo. He recibido la carta hoy.

—Qué imbéciles. Lo siento.

—Gracias.

—¿Qué vas a hacer?

—Ni idea.

—¿Y si te buscas un socio? Alguien que aporte liquidez a cambio de formar parte del negocio.

En realidad, ya lo había pensado, pero no conocía a nadie con tanto dinero.

—Puede. Voy a darle vueltas. Esta noche ahogaré las penas en alcohol y mañana ya empezaré a trazar un nuevo plan.

—Bien. Esa es la actitud.

—Gracias. Bueno, ¿y adónde quieres que envíe los perfumes?

—Podríamos vernos mañana, si estás libre. En dos días la dama de honor principal se va a trabajar a Londres durante varios meses. Voy a quedar con ella para cenar mañana por la noche. Me encantaría dárselo entonces, si no es mucho lío que los recoja.

—No, no. Sin problema.

—¡Vale! Tengo una reunión por la mañana. ¿Puedo mandarte un mensaje cuando acabe para concretar la hora? Me acerco a donde estés.

—Claro. Hablamos entonces.

Después de colgar, Fisher dijo:

—Solo tú te harías amiga de la mujer en cuya boda nos colamos.

Me encogí de hombros.

—Es que Olivia es muy buena gente. En vez de cobrarle, voy a regalarle los perfumes que he hecho para sus damas de honor como disculpa. Es lo mínimo que puedo hacer.

—Entérate de si va a dar más fiestas en las que nos podamos colar. —Levantó la botella de champán antes de rellenarse la copa—. Después de esto, no podemos volver a beber alcohol barato. —Se tragó la mitad de la copa y luego exhaló un exagerado «aaah»—. Por cierto, intuyo que no has sabido nada del Príncipe Encantador; si no, me habrías dicho algo, ¿verdad?

Fruncí el ceño.

—Qué va. Cuando comí con Olivia, no dijo nada que me diera a entender que sabía que su hermano me había pedido una cita. Y yo tampoco le dije nada. Pero sí mencionó que era rencoroso.

—Pues él se lo pierde.

No lo dije en voz alta, pero pensé que yo también saldría perdiendo. No sabía por qué, pero Hudson se me había colado bajo la piel y tenía muchas ganas de salir con él. De hecho, no recordaba la última vez que había estado esperando la llamada de un hombre con tanta ansia. Razón por la que, al ver que no me llamaba, me había afectado un poquitín más de lo que debería. Pero bueno… Ben era buen tío.

Durante las siguientes dos horas, Fisher y yo nos terminamos la botella y otra de vino que tenía abierta en la nevera. Al menos algo había salido bien esa semana: tal y como pretendía, me había emborrachado bastante. Cuando bostecé, Fisher pilló la indirecta.

—Vale, ya me voy. No tienes que fingir bostezos para deshacerte de mí.

—No estaba fingiendo.

—Claro que no, guapi.

Se puso en pie y llevó las copas y las dos botellas vacías a la cocina. Cuando regresó, yo me debatía sobre si dormir en el sillón, donde me encontraba repantingada.

Fisher se inclinó y me dio un beso en la frente.

—Te quiero. Mañana será otro día.

Teniendo en cuenta que seguramente me levantara con dolor de cabeza, lo dudaba. Pero odiaba ser una aguafiestas.

—Gracias por todo otra vez, Fisher. Yo también te quiero.

Recogió el diario que seguía sobre la mesilla.

—Me lo llevo y te lo devolveré traducido el mes que viene por tu cumple.

—Eh, a mí todavía me queda para los veintiocho. El mes que viene es el tuyo. ¿Vas a hacer lo mismo que el año pasado?

—Sí y todos los regalos van a ser para ti, porque tú eres mi mejor regalo. Además, hacerte feliz me hace feliz a mí, Stella Bella. Pero que el diario no te absorba la vida, porfa.

Capítulo 6

Stella

Hace quince años

Levanté la libreta de cuero marrón y me la llevé a la nariz. «Dios, me encanta ese olor». Me recordaba a Spencer Knox. Siempre llevaba un balón de fútbol y lo lanzaba al aire mientras hablaba. Cada vez que el cuero aterrizaba sobre sus manos, el ligero olor a piel flotaba en el ambiente y me hacía sonreír.

La señora a cargo del mercadillo de segunda mano era mayor y llevaba una riñonera naranja. Su cabello gris encrespado apuntaba en todas direcciones, como si hubiese metido hace poco los dedos en un enchufe en vez del conector de la lámpara que colocaba sobre una mesa plegable.

Me acerqué hacia ella.

—Perdone, ¿cuánto cuesta esto?

La mujer bajó la vista hasta mis manos.

—Cincuenta centavos. Pero yo pagué diez dólares por él hace quince años en el mercadillo de otra persona. Eso es lo que pasa cuando compras basura que realmente no necesitas. Terminas deshaciéndote de ella igual que lo hizo la persona que vino antes. ¿Tú escribes diarios?

No había reparado en la palabra *Diario* repujada en la cubierta hasta que ella lo había mencionado. Negué con la cabeza.

—Nunca he tenido ninguno.

Una mujer delgada vestida con un jersey y una rebeca y el pelo recogido perfectamente en una cola de caballo se acercó a nosotras con una cafetera en las manos.

—Le doy cinco dólares por esto.

La señora mayor torció el gesto.

—¿No sabes leer? La pegatina dice que son veinte.

—O cinco o nada.

—En ese caso, vuelve por donde has venido y déjalo en su sitio.

La mujer de la rebeca ahogó un grito.

—Qué maleducada.

La señora mayor rezongó algo sobre que regresara a su club de campo y luego volvió a prestarme atención.

—Bueno, ¿entonces te llevas el diario o qué? Tengo que estar pendiente de los curiosos. Hay quien piensa que los precios en los mercadillos de segunda mano no son lo bastante baratos y muchos tienen la mano muy larga.

Yo había pensado ofrecerle veinticinco centavos porque ella me había dicho cincuenta. Mi madre siempre decía que había que regatear en este tipo de mercadillos. Pero esta señora no parecía de las que negociaban. Además, tenía los cincuenta centavos, ella había pagado diez dólares y me asustaba un poco. Así que hurgué en el bolsillo y saqué dos cuartos de dólar.

—Sí.

Unos cuantos días después, volví a mi habitación después de cenar y cerré la puerta con pestillo antes de sacar el diario. No quería que mi hermana entrara y se enterase de que estaba escribiendo mis pensamientos. Seguro que intentaría leerlo cuando no estuviese en casa, sobre todo si supiera qué cosas tenía en la cabeza últimamente.

Hacía dos días, Spencer me había pedido que fuese su novia. Llevaba loca por él desde quinto. Obviamente le respondí que sí, aunque mis padres le dijeran a mi hermana que no podía tener novio hasta el instituto, y yo apenas había empezado la secundaria. Antes de que Spencer y yo nos hiciéramos novios, yo nunca me había puesto nerviosa con los chicos, pero ahora me ponía histérica cada vez que él y yo hablábamos. Era consciente del motivo: antes de salir conmigo, había estado con Kelly Reed y se habían morreado. Yo nunca me había besado con un chico y me preocupaba hacerlo mal cuando llegase el momento. Por eso, pensé que esa reflexión sería una buena forma de estrenar mi diario. Quizá plasmar mis miedos sobre el papel me ayudaría a saber cómo manejar la situación.

Bocabajo en la cama, balanceaba los pies en el aire mientras mordisqueaba el extremo superior del lápiz y decidía cómo empezar. «¿Escribo *Querido diario* o eso es muy friki?».

—¿Stella? —La voz de mi padre y el sonido del pomo al intentar girarse me sobresaltaron.

Pegué un bote y el diario se cayó de la cama y aterrizó bocabajo en el suelo.

—Eh… ¿Quién es?

—Tu padre. ¿Qué otro hombre va a llamar a tu puerta? ¿Y por qué la has cerrado con pestillo?

—Pues… porque me voy a poner el pijama.

—Ah. Vale. Solo quería darte las buenas noches.

—¡Buenas noches, papá!

—Buenas noches, enana.

Esperé a que sus pasos se alejaran antes de recoger el diario del suelo. Algunas páginas del centro se habían arrugado, así que fui a alisarlas. Pero cuando giré la libreta, me di cuenta de que había palabras escritas en las páginas. Muchas. Confusa, leí unos cuantos renglones y luego retrocedí varias páginas. Abrí mucho los ojos cuando reparé en la parte superior de una de las páginas.

«Querido diario».

¡Ay, madre!

Retrocedí unas cuantas páginas más. Dos o tres estaban llenas de palabras, pero luego vi otra con el mismo inicio de antes.

«Querido diario:».

Había páginas y páginas escritas. ¿Cómo había podido no darme cuenta? Juraría que lo había abierto en el mercadillo. Pero conforme volvía al comienzo del diario, caí en la cuenta de por qué entonces no había visto la tinta azul. Las primeras cinco o seis páginas estaban completamente en blanco.

Pero ¿de quién era el diario? La mujer había dicho que ella lo había comprado en otro mercadillo hacía años. ¿Ella tampoco se había dado cuenta?

Tal vez debería devolverlo.

O dárselo a mi madre y preguntarle a ella qué hacer.

Aunque…

Quizá podía leer un poquito; a ver si me daba alguna idea sobre a quién podría pertenecer.

No hacía falta que lo leyese entero.

Solo una de las entradas.

Con una bastaría.

Pasé página por página desde el principio para asegurarme de que no me saltaba nada y luego observé las dos sencillas palabras de la primera línea: «Querido diario:».

Solo una entradita de nada.

¿Qué daño podría hacer?

Por entonces no tenía ni idea de lo mucho que me perseguirían esas palabras.

Capítulo 7

Stella

—¿Dígame?

—Hola, Stella. Soy Olivia.

Me cambié el teléfono a la otra oreja para terminar de ponerme los pendientes.

—¿Qué tal estás, Olivia?

—Bien, pero tengo el día más liado de lo que pensaba. ¿Podrías venir tú a mi despacho? No sé dónde vives, pero si quedar en el centro te viene mal, puedo pedir que te recojan.

Vivía en el Upper East Side, así que sí que me venía bastante mal. Pero le debía una a Olivia, así que no podía quejarme.

—Sin problema. Tengo que hacer unos recados por allí.

—Genial. Muchas gracias. ¿Te viene bien a las dos?

—Perfecto.

—Vale, nos vemos a esa hora.

Parecía a punto de colgar.

—Espera, necesito que me des la dirección.

—Ay, perdón, creía que la tenías.

¿Por qué iba a tener la dirección de su empresa? ¿Pensaba que la había acosado antes de colarme en su boda? Justo cuando empezaba a superar la vergüenza…

—No, qué va.

—Es en el número 15 de Broad Street. Planta catorce.

Cerré el joyero. ¿Broad Street? El despacho de Hudson también estaba allí.

—¿Trabajas en el mismo edificio que tu hermano?

—Creía que ya lo sabías. Hudson y yo trabajamos juntos. Inversiones Rothschild era de nuestro padre.

No lo sabía. No debería importarme, pero mentiría si dijese que la posibilidad de encontrarme allí a Hudson no me disparaba el pulso.

Permanecí callada un minuto y Olivia lo malinterpretó.

—Te pilla mal venir hasta aquí, ¿verdad? Mando un coche a recogerte.

—No, no, no pasa nada. Te veo a las dos.

—¿Seguro?

—Sí, pero gracias por la oferta.

Colgué y contemplé mi reflejo en el espejo sobre el tocador. Nada más salir de la ducha, me había recogido el pelo en una coleta. De repente, me entraron ganas de quitármela y de secarme el pelo.

—¡Hola! —Me levanté del asiento en el área de recepción y Olivia me dio un gran abrazo—. Siento haberte hecho esperar. Llevo una mañana de perros.

Ojalá me viese yo así de radiante en un día de perros.

—No pasa nada, no llevo mucho esperando.

Señaló el interior.

—Ven conmigo. ¿Tienes prisa? Esperaba que pudiéramos hablar. He pedido ensaladas por si tenías hambre.

Seguía sin creerme el giro que habían dado los acontecimientos: que la mujer en cuya boda me había colado quisiera ser mi amiga.

—Me parece genial. Gracias.

Seguí a Olivia mientras girábamos hacia la izquierda y después a la derecha. Me acordaba de que la puerta al fondo del pasillo era la de Hudson de cuando vine a recoger el móvil. Se me secó la boca cuando nos acercamos. La puerta estaba abierta, así que intenté echar un vistazo sin que nadie me viera. Sentí decepción al pasar, ya que el despacho estaba vacío. Aunque tal vez fuera lo mejor; ya había perdido bastante tiempo con un tío que todavía no me había llamado.

El despacho de Olivia estaba doblando la esquina del de su hermano. Era espacioso y elegante, pero no el típico con cristaleras con vistas a la ciudad en vez de paredes, como el de Hudson. No me malinterpretéis, ojalá me concedieran un minicubículo allí, pero me pareció curioso que el despacho de su hermano diese la sensación de que ostentaba un puesto mejor cuando Olivia había dicho que trabajaban juntos, no que ella trabajase para él.

—Me he saltado el desayuno. ¿Te importa si comemos antes de echar un vistazo a los perfumes? Estoy deseando ponerme con ellos, pero soy diabética y no puedo saltarme comidas.

—Claro.

Olivia y yo nos sentamos la una frente a la otra. Desenrollé la servilleta de tela que envolvía los cubiertos y la extendí sobre mi regazo.

—Tiene muy buena pinta.

—Espero que te guste. He pedido una ensalada con los mismos ingredientes que comiste la última vez que nos vimos. Por si acaso.

Jo, era superatenta.

Empezamos a comer.

—Y dime, ¿hay alguna buena noticia sobre Mi Esencia? —preguntó.

Me obligué a sonreír e intentar no parecer triste.

—La verdad es que no. La puesta en marcha se va a retrasar más de lo que pensaba porque la SBA no me ha concedido el préstamo.

Olivia frunció el ceño.

—Lo siento. Me dio esa sensación cuando me lo contaste el otro día, pero no quise decir nada para no gafarlo. Ya he trabajado con ellos alguna vez y no dan tantas facilidades a las empresas emergentes como dicen.

—Te entiendo. Básicamente, me dijeron que volviera cuando el negocio ya estuviera en marcha y tuviera un historial de ventas.

—¿Aceptarías un inversor de capital riesgo? Es parte de lo que hacemos nosotros aquí. Inversiones Rothschild es una empresa de gestión patrimonial. Ofrecemos los servicios habituales de gestión presupuestaria, como la administración de la cartera de valores, pero también tenemos a un equipo de inversores que invierten capital a cambio de un porcentaje de una empresa emergente o en expansión.

—¿Entonces es como vender parte de tu empresa a un montón de gente?

Ella asintió.

—Algo así. Pero tú te quedarías con la participación mayoritaria. Los inversores tendrán interés en que te vaya bien, no se van a limitar a entregarte un cheque y aquí paz y después gloria. También te ayudarán con las gestiones; podrás hacer uso de su poder adquisitivo u otro tipo de recursos. Nuestro departamento de capital riesgo cuenta con un equipo de personas que apoyan a los negocios en los que invierten.

—Ya… ¿Y yo cumpliría los requisitos? He invertido la gran mayoría de mis ahorros y ya no tengo ingresos estables. Si te soy sincera, voy a tener que buscarme un trabajo pronto si no empiezo a facturar con el inventario que tengo.

—Trabajar con capital riesgo es diferente a cuando pides un préstamo al banco. No depende de los ingresos del propietario, sino del potencial del propio negocio. Si lo ves como una opción, puedo concertarte una cita.

—Si no te importa, voy a pensármelo y ya te responderé. Muchas gracias por tener en cuenta a mi empresa. Solo quiero asegurarme de que sea la decisión correcta.

—Por supuesto.

Olivia y yo terminamos de comer y charlamos como si fuésemos amigas de toda la vida. Después le enseñé los perfumes que había creado para las damas de honor y literalmente grité con todos y cada uno de ellos. Su entusiasmo era contagioso; mientras recogía para marcharme, me sentía más animada que en las últimas semanas, al menos desde que el banco me había denegado el crédito.

—Muchas gracias por invitarme a comer otra vez, Olivia.

—De nada. Me lo he pasado muy bien.

—Te llamaré lo antes posible para lo de la inversión de capital riesgo. Por curiosidad, si eligiera hacerlo, ¿qué sería lo primero que tendría que hacer?

—Tendrías que reunirte con el departamento de inversiones de capital riesgo y hablarles de tu negocio, hacer el paripé aquí en la oficina y responder a todas las preguntas que tengan.

Asentí, conforme.

—Vale, muchas gracias.

Olivia me acompañó hasta la recepción y nos fundimos en un abrazo de despedida.

—Avísame cuando lo decidas; seguramente pueda programarte una cita para la semana que viene. Creo que Hudson se va de viaje el jueves.

—¿Hudson?

—Sí. Es el jefe del grupo de inversores de capital riesgo. ¿No te lo había dicho?

No, estaba segura de que no.

—He preguntado por ahí y todos se deshacen en elogios sobre Inversiones Rothschild —me informó Fisher.

Me serví una copa de vino y me senté frente a él a la mesa de la cocina. Había venido directo del trabajo, por lo que todavía llevaba traje como un galán.

Habían pasado dos días desde mi reunión con Olivia y aún no había tomado una decisión sobre si vender parte de mi negocio a un grupo de inversores.

Aunque Fisher se especializaba en derecho del entretenimiento, el bufete tenía una división empresarial que trabajaba con ofertas públicas de venta y financiación. Así que, en cuanto me explicó los pormenores de lo que sería trabajar con inversores de capital riesgo, tanteó el terreno con sus contactos para que le diesen información de la empresa familiar de Olivia.

—El Príncipe Encantador tiene fama de ser bastante duro —añadió.

Bebí un sorbo de vino.

—Bueno, supongo que habría una razón por la que Evelyn lo llamaba Capullo Integral.

—Pero también es verdad que todos los negocios en los que han invertido han cosechado muy buenos éxitos después. Puede que sea algo que debas tener en cuenta.

Solté un suspiro.

—No sé.

—¿Qué te echa para atrás?

—Vender una parte de mi negocio antes de que haya arrancado siquiera.

Fisher asintió.

—Lo entiendo, de verdad. Pero seamos realistas, ¿qué alternativa tienes? Tardarías años en ahorrar el dinero que necesitas para poner en marcha el negocio. Y tú misma has dicho que el estoc que tienes no durará tanto.

—Podría ahorrar durante un tiempo y comenzar a menor escala.

—Pero entonces trabajarías a jornada completa para intentar abrir un negocio que va a requerir de toda tu atención.

Me dio un bajón.

—Lo sé.

—Ibas a pedir un préstamo al banco, así que técnicamente ellos también serían dueños de tu negocio hasta que les devolvieses todo el dinero. He hablado con el socio encargado de la división empresarial de mi bufete. Me ha dicho que los inversores de capital riesgo no buscan ser los dueños de los negocios en los que invierten durante toda la vida. Lo hacen para obtener grandes beneficios y después desligarse y pasar al siguiente. Necesitan dinero líquido; de lo contrario, se quedarían como propietarios de un montón de empresas y no tendrían capital para la siguiente inversión. Normalmente, los inversores de capital riesgo trazan un plan de salida con margen de siete u ocho años. Y tú puedes negociar con ellos el derecho de preferencia, para que cuando vayan a vender tú seas la primera en comprar sus acciones.

—¿En serio?

Fisher asintió.

—Además, eso es lo que tardarías en devolver un préstamo al banco, o tal vez incluso más.

Pues sí. Cada vez había menos razones en contra, aunque todavía me resistía a imaginar que el hombre que me había cantado las cuarenta por colarme en la boda de su hermana, que me había pedido salir y no me había llamado quisiera embarcarse en un negocio conmigo.

Di otro sorbo al vino y reordené mis pensamientos. Básicamente, la única opción que me quedaba era un inversor de capital riesgo. Buscando información sobre ello, me había topado con otros miles de empresas. Podría trabajar con otra; sabía que Inversiones Rothschild no era la única con buenas referencias de la ciudad. Pero, por otro lado, allí trabajaba Olivia, que siempre parecía mostrarse tan emocionada y entusiasmada con el negocio como yo. Ese era un gran punto a favor. No obstante, allí también estaba Hudson. Llegados a este punto, él encabezaba la lista de razones en contra. Aunque, ¿cómo decía el refrán? «Más vale malo conocido que bueno por conocer», o algo así.

Tomé una gran bocanada de aire y miré a Fisher.

—¿Qué harías tú?

Mi móvil yacía en mitad de la mesa. Él estiró el brazo y me lo acercó.

—Yo llamaría antes de que tu amiguita nueva cambie de opinión.

Capítulo 8

Hudson

—¿Te has vuelto loca, Olivia?

—Tranquilo, tranquilo. Por eso no te lo he contado hasta ahora. Eres un exagerado.

Tiré el documento en el que había estado trabajando a un lado del escritorio.

—¿Que soy un exagerado? ¿Una mujer abre el correo de otra persona y se cuela en tu boda, una boda que me costó un ojo de la cara, por cierto, y a ti se te ocurre asociarte con ella? Me parece que no es que yo sea exagerado, sino que tú no estás bien de la cabeza.

Omití el dato de que le había pedido una cita a esa mujer. Gracias a Dios, parecía que la señorita Cuela-bodas tampoco se lo había dicho.

Negué con la cabeza mientras seguía digiriendo que mi hermana hubiera invitado a Stella a presentar su negocio ante el departamento de inversiones.

—No, Olivia. Me niego.

—Madre mía, Hudson. Todavía recuerdo cuando no eras tan perfecto. Si la memoria no me falla, una vez papá tuvo que pagar la fianza de cuando te arrestaron por allanamiento de morada.

—Tenía diecisiete años, estaba borracho y pensaba que era nuestra casa…

Mi hermana se encogió de hombros.

—¿Y aquella vez que hiciste explotar un baño portátil en una obra? No te arrestaron porque papá le prometió al contratista que le compraría tres nuevos.

—Eso también fue en el instituto. Fue el 4 de julio y Jack encendió los petardos M-80, no yo.

—¿Sabes lo que te pasa?

Me recliné en la silla y solté un suspiro.

—No, pero seguro que estás a punto de decírmelo tú.

—Que ya no te diviertes. Hace cinco años, te habrías reído de que alguien se colara en una boda. Ahora estás amargado y eres un estirado. El divorcio se llevó todo tu sentido del humor.

Apreté la mandíbula. Hace poco, una mujer con la que había salido varias veces me dijo que apenas sonreía. Fui educado y no le contesté que era ella la que no tenía gracia, pero me quedé dándole vueltas al comentario. La semana anterior, Charlie dibujó una foto de su familia en el colegio. Todos sonreían: ella, mi exmujer, la niñera, incluso el maldito perro; excepto yo. A mí me había dibujado frunciendo el ceño.

Sacudí la cabeza y cogí un bolígrafo.

—Vete, Olivia.

—Vendrá a las dos a presentar su negocio al departamento. Votaremos con o sin ti.

Señalé la puerta del despacho con la cabeza.

—Cierra la puerta al salir.

—Evelyn. —La saludé con un gesto mientras entraba en la sala de reuniones.

Stella frunció el ceño y mi hermana me fulminó con la mirada.

—¿Qué? —Me encogí de hombros.

—Sabes perfectamente cómo se llama.

Miré a Stella con una sonrisita.

—Ay, es verdad. Evelyn es tu *alter ego,* la delincuente. Por lo visto, Stella es una honrada empresaria a la cual todavía no tengo el placer de conocer. ¿Te cambias de ropa en una cabina de teléfono o algo así?

Todavía no había empezado, así que me senté donde siempre, presidiendo la sala de juntas. Sentía curiosidad por ver cómo se las apañaba con mis comentarios. Me sorprendió cuando se acercó a mí con la mano extendida.

—Hola, señor Rothschild, me llamo Stella Bardot. Encantada de conocerle. Le agradezco que me haya dado la oportunidad de presentarle mi negocio.

Estreché su mano y mantuvimos contacto visual.

—Estoy impaciente por escucharla.

Después de repetirme a mí mismo que no iría a la reunión, me dirigí a la recepción un poco antes de las dos. Fui a echar el correo a la bandeja de envíos, pero al pasar por el pasillo junto a la sala de reuniones detecté cierto olor y supe que Stella ya había llegado. Olía mejor de lo que recordaba. Ese perfume consiguió que me asaltaran unos recuerdos que no me apetecía evocar; aquella sonrisa tan increíble, su entusiasta personalidad y el hecho de ser incapaz de apartar los ojos del leve palpitar de su cuello cuando se reía. Esa mujer me hacía sentir como un vampiro deseoso de chuparle la sangre.

Volví a mi despacho y traté de olvidarme de lo que estaba a punto de suceder en la sala de juntas, pero diez minutos después me di por vencido, a sabiendas de que, con ella en la mente, no conseguiría trabajar. Además, nunca me perdía las presentaciones y, seguramente, lo mejor sería que vigilase a mi hermana. Alguien tenía que pararle los pies a la sensiblera de Olivia antes de que accediera a todo sin ton ni son.

Stella volvió a su sitio. Por cómo se removía en su asiento y la manía de girarse el anillo era evidente que estaba nerviosa. Trató de esconderlo, cosa que respetaba. El departamento de inversiones de capital riesgo estaba compuesto por tres analistas de alto rango: el director de *marketing,* Olivia y yo.

Normalmente era yo quien dirigía el departamento y hacía las preguntas.

Olivia llamó mi atención desde el otro lado de la mesa y me lanzó una mirada de advertencia. Quería recordarme que me portase bien.

—Si os parece, empezamos —dije. Miré hacia la izquierda y asentí en dirección a Stella—. Tiene la palabra, señorita Bardot.

Ella inspiró profundamente, como cuando trató de calmarse tras coger el micrófono frente a los asistentes de la boda de mi hermana y como la fantasía que había tenido más de una vez mientras me duchaba...

Tenía unos ojos verdes preciosos, unos labios gruesos y rosados y un rostro totalmente inocente. Stella Bardot era guapísima, no cabía duda. Pero era su forma de enfrentarse a un desafío, afanándose hasta poder soltar un «que te jodan» al final, lo que me hacía querer hincarle el diente a aquella piel de tono marfil.

Hoy llevaba el pelo recogido en una especie de moño y unas gafas de pasta oscuras. Me entraban ganas de empotrarla contra una estantería de libros, soltarle el pelo y tirar las gafas por encima del hombro.

Muy maduro, Rothschild. De lo más adulto, oye.

Y profesional, claro está.

Menos mal que, por lo menos, había una persona en la sala con la cabeza bien amueblada.

Stella se aclaró la garganta.

—He traído varias muestras, un prototipo de la página web, información sobre el dinero que he invertido hasta la fecha y un informe de las existencias de que dispongo. Creo que lo mejor será que empecemos con las muestras.

Me limité a asentir.

Durante la media hora siguiente, atendí a su presentación. Por sorprendente que pareciera, a pesar de ser una mujer impulsiva, el plan de negocio estaba muy bien estructurado. La web era profesional, fácil de navegar y tenía un buen concepto. Casi siempre, los propietarios de empresas emergentes ofrecían un producto bonito, pero no prestaban atención al *remarketing*. Con Stella no había sido así. Habló de estándares y anuncios de interacción en redes sociales. Demostró pensar a largo plazo y no al contrario. La cantidad de capital que había invertido era enorme, aunque me hizo preguntarme cómo habría obtenido tanto dinero.

—¿El negocio debe dinero a algún particular o tiene inversores? —pregunté.

—No tiene deudas. Tuve un socio que invirtió, pero compré su parte el año pasado.

—¿Entonces los doscientos cincuenta mil dólares que se invirtieron provienen de...?

—Mis ahorros.

Supongo que se me vio la expresión de incredulidad en la cara, porque añadió:

—Ganaba ciento diez mil dólares como química jefa en mi antiguo trabajo. Tardé seis años en ahorrar y tuve que convertir el despacho de mi apartamento en una habitación para compartir piso. Aun así, ahorré casi todo lo que ganaba durante esos años.

Asentí, impresionado. La mitad de los que presentaban sus negocios habían recibido el dinero de mami o papi o debían una gran cantidad antes incluso de arrancar. Tuve que reconocer que había sido perseverante para conseguir llegar tan lejos. Eso sí, no pensaba decírselo.

Cuando Stella llegó a la parte de la demostración, vi que mi hermana ya sabía cómo iba el proceso. Básicamente, se compinchó con ella y ayudó a Stella a vender el producto. Parecían compenetrarse bien; una continuaba donde la otra lo dejaba. Olivia contó algunas anécdotas de lo mucho que a sus amigas les habían gustado los perfumes. En cierto momento, ambas acabaron partiéndose de risa y me descubrí observando a Stella y la zona del cuello donde se le notaba el pulso. Joder, parecía que no podía quitarle los ojos de encima. Olivia me lanzó una miradita extraña.

—¿Qué os parece? —preguntó mi hermana en cuanto acabó la presentación—. ¿A que es un producto genial?

La sala se llenó de un murmullo fragoroso; mis empleados asentían y la felicitaban. El gerente de *marketing* mencionó la rentabilidad de la industria de los perfumes y las ventas ingentes de los productos de belleza. Yo me quedé callado durante casi todo el tiempo, hasta que mi hermana me miró.

—Hudson, ¿tú qué piensas?

—El concepto es interesante, pero no me convence que simplemente valorando muestras de olores y rellenando una encuesta por internet se cree un producto que vaya a gustar a los consumidores.

—Pues a mí me encanta el mío —rebatió Olivia—. Y mis siete damas de honor se volvieron locas con los suyos.

Stella se volvió para mirarme.

—¿Le gustaría comprobarlo? Puede que a alguna mujer de su entorno le apetezca probarlo también.

Mi hermana resopló.

—¿Quién? ¿Su asistenta o su hija de seis años?

Fulminé a Olivia con la mirada.

—Él mismo, incluso —repuso Stella.

—No soy mucho de llevar perfumes, pero gracias.

—No me refería a que se lo echara. Tiene claro qué olores le gustan y cuáles no, ¿verdad? Si va al mostrador de perfumería de una tienda, le dan a oler varias muestras hasta encontrar la que más le guste. Mi Esencia se salta todos esos pasos. Si completa el formulario, el perfume que crearía para usted lo atraería lo suficiente como para habérselo comprado a una mujer en una tienda. —Stella se encogió de hombros—. A los hombres les gustan los perfumes tanto como a las mujeres. Simplemente no los usan.

Por muy bien que hubiera ido su presentación, por bueno que fuera su producto y por original que fuera su estrategia de *marketing*, no estaba seguro de querer asociarme con ella. Había algo que no encajaba, incluso haciendo caso omiso del desastre de la boda y a que fuera el objeto cada vez más frecuente de mis fantasías durante la ducha. No sabía exactamente qué. Eso sí, mi hermana seguro que me comía la cabeza si no le daba una razón de peso para rechazar la inversión, así que tal vez lo de las muestras fuera la excusa perfecta.

Me puse en pie y me abotoné la chaqueta.

—De acuerdo. Deme una caja de muestras y ya veremos lo que pasa.

Olivia aplaudió como si ya lo diera por hecho. Le dediqué una mirada de advertencia para que no se hiciera ilusiones, la cual, lógicamente, ignoró.

—Y ahora debo marcharme a una reunión —mentí.

Stella también se levantó. Señaló toda la parafernalia que había en la mesa.

—Reordenaré la caja de muestras antes de irme y le dejaré una copia del listado de preguntas que aparecerá en la página web.

—Me parece bien.

Stella me llamó cuando hice amago de marcharme.

—¿Señor Rothschild?

Me giré y la vi extendiendo la mano otra vez hacia mí.

—Muchas gracias por su tiempo. Agradezco de corazón que lo sopese, sobre todo teniendo en cuenta cómo nos conocimos.

Bajé la vista hasta su mano y devolví la mirada a su rostro antes de estrechársela.

—Buena suerte, Evelyn.

Capítulo 9

Stella

No podía creer la carta que tenía en las manos.

Habían pasado diez días desde la presentación en Inversiones Rothschild. Tal y como prometí, dejé allí un juego de muestras para Hudson. Al día siguiente, Olivia me llamó para decirme que se aseguraría de que siguiera todos los pasos y me reenvió sus preferencias y la encuesta rellenada. Cuando el paquete llegó, me quedé anonadada con todos los impresionantes gráficos que Olivia había ordenado simular al departamento de *marketing*. Hasta creó unas cuantas frases pegadizas que pensé que serían perfectas para el exterior de las cajas personalizables y que aún tenía que encargar.

La llamé para agradecérselo y nos pasamos dos horas al teléfono charlando sobre todas las ideas que se nos ocurrían. Habíamos hablado casi una decena de veces desde entonces. Su emoción era palpable, pero después de los últimos contratiempos que había sufrido con la financiación, intentaba no hacerme ilusiones otra vez, aunque Olivia hacía que fuera imposible.

Cuando hablamos dos días atrás, me dijo que había recibido el perfume que había creado para Hudson. Él había estado viajando por negocios, pero Olivia se lo dejó en la silla y le escribió una nota para que lo viese en cuanto volviera. El suegro de Olivia tuvo que someterse a una operación del corazón de urgencia, así que iba a estar fuera durante una semana, pero me dijo que quería que quedásemos cuando regresara.

Sinceramente, había llegado a dar por hecho que lo de Inversiones Rothschild iba a suceder, razón por la que seguí sorprendiéndome la segunda vez que leí la carta.

Estimada srta. Bardot:

Agradecemos su interés en trabajar con Inversiones Rothschild. Pese a su impresionante producto, lamentamos informarla de que, en esta ocasión, no nos vemos capaces de hacerle una oferta. Le deseamos mucha suerte en sus futuros proyectos.

Atentamente,
Hudson Rothschild

Decepción se quedaba corto para describir lo que sentí en ese momento. Otra vez.

Aún sorprendida, releí la carta una vez más. No quería llamar a Olivia y preguntarle qué había pasado porque estaría centrada en la salud de su suegro. Además, el que había firmado la carta había sido Hudson, y si tenía que esperar una semana entera a que ella volviera, me subiría por las paredes. Así que decidí llamarlo a él directamente. Necesitaba saber, por lo menos, qué los había hecho cambiar de parecer, porque sabía a ciencia cierta que no era el perfume que había creado para él.

Me temblaban los dedos cuando marqué su número en el móvil. La animada recepcionista respondió al primer tono.

—Buenas tardes. Inversiones Rothschild, ¿en qué puedo ayudarle?

—Hola. ¿Podría hablar con Hudson Rothschild, por favor?

—Le paso, aunque no sé si estará disponible.

Esperé durante un minuto hasta que una voz que reconocí como la de Helena, su secretaria, respondió. Había coincidido con ella en las dos ocasiones que había ido a la empresa. Había sido supersimpática y le encantó la idea de Mi Esencia.

—Hola, Helena. Soy Stella Bardot. ¿Puedo hablar con Hudson?

—Hola, Stella. Acaba de volver de una reunión. Creo que hoy tenía la agenda completa, pero espera que lo compruebe otra vez.

Volvió a hablar treinta segundos después. Su voz no sonaba tan alegre como antes.

—Lo… siento, Stella. Está al teléfono. ¿Le digo que te llame?

Algo me decía que Hudson no estaba al teléfono y que le había dicho que me despachase rápido. Pero estaba enfadada, así que bien podría haber sido fruto de mi paranoia.

—Claro, por supuesto.

Le di el número de teléfono del trabajo y esperé pacientemente, pero no recibí ninguna llamada. Así que al día siguiente llamé y de nuevo solo pude hablar con Helena. Esta vez, cuando me dijo que Hudson no estaba disponible, solté un suspiro lleno de frustración.

—¿Podrías decirle que solo necesito dos minutos? Estoy segura de que está muy ocupado, pero no le quitaré mucho tiempo.

—Claro, se lo diré. ¿Va todo bien?

—En realidad, no. —Suspiré—. Recibí la carta en la que rechazaba invertir en Mi Esencia y quería preguntarle por qué. La carta no lo decía y, por lo menos, quiero aprender de mis errores.

—Ah, vaya. Lo siento. No lo sabía.

Qué interesante. Había supuesto que la habría redactado su secretaria.

—No quiero molestar. Solo me gustaría hablar con él un momento.

—Le pasaré el mensaje. Y siento que no haya ido bien, Stella. Tenía muchas ganas de que saliera adelante.

—Gracias, Helena.

Ese día, traté de mantenerme activa y ocupada. Pero miré el móvil unas quince veces o así. A las seis, ya había perdido toda esperanza… hasta que mi teléfono sonó cuando había salido a correr. Me sequé las manos sudorosas en los pantalones cortos y respondí, jadeante.

—¿Dígame?

—Hola, Stella. Soy Helena.

—Ah, hola, Helena.

—Siento que Hudson no te haya llamado. Ha estado… eh… ocupado hoy. Le pasé tu mensaje y me dijo que te comentara que la razón por la que decidió no seguir adelante con la inversión fue porque no le gustó la muestra que recibió. Supongo que no está del todo seguro del producto.

—Ah… Vaya.

Menuda trola le había soltado, porque le había preparado el mismo perfume que llevé en la boda de Olivia. Y esa noche me dijo no una, sino dos veces, lo bien que olía. Hacía unas semanas estaba preparada para rendirme y aceptar ponerlo todo en pausa durante un tiempo. Pero ya no. Todas las charlas que había tenido con Olivia planeando la empresa me habían ilusionado demasiado como para rendirme tan fácilmente. Quería intentarlo una última vez, solo porque sabía que Hudson mentía sobre el motivo del rechazo.

—¿Crees que sería posible concertar una cita para hablar con él en persona?

Helena bajó la voz. Parecía como si estuviese cubriendo el micrófono para que nadie la oyera.

—No quiero meterme en líos, pero te seré sincera. Creo que, si le pregunto, va a decir que no.

Suspiré.

—Vale. Gracias, Helena. Lo entiendo.

—Pero… llevo mucho tiempo trabajando para Hudson. Y es perro ladrador poco mordedor. Así que, si por casualidad te presentaras aquí… Tal vez no tenga más elección que hacerte pasar. Además, respeta mucho a la gente que lucha por lo que quiere hasta el final.

Sonreí con tristeza.

—Gracias, Helena. Te agradezco el consejo. Me lo pensaré.

A la mañana siguiente, llegué a Inversiones Rothschild a las ocho en punto.

—Hola. ¿Ha llegado ya Hudson Rothschild?

La recepcionista sonrió.

—Sí. ¿Tiene cita?

Respiré hondo.

—No. Pero solo necesito dos minutos de su tiempo. ¿Sería posible pasar a verlo?

—A ver. Dígame su nombre y el motivo de su visita.

—Stella Bardot, y vengo por Mi Esencia.

Levantó el teléfono y tan solo escuché una parte de la conversación.

—Hola, señor Rothschild. Stella Bardot está aquí y quiere verlo con motivo de Mi Esencia. No tiene cita…

La acababa de cortar, evidentemente. Oí el resonar de su profunda voz a través del auricular, aunque no pude descifrar lo que decía. Al ver cómo le cambiaba la cara a la mujer, supe que no era nada bueno.

—Ya… claro… ¿Quiere que le diga eso? —Hubo una pausa y luego alzó la vista para mirarme a los ojos—. Está bien. Gracias.

Pulsó un botón en el teclado y me dedicó una sonrisa desalentadora.

—El señor Rothschild ha dicho textualmente: «Si no tienes nada mejor que hacer con tu tiempo, espera sentada». Si encuentra un hueco en su apretada agenda, la hará pasar. —La mujer esbozó una mueca—. Lo siento.

—No pasa nada. No hay que matar al mensajero, ya se sabe.

La recepcionista me señaló la sala de espera.

—¿Quiere que le traiga un café mientras espera?

—No, gracias.

—Vale. Me llamo Ruby. Si cambia de opinión, avíseme.

—Gracias, Ruby.

Me senté en el sofá y saqué el móvil para ponerme al día con los correos electrónicos. Mi instinto me decía que iba a estar ahí sentada un buen rato. Tenía la sensación de que Hudson disfrutaría haciéndome esperar.

Y no me equivocaba.

Tres horas después, la recepcionista salió de detrás del mostrador y se acercó a mí.

—Solo quería decirle que he vuelto a llamar para asegurarme de que no se haya olvidado de usted.

Sonreí con suficiencia.

—¿Y qué tal ha ido?

Se rio y miró por encima del hombro para cerciorarse de que no había nadie alrededor.

—Su respuesta ha sido un tanto brusca.

—No me extraña. Pero no pasa nada. —Señalé a la mesilla de cristal que tenía delante—. Al menos tenéis un montón de revistas interesantes.

A las cinco de la tarde presupuse que Hudson iba a obligarme a perseguirlo cuando se marchara a casa, solo por el hecho de ser gilipollas. Aunque esta mañana había valorado irme después de esperar una o dos horas, ahora había invertido tanto tiempo que ni de coña iba a darme por vencida. Me coloqué los auriculares, volví a reclinarme en el sofá y puse música clásica para relajarme. Ganaría a Hudson aunque fuese lo último que hiciera en esta vida. Pero a las cinco y media, la recepcionista regresó otra vez.

Frunció el ceño.

—Yo me voy ya mismo, así que he vuelto a llamar al señor Rothschild. Me ha dicho que le dijera que hoy no ha tenido ni dos minutos libres para usted.

Menudo cabrón. Ese había sido su plan desde el principio: hacerme perder todo el día. Bueno, afortunadamente para mí, no tenía ni trabajo ni ningún sitio al que ir. Así que, en vez de molestarme, decidí no dar mi brazo a torcer. Me puse en pie y me colgué el bolso.

—¿Podría informar al señor Rothschild de que volveré mañana? Quizá así pueda hacerme un hueco en su agenda.

La recepcionista elevó las cejas, pero sonrió igualmente.

—Por supuesto.

Al día siguiente, vine más preparada. Me traje el portátil, algunos tentempiés, el cargador del móvil y mi lista de cosas pendientes. Cuando volvió a pasar la mañana y Hudson seguía sin encontrar un par de minutos para hablar conmigo, al menos ya había tachado un montón de cosas de la lista y había limpiado la bandeja de entrada: dos cosas que llevaba tiempo queriendo hacer.

Por la tarde, actualicé mi currículo y subí más de mil fotos de mi móvil a la página web para organizarlas. Luego pasé hora y media en internet planeando unas vacaciones soñadas que jamás podría permitirme: seleccionando hoteles de lujo y un barco privado y capitaneado que me llevase a ver las islas griegas que tanto quería explorar. De nuevo a las cinco y media, la recepcionista se acercó.

—Buenas noticias, creo...

—¿Y eso?

—Acabo de llamarlo para decirle que me iba y que tú seguías aquí. —Me encogí de hombros—. No me ha dicho que te diga que te vayas.

Me reí entre dientes, porque claramente, a estas alturas, ya había perdido la cordura.

—¿Entonces espero?

Señaló la puerta de cristal.

—En algún momento tendrá que salir...

Asentí.

—Vale. Que tengas una buena noche, Ruby.

—Tú también, Stella. Espero no tener que verte mañana aquí sentada.

Sonreí.

—Eso espero yo también.

Para las siete menos cuarto, había visto marcharse a gran parte de los empleados de Inversiones Rothschild y el personal de limpieza entró y empezó a pasar la aspiradora a mi alrededor. Había dejado de planificar mis vacaciones soñadas un momento para hablar con Fisher por mensaje. Cuando acabé, abrí de nuevo el portátil y volví a ponerme con las vacaciones. Mykonos era la última isla en la que todavía tenía que encontrar el hotel perfecto. Mientras examinaba concienzudamente las fotos de aquel maravilloso lugar en un intento por decidir si quería hospedarme en el norte o en el sur de la isla, debí de quedarme absorta en lo que estaba haciendo, porque, de repente, una voz profunda me dio un susto de muerte y pegué un bote en el sofá. Mi portátil salió volando hasta el suelo y me llevé una mano al pecho.

—Me has dado un susto de muerte.

Hudson negó con la cabeza.

—Tendría que haberme ido. Ni siquiera te habrías dado cuenta. —Se agachó y recogió mi portátil, que, por suerte, seguía encendido y no se había roto. Inspeccionó la pantalla y dijo—: ¿Te vas de vacaciones a las islas griegas? Buen plan de negocio. Que te lo pases bien en… —Entrecerró los ojos—. El Royal Myconian. Parece caro.

Le arrebaté el portátil de las manos.

—Solo estaba planificando mi viaje de ensueño, simulándolo. No voy a ir de verdad.

Aunque no fue una sonrisa propiamente dicha, habría jurado que crispó una de las comisuras de la boca. Hudson se remangó la chaqueta y reveló un reloj grande y robusto. Aunque me apetecía muchísimo arrearle un puñetazo al cabrón engreído por haberme hecho esperar dos días allí sentada, no pude evitar reparar en lo *sexy* que se veía el maldito reloj alrededor de su muñeca masculina. Sacudí la cabeza y reprimí esos pensamientos.

—Dos minutos —dijo Hudson cruzándose de brazos—. Venga.

Durante los siguientes ciento veinte segundos, no dejé de hablar. Le dije que quería saber la verdadera razón por la que había decidido no invertir, porque era imposible que no le gustara el perfume que había creado. Hasta le revelé que era el mismo que él me dijo (dos veces) que le gustaba: una en la boda de Olivia y luego de nuevo en su despacho, cuando vine a recoger el móvil. Luego, por alguna extraña razón, empecé a hablar en detalle sobre las muestras que había valorado y los productos químicos que había usado; no sabía cómo mi diatriba había pasado a ser una clase de ciencias. No creo que parase para respirar ni usara puntuación alguna durante aquellos dos minutos enteros en los que hablé a toda velocidad.

Cuando por fin me callé, Hudson se quedó mirándome.

—¿Has acabado?

—Creo que sí.

Él asintió brevemente.

—Que tengas una buena noche. —Luego se giró y se dirigió a la puerta.

Parpadeé varias veces; no podía marcharse así sin más, ¿verdad? Pero cuando llegó a la puerta y la abrió, me quedó claro que eso era justo lo que estaba haciendo el capullo. Así que lo llamé a gritos.

—¿Adónde vas? He esperado dos días para tener esta conversación.

Con la mano en el pomo, no miró atrás al hablar.

—Me pediste dos minutos y te los he dado. Los de la limpieza cerrarán cuando te marches.

Si había alguna noche en la que hiciera falta vino, sin duda era esa.

Fisher se había quedado a trabajar hasta tarde, pero aun así había sido el pobre desdichado con quien había despotricado mientras salía cabreada de Inversiones Rothschild y me dirigía a la estación de metro. Por ende, sabía qué se iba a encontrar cuando entró por la puerta de mi apartamento.

—¡Cariño, ya estoy en casa!

Sostenía una botella de merlot en una mano y una flor que había arrancado de una maceta del edificio contiguo en la otra; todavía le colgaban raíces y tierra de la base.

Me obligué a intentar sonreír.

—Hola.

—He pasado junto a un policía y ni su caballo tenía la cara tan larga como tú. —Fisher me besó en la frente y señaló la flor—. ¿Qué opinas? ¿Mejor el jarrón rojo o el transparente?

Suspiré de forma exagerada.

—Creo que esa cosa necesita tierra más que un jarrón.

Fisher me dio un golpecito en la nariz con el dedo índice.

—El rojo, pues. —Fue al armario y sacó un jarrón pensado para un ramo gigante, no para una única y triste flor, y luego lo llenó con agua de la cocina y colocó el tallo dentro—. Creo que deberías llamar a Olivia.

Bebí un sorbo del vino que ya tenía en la copa.

—No quiero molestarla. ¿Y para qué? Ella misma me dijo que quien se encargaba de las inversiones era Hudson. Además, ya se ha mostrado muy generosa conmigo. No quiero hacerla sentir mal.

—No puedo creer que ese capullo te pidiera el número de teléfono para no llamarte nunca y luego te haya hecho esperar dos días. Al tío debe de ponerle que estés siempre esperándolo. Y mira que tenía la sensación de que los dos ibais a terminar en la cama.

Me reí.

—¿Hudson y yo? ¿Estás loco? Es evidente que me odia.

Fisher se aflojó el nudo de la corbata a la vez que se acercaba al sofá donde me encontraba regodeándome en mi miseria.

—Os vi juntos en la boda. Hasta cuando te hizo la puñeta de obligarte a decir unas palabras tenía un brillo especial en los ojos. Había química entre vosotros.

Apuré el vino.

—A veces, las reacciones químicas terminan explotando. Créeme, lo sé.

—Pero ¿por qué te pidió una cita si luego no iba a llamarte?

Negué con la cabeza.

—Para devolvérmela. La misma razón por la que me ha hecho esperar dos días.

Durante la hora siguiente, Fisher y yo bebimos vino. Como era el mejor amigo del mundo, dejó que repitiera todo lo que ya le había contado antes por teléfono sin quejarse.

Pero el larguísimo día de espera y de consumir demasiado alcohol finalmente se hizo notar, así que cuando bostecé una segunda vez, Fisher se puso en pie para marcharse.

—Voy a dejar que descanses. Tienes dos días. Hoy ha sido para cabrearte y beber. Mañana es para autocompadecerte. El jueves volveremos al lío y pensaremos qué hacer. Todo irá bien.

No quería aguarle la fiesta diciéndole que ya no había nada que hacer, solo echar la solicitud para cobrar el subsidio de desempleo. Fisher lo decía con toda su buena intención.

—Gracias por escucharme.

—Siempre, princesa. —Se inclinó y me besó en la frente antes de encaminarse a la puerta. Recogió la chaqueta de la cocina y añadió—: Ay, casi se me olvida. Tenías correo en el buzón. ¿Te lo llevo al sofá?

—No. Ya lo miraré mañana.

Fisher lo dejó en la encimera de la cocina.

—Descansa, mi Stella Bella.

—Buenas noches, Fisher.

En cuanto se marchó, me obligué a levantarme y a sortear las cajas amontonadas en el apartamento para apagar las luces.

91

En la cocina, un grueso sobre de papel manila me llamó la atención bajo toda la pila de cartas.

«Yo conozco ese logo…».

«Pero es imposible…».

Como no tenía las gafas puestas, me lo acerqué todavía más a la cara.

Pero el círculo con la R entrelazada era exactamente el mismo que me había venido de inmediato a la mente. ¿Qué narices querría enviarme Inversiones Rothschild? ¿Otra carta que dijera que los dejara en paz? Quizá esta vez me remitieran una factura con el coste de la comida y las bebidas que había consumido en la boda de Olivia y otra por el preciado tiempo de Hudson.

Ya había tenido suficiente tortura por un día y probablemente debería haberlo dejado para la mañana siguiente, pero saber cuándo parar nunca había sido mi fuerte, así que deslicé el dedo bajo la solapa y abrí el sobre. Dentro vi una carta de presentación escrita con el mismo membrete que la que había recibido hacía días. Debajo parecía haber un montón de documentos legales: un contrato, un acuerdo de derechos del inversor, otro contrato de compra de acciones…

¿Qué diablos era todo eso?

Me puse las gafas y regresé a la carta de presentación para leerla.

Estimada srta. Bardot:

Tras haber reconsiderado nuestra decisión, nos complace comunicarle que Inversiones Rothschild desea hacer una oferta de inversión a su empresa, Mi Esencia, S. R. L. Podrá hallar los detalles, las cantidades y las condiciones propuestos en el contrato. Por favor, lea atentamente los documentos adjuntos en los que detallamos los pormenores de nuestra propuesta. Como esta oferta afecta al derecho de voto y a la propiedad y participación de su empresa, recomendamos encarecidamente que un abogado revise toda la documentación antes de firmar.

Es un placer invitarla a formar parte de la familia de Inversiones Rothschild y esperamos poder sacar pronto su innovador producto al mercado.

Atentamente,
Hudson Rothschild

¿Me estaba vacilando? ¿Lo que había podido decirle esta tarde en dos minutos lo había hecho cambiar de opinión y me había enviado otra carta?

Con la sensación de que debía de tratarse de un error, releí la carta de presentación antes de empezar a examinar los documentos a conciencia. Parecía tratarse de una oferta legítima. Bueno, no entendía gran parte de toda esa jerga legal, pero, al parecer, Inversiones Rothschild quería invertir en Mi Esencia a cambio del cuarenta por ciento de las acciones de la empresa. Y la primera frase decía «tras haber reconsiderado» no «considerado» sin más. No me lo podía creer. ¿Había cambiado de opinión hoy? ¿En esos dos míseros minutos que me había concedido antes de marcharse?

Me quedé allí plantada, con la boca abierta, hasta que reparé en la fecha en la parte superior de la carta. No era de hoy. Sino de hacía tres días. Agarré el sobre que había dejado sobre la mesa y examiné el sello de correos. Efectivamente, se había mandado hacía tres días.

Pero entonces eso significaba que...

Hudson había enviado esta carta antes de hacerme pasar dos días en la sala de espera.

«¡Será capullo!».

Capítulo 10

Stella

Qué diferente podía ser una semana de otra.

En vez de permanecer en la sala de espera de Inversiones Rothschild, aguardando a la oportunidad de ver al rey del castillo, me presentaron en la oficina como «nuestra socia más reciente». El giro de 180 grados aún me tenía descolocada, pero no iba a perder más tiempo dándole vueltas. Tenía un producto que lanzar al mercado en tan solo unos meses.

Olivia me había llamado la mañana siguiente. Seguía en California cuidando de su suegro, pero me dijo que quería hablar conmigo para cerciorarse de que estaba contenta con las condiciones del contrato. Como si nada, saqué a colación el asunto de la carta de rechazo que había recibido y ella se disculpó y me dijo que había sido un error. Aun así, por alguna razón, no creía que fuese cierto. Mi instinto me decía que había algo más detrás, no solo una simple equivocación. Pero se la oía contenta de seguir adelante, así que decidí seguirle el rollo y centrarme en el futuro, no en el pasado.

—Stella, te presento a Marta. Ella es la gerente de administración —me explicó Olivia—. Y, por cierto, Marta bebe café solo y prefiere la mezcla de Kenya que venden en la tiendecilla de la esquina antes que el de Starbucks. Créeme, llegará el día en que necesites hablar con ella café en mano y con el rabo entre las piernas porque querrás suplicarle que te apruebe algo que se pasa del presupuesto.

Marta se rio y extendió la mano.

—Encantada de conocerte, Stella. Y créeme, si tu producto es la mitad de fantástico de lo que dice Olivia, no tendrás que suplicar. —Me guiñó un ojo—. Tú solo dedícate a hacer perfumes.

Sonreí, pero por si acaso también tomé nota de la preferencia de Marta para el café mientras Olivia y yo nos dirigíamos al siguiente departamento.

Después de que Fisher pidiera a alguien de su bufete el favor de revisarme todos los documentos legales, firmé en la línea de puntos. Hacía un par de días, Olivia y yo habíamos quedado para comer y hablar un poco de logística. Ella era la jefa de *marketing*, pero Inversiones Rothschild también ofrecía apoyo en una grandísima variedad de materias por haber adquirido acciones de mi empresa, desde todo lo relacionado con el desarrollo de la web hasta en asuntos de contabilidad. Todo aquello me ahorraría un montón de dinero que no tenía.

Pero el primer paso había sido decidir dónde instalar mi despacho. Olivia dijo que muchos socios elegían montarse el despacho en el edificio de Inversiones Rothschild porque usaban muchos recursos y servicios de allí. Teniendo en cuenta que mi anterior despacho había sido el sofá del salón, rodeado de mil montañas de cajas, presupuse que sería más profesional concertar citas aquí; al menos hasta que pudiera permitirme algo en otro lado.

Al terminar el *tour*, Olivia me llevó hasta un despacho vacío y me entregó una llave.

—Tu nuevo hogar. El baño está al final del pasillo. Le he pedido a mi secretaria que te instalara lo básico, pero si necesitas algo más no dudes en pedírselo. Ahora a las once tengo una reunión. ¿Comemos un poco más tarde, sobre la una y media?

Asentí.

—Me parece genial.

Después de que Olivia desapareciera, me senté tras el grandísimo y moderno escritorio y traté de asimilarlo todo. Mi Esencia no solo había conseguido más financiación de la necesaria para ponerse en marcha, sino también dotación de personal, programas y un despacho por todo lo alto en el centro de la ciudad que ni en sueños habría podido alquilar. Parecía surrealista. Todas las personas que había conocido hoy parecían alegrarse de verdad de nuestra nueva colaboración y parecían tener muchas ganas de ponerse a trabajar. Todo era casi demasiado bonito como para ser verdad, lo cual me recordaba que al menos había una persona que probablemente no se alegrara tanto de mi presencia.

Cuando pasé por delante del despacho de Hudson durante el *tour*, la puerta estaba cerrada; no obstante, sabía que o estaba dentro o acababa de marcharse hacía poco, porque percibí el olor de su colonia. Él y yo teníamos una conversación pendiente, así que después de ir al baño, di un rodeo por el pasillo hasta su despacho. Esta vez la puerta se encontraba abierta. Se me aceleró el pulso a medida que me acercaba. Hudson se hallaba de espaldas, tratando de alcanzar algo en un estante, cuando llamé.

—Déjalo en mi mesa —dijo sin girarse.

Supuse que esperaba a otra persona.

—Hola, Hudson. Soy Stella. Esperaba poder hablar contigo un momento.

Él se giró y me miró. Dios, ¿se le habían puesto los ojos más azules desde la última vez que lo había visto? Al instante empecé a girar el anillo que llevaba en el dedo índice, algo que solía hacer cuando estaba nerviosa. Pero me contuve y paré. No podía dejar que Hudson me intimidara.

Así que, pese a sentir las piernas de gelatina, levanté el mentón y me adentré en su despacho.

—No te robaré mucho tiempo.

Hudson cruzó los brazos y se apoyó contra el aparador en vez de tomar asiento tras el escritorio.

—Claro, pasa. Ya me has interrumpido.

Era evidente que estaba siendo sarcástico, pero me aproveché de la situación igualmente. Respiré hondo y cerré la puerta de su despacho. Aunque Hudson permaneció callado, sus ojos me observaron mientras me acercaba paso a paso a su gigantesco y también intimidante escritorio.

—¿Te importa si me siento?

Él se encogió de hombros.

—Claro, por qué no.

Me acomodé en una de las dos sillas y esperé a que él hiciera lo mismo, pero ni siquiera se inmutó.

—¿No vas a sentarte?

Entrecerró los ojos.

—Qué va. Estoy bien de pie.

Me tomé un momento para reordenar las ideas, pero el olor de la colonia de Hudson flotaba en el aire. ¿Por qué tenía que oler tan fantásticamente bien? Me distraía demasiado. Cuando me di cuenta de que había vuelto a hacer amago de darle vueltas al anillo, me aferré a los reposabrazos para mantener las manos ocupadas.

—Olivia me ha dicho que recibí la carta de rechazo por error. ¿Es verdad?

Los ojos de Hudson descendieron hasta mis nudillos, blancos por agarrarme con tanta fuerza a la silla, antes de mirarme a la cara.

—¿Acaso importa? Estás aquí.

—A mí sí. Llevo cinco años trabajando en cuerpo y alma para mi negocio. Inversiones Rothschild ahora es dueña de una parte y preferiría aclarar cualquier posible malentendido para que luego no haya ningún contratiempo.

Hudson se acarició el labio inferior con el pulgar mientras parecía sopesar mis palabras. Al final dijo:

—No.

Fruncí el ceño.

—No, ¿qué? ¿No quieres aclarar nada?

—Me has preguntado si la primera carta fue un error. No lo fue.

Ya lo sospechaba, pero aun así me dolió oírlo.

—¿Y qué te hizo cambiar de opinión?

—Mi hermana. Es muy pesada cuando se le mete algo entre ceja y ceja.

Eso me hizo sonreír a mí. Adoraba a Olivia, en serio.

—¿No querías hacer negocios conmigo por mi producto o por mí?

Hudson me escrutó un buen rato antes de responder.

—Por ti.

Fruncí el ceño, pero le agradecía la sinceridad. Mientras fuera franco, supuse que podía proseguir con la conversación.

—La fecha de envío de la segunda carta fue del día anterior al que estuve esperando para hablar contigo y aun así me dejaste allí esperando dos días enteros. ¿Por qué?

Crispó muy ligeramente la comisura de la boca.

—Pediste dos minutos de mi tiempo y estaba ocupado.

—Pero podrías haberle dicho a la recepcionista que me avisara de que habías cambiado de opinión y que habías enviado una oferta.

Esta vez, Hudson fue incapaz de contener una sonrisa de suficiencia.

—Sí, es cierto.

Lo miré con los ojos entornados, lo cual hizo que se riera entre dientes.

—Si pretendes intimidarme así, intenta otra cosa.

Su sonrisa era peligrosa. Me quitaba el aliento; no obstante, me erguí en la silla.

—¿Supondrá un problema trabajar juntos? Olivia me ha dicho que sueles involucrarte mucho con las empresas emergentes.

Hudson volvió a observarme.

—No si trabajas bien.

—Lo hago.

—Ya veremos.

El interfono sobre el escritorio de Hudson sonó antes de que la voz de la recepcionista se escuchara por el altavoz.

—¿Señor Rothschild?

Mantuvo contacto visual conmigo cuando respondió.

—¿Sí?

—Ha llegado su cita de las once y media.

—Dile a Dan que enseguida estaré con él.

—Muy bien.

El interfono se apagó y Hudson ladeó la cabeza.

—¿Querías hablar de algo más?

—No, creo que eso era todo.

Cuando me puse en pie e hice amago de encaminarme hacia la puerta, él volvió a hablar.

—En realidad, sí que hay una cosa más.

—Dime…

Volvió a cruzarse de brazos.

—Como ya te ha comentado Olivia, suelo involucrarme mucho con los lanzamientos de los nuevos negocios en los que invertimos. Por lo que, cuando salgas, deberías darle a Helena tu verdadero número de móvil, solo por si necesito contactar contigo.

—¿A qué te refieres? Te lo di el día que vine a recoger el teléfono.

Hudson apretó los labios.

—El número que me diste era de Vinny's Pizza.

—¿Qué? Imposible.

—Pues lo es. Llamé.

—Debiste de equivocarte al apuntarlo. Yo no te di el número mal.

—Lo escribiste tú en mi móvil.

Hice memoria de aquella tarde. ¿No había escrito él mi número? Entonces lo recordé: él me había pedido el número e, inmediatamente después, su secretaria entró en el despacho. Mientras hablaban, él metió la mano en el bolsillo y me tendió su móvil. Ay, madre.

—¿Puedo ver tu teléfono? —pregunté.

Hudson permaneció callado durante un minuto. Luego, estiró el brazo hasta el escritorio y cogió su móvil. Sentí sus ojos sobre mí mientras buscaba mi nombre en la agenda y leía el número que había escrito. Abrí los ojos como platos. El último dígito de mi número era un nueve y había escrito un seis; justo el dígito de encima del nueve.

Lo miré.

—Escribí mal el número.

Su expresión se mantuvo absolutamente imperturbable.

—Lo sé.

—Pero no fue mi intención.

Él se quedó callado.

Mi cerebro parecía ir a cámara lenta mientras procesaba lo que eso significaba.

—Entonces… ¿el motivo por el que no me llamaste fue porque creías que te había dado mi número mal a propósito? Pero tu hermana me llamó. Fue capaz de encontrar mi número del trabajo.

—No tengo por costumbre acosar a las mujeres que me dan otro número cuando les pido una cita.

—Yo nunca haría eso.

Nos quedamos mirándonos fijamente. Era como si las últimas piezas del puzle por fin encajaran.

—Y por eso te lo pasaste pipa haciéndome esperar durante dos días. Creías que te había dado calabazas y ahora solo estabas devolviéndomela. —Negué con la cabeza—. Pero sigo sin entenderlo. ¿Qué te hizo cambiar de opinión sobre la inversión?

Hudson se rascó la barbilla, gesto que parecía hacer muy a menudo.

—Mi hermana está muy ilusionada con tu negocio. Lo ha pasado mal en el trabajo desde que nuestro padre murió. Dejando a un lado todo lo demás, tu negocio me habría interesado de habernos conocido en otras circunstancias. Supuse que no sería justo darle tanta importancia a que me hubieras rechazado y decepcionar así a Olivia.

—Pero es que yo no te rechacé. De hecho, me molestó que no me llamaras.

Hudson bajó la mirada hasta mis pies. Daba la sensación de no saber muy bien qué hacer con esta nueva información, igual que yo. Volvió a sonar el teléfono sobre el escritorio.

—¿Sí, Helena? —respondió.

—Tiene a Esme en la línea uno.

Suspiró.

—Voy. Dile que me dé un minuto.

—Muy bien. Le llevaré un café a Dan y lo haré pasar a la sala de juntas. Le informaré de que se retrasará unos minutos más.

—Gracias, Helena.

Hudson por fin alzó la mirada, pero lo hizo siguiendo el contorno de mis piernas. Para cuando nuestros ojos se encontraron, a mí me cosquilleaba todo el cuerpo y la sonrisilla pícara en sus labios tampoco ayudaba en nada.

—¿Me estás diciendo que… querías que te llamara?

Tragué saliva; de repente me había quedado de piedra.

—Eh…

La sonrisilla de Hudson ahora era una señora sonrisa.

—Esme es mi abuela, así que tengo que coger la llamada. ¿Posponemos la conversación?

Asentí despacio.

—Esto… sí, por supuesto. Sí.

Me giré y me encaminé hacia la puerta. Pero antes de poder abrirla, la voz de Hudson me detuvo.

—¿Stella?

—¿Sí?

—Le di a mi abuela el perfume que me hiciste y quiere más.

Sonreí.

—Claro.

Más tarde esa misma noche, el personal de limpieza llamó a la puerta de mi despacho para preguntarme si podían entrar y vaciarme la papelera.

—Ay, claro. —No me había dado cuenta de que ya era su hora; me había abstraído muchísimo redactando la lista de vendedores y haciendo anotaciones sobre qué productos comprar a quién y en qué condiciones. Iba a ser muy complicado volcar todo ese conocimiento de donde lo tenía almacenado (en mi cabeza) a los distintos programas que ofrecía Inversiones Rothschild. Pero, al fin y al cabo, sabía que sería para mejor. Cogí el móvil y me sorprendí al descubrir que ya eran las seis y media. Había mirado la hora cuando Olivia se había marchado y no eran ni las cinco. Parecía que no habían pasado más de diez minutos. Una mujer mayor sonriente vació el contenido de mi papelera en un cubo de basura más grande que había en el pasillo y regresó con una aspiradora.

—¿Le importa? No serán ni cinco minutos.

—No, no, para nada. De todas formas, necesito estirar las piernas e ir al servicio. —Cerré el portátil y me dirigí al cuarto de baño. Conforme me acercaba, me encontré a Hudson apoyado contra la pared junto al lado de la puerta y mirando el móvil.

—¿Esperando a asustar a alguien cuando salga del baño de señoras? —bromeé.

Él frunció el ceño y señaló la puerta.

—¿Vas a entrar?

—Eso pretendía. —Crispé la expresión—. ¿Hay alguna razón por la que no debería?

Se separó de la pared y se pasó una mano por el pelo.

—Charlie… Mi hija está ahí dentro. Le encantan los baños. Dice que le gusta la *caústica*.

—¿Caústica?

—La acústica. Siempre la corrijo, pero dice que suena mejor como ella lo pronuncia.

Me reí.

—¿Quieres que entre y le diga que se dé prisa?

Hudson miró el reloj.

—Tengo una llamada importante con un inversor extranjero a las seis y media.

—Ve. Yo veré si está bien y después la acompañaré de vuelta a tu despacho.

—¿Seguro?

—Claro. No es nada.

Hudson seguía reticente.

Puse los ojos en blanco.

—Solo me he colado una vez en una boda. Te prometo que no la perderé.

Él soltó el aire que había estado conteniendo.

—Vale, gracias.

Entré en el cuarto de baño muerta de curiosidad. Charlie no estaba por ningún lado, pero enseguida reparé en un detalle: la razón por la que a la niña le preocupaba la *caústica*. Una vocecita adorable estaba cantando. ¿Era «Jolene»? ¿La canción de Dolly Parton? Sí, sí, era esa. Y la pequeña Charlie parecía saberse toda la letra.

Advertí sus piernecitas bajo la puerta del primer retrete, balanceándose. Me quedé quieta, escuchándola con una sonrisa enorme en la cara. Cantaba realmente bien. Su voz era minúscula, pero a juzgar por el tamaño de sus piernas, sospechaba que encajaba con el resto de su cuerpo. Aun así, cantaba a tono y tenía un vibrato que no poseían muchas niñas tan pequeñas.

Cuando terminó la canción, no quise asustarla quedándome allí plantada y mirándola, así que llamé suavemente a la puerta del retrete.

—¿Charlie?

—¿Sí?

—Hola. Me llamo Stella. Tu padre me ha pedido que te acompañe de vuelta a su despacho cuando termines. Voy a entrar al baño, ¿vale? No te vayas sin mí.

—Vale.

Entré en el retrete adyacente al de ella y empecé a orinar. A la mitad, Charlie me llamó.

—¿Stella?

—¿Sí?

—¿Te gusta Dolly?

Ahogué una risa.

—Pues sí.

—¿Tienes una canción favorita?

—Mmmm. La verdad es que sí. No sé si será muy conocida, pero mi abuela vivía en Tennessee y la canción «My Tennessee Mountain Home» siempre me recordaba a ella. Así que probablemente esa sea mi canción favorita.

—No la conozco. Pero la de mi papá es «It's All Wrong, But It's All Right». Nunca me deja cantarla porque dice que no la voy a entender. Pero me la he aprendido igualmente. ¿Quieres oírla?

Lo cierto era que sí, y más incluso ahora que sabía que su padre no le dejaba cantarla. Pero me contuve de invitarla a hacerlo. Lo último que necesitaba era que Hudson pensara que era una mala influencia para su hija.

—Mmmm… Por mucho que quiera oírla, creo que deberíamos hacerle caso a tu padre.

El sonido de la cadena fue su única respuesta, así que me di prisa en terminar para que no pudiera huir del baño sin mí.

Cuando salí del retrete, Charlie se encontraba lavándose las manos. Era monísima y absolutamente adorable con ese pelo rubio y rizado que no parecía fácil de peinar, esa naricilla redonda y esos ojazos marrones. Iba vestida toda de morado: los leotardos, las deportivas, la falda y la camiseta. Algo me decía que la niña elegía su propia ropa.

—¿Eres Stella? —preguntó.

De nuevo tuve que reprimir la risa; solo estábamos nosotras dos en el baño.

—Sí. Y tú debes de ser Charlie.

Ella asintió y me observó a través del espejo.

—Eres muy guapa.

—Vaya, gracias. Eres muy amable. Tú también.

Sonrió.

Me acerqué al lavabo contiguo para lavarme las manos.

—¿Vas a clases de canto, Charlie? Tienes una voz impresionante.

Ella asintió.

—Voy los sábados por la mañana a las nueve y media. Mi papá me recoge para llevarme porque mi mamá necesita dormir para estar guapa.

Sonreí. Esta niña era graciosísima y ni siquiera lo sabía.

—Vaya, qué guay.

—Y también voy a kárate. Mamá quería que me apuntara a *ballet,* pero a mí no me gusta. Papá me apuntó a clases de kárate sin decírselo y a ella no le hizo mucha gracia.

Me reí.

—Seguro que no.

—¿Trabajas con mi papá?

—Pues sí.

—¿Quieres venir a cenar con nosotros? Vamos a ir en metro.

—Vaya, gracias, pero todavía tengo trabajo que hacer.

Se encogió de hombros.

—A ver si puedes la próxima vez.

No podía dejar de sonreír por todo lo que salía de la boca de la niña.

—Ya veremos.

Ambas nos secamos las manos y regresamos al despacho de su padre. Hudson seguía al teléfono, así que le pregunté si quería ver dónde me sentaba yo. Como asintió, le hice un gesto a Hudson para decirle que la iba a llevar a mi despacho.

Charlie se dejó caer sobre una de las sillas frente al escritorio y empezó a balancear los pies.

—¿No tienes fotos?

—Aún no, porque hoy es mi primer día. Todavía no he tenido la ocasión de decorar.

La niña miró a su alrededor.

—Deberías pintar las paredes de morado.

Me reí.

—No sé si eso le haría mucha gracia a tu padre.

—A mí me dejó pintar mi cuarto de morado. —Charlie inspiró unas cuantas veces—. Tu despacho huele muy bien.

—Gracias. Soy perfumista. Me dedico a hacer perfumes.

—¿Haces perfumes?

—Ajá. Es un trabajo muy guay, ¿verdad?

Ella asintió varias veces y muy rápido.

—¿Cómo lo haces?

—Bueno, es un proceso muy científico. Pero en lo que trabajamos tu papá y yo es en crear perfumes según los olores que le gusten a la gente. ¿Quieres probar algunas de las muestras?

—¡Sí!

Hoy me había traído unos cuantos juegos de muestras, así que cogí una del cajón y me senté junto a ella en la otra silla frente al escritorio. Abrí la caja y saqué uno de los tarritos antes de ofrecérselo. Era calone, que me revelaba si una persona sentía inclinación por los olores marítimos.

—¿A qué te recuerda este olor?

Se le iluminaron los ojos.

—Umm…, al helado de chocolate y plátano.

Arrugué el ceño. Levanté el tarrito para olerlo yo también pese a haber percibido el aroma a océano en cuanto le había quitado el tapón.

—¿Esto te huele a helado?

—No. Pero la semana pasada mi papá me llevó a la playa y después nos comimos un helado en el paseo marítimo. Yo pedí helado de chocolate y plátano porque es mi favorito. Eso huele a playa, pero ahora la playa me hace pensar en aquel helado tan delicioso.

Le había preguntado a qué le recordaba el olor, no a qué olía, así que me había respondido bien. Cogí el plátano que había dejado sobre el escritorio durante todo el día.

—A ti también te encantan los plátanos, ¿eh? ¿Quieres que compartamos este?

—No, gracias. —Balanceó las piernas—. Mi papá me escribe en los plátanos cuando me prepara el almuerzo. A veces también en las naranjas o mandarinas. Pero nunca en las manzanas, porque no se les quita la piel.

—¿Te escribe en la fruta?

Asintió.

—¿Y qué te escribe?

—Frases tontas. O incluso chistes malos. Como «¿Te hace gracia? Yo me *mondarina* de risa». Y en Halloween me puso «¿Cuál es la fruta favorita de un fantasma? La *bu*-nana». ¿Los pillas?

Aquello me parecía muy interesante. Nunca me habría imaginado a Hudson haciendo algo así.

—¿Puedo oler más? —preguntó Charlie.

—Claro.

Abrí otro tarrito. Este olía a sándalo.

Ella arrugó la naricita.

—Ese huele a dolor de barriga.

No tenía ni idea de qué significaba eso. Me lo acerqué a la nariz para tratar de averiguarlo.

—¿De verdad? ¿Te duele la barriga con solo olerlo?

Ella soltó una risita.

—No. Me duele con el helado agrio. Esto huele como el hombre de la heladería cerca de donde vive papá. Ya no vamos allí porque el helado parecía estar malo.

Ahhh, eso tenía más sentido. El sándalo estaba presente en muchas colonias de hombre conocidas. Esto se le daba muy bien a Charlie. También parecía gustarle mucho el helado.

—¿Sabes? —dije—. Ya es la segunda vez que mencionas el helado. Veo ahí una clara tendencia…

—Ya te has dado cuenta, ¿eh? —nos interrumpió una voz profunda.

Me giré y vi a Hudson apoyado contra el marco de la puerta de mi despacho. Parecía llevar un buen rato escuchándonos.

—Aquí donde la ves, Charlie tiene muy buen sentido del olfato.

Hudson asintió.

—Y también es capaz de oír cosas a kilómetro y medio de distancia, sobre todo la puerta del congelador. Si se me ocurre abrirla un ápice, viene corriendo, pensando que puede haber helado por algún lado.

Charlie volvió a arrugar la nariz.

—A él le gusta el helado de fresa.

—¿Intuyo que a ti no? —le pregunté.

Sacudió la cabeza.

—Qué asco. Tiene grumitos.

—Esta vez me tengo que poner de parte de tu padre. El de fresa es uno de mis favoritos.

Hudson sonrió y caí en la cuenta de que bien podría ser la primera sonrisa sincera que le había visto esbozar desde la noche de la boda.

—¿Lista, Charlie? —Me miró—. Vamos a cenar.

—Lo sé. Y vais en metro.

Hudson crispó el labio.

—El metro, Dolly Parton y helado. No es muy difícil de contentar… por ahora.

—Y las notas que le escribes en la fruta y el color morado. —Señalé el despacho con el brazo—. Charlie me ha sugerido que pinte las paredes de morado. Le he dicho que me lo pensaría.

Hudson sonrió.

—No me sorprende lo más mínimo.

Charlie me sorprendió bajándose de la silla de un salto para darme un abrazo.

—Gracias por enseñarme tus tarritos olorosos.

—No hay de qué, cielo. Disfruta de la cena.

Cruzó el despacho dando saltitos y se aferró a la mano de su padre.

—Vamos, papá.

Hudson negó con la cabeza como si le molestara que lo mangoneara, pero intuí que probablemente fuera la única persona en el mundo a quien le permitía darle órdenes y que encima le gustara.

—No te quedes hasta muy tarde —me dijo.

—No lo haré.

Cuando se marcharon, todavía alcancé a oír a Charlie hablar al fondo del pasillo.

—Stella va a venir a cenar con nosotros la próxima vez —dijo.

—Charlie, ¿qué te he dicho sobre invitar a gente a la que acabas de conocer?

—¿A que huele muy bien?

Se hizo el silencio. Tanto que creí que se habían alejado demasiado y que ya no podía oírlos. Pero entonces, Hudson gruñó:

—Sí, Stella huele bien.

—Y también es guapa, ¿verdad?

De nuevo otro prolongado silencio. Me acerqué a la puerta para asegurarme de oír la respuesta.

—Sí, es guapa, pero esos no son motivos para invitar a nadie a cenar, Charlie. Trabajamos juntos.

—Pero el mes pasado, cuando mamá me dejó temprano en tu casa el sábado por la mañana, había una mujer allí y era guapa y olía bien. Me dijiste que era alguien con quien trabajabas y luego volvió por la mañana porque se había dejado el paraguas. Te pregunté si podía venir a comer con nosotros y me dijiste que en otra ocasión, pero nunca la trajiste.

Ay, Señor. Me llevé una mano a la boca. Esa niña era muy avispada. Ahora sentía curiosidad por cómo saldría Hudson del apuro. Por desgracia, en vez de oír su respuesta, me llegó el ruido de la puerta al abrirse y cerrarse y ahí se acabó el espectáculo.

Suspiré y regresé al escritorio, aunque enseguida resultó evidente que ya no tenía capacidad para concentrarme. El día había sido una auténtica vorágine. Me habían presentado a muchísima gente de Inversiones Rothschild; había tenido unas seis reuniones distintas; y luego estaban los programas de administración, el inventario, los pedidos y la nueva interfaz de la página web. Había sido abrumador. Sin embargo, nada me había parecido ni la mitad de emocionante que las tres palabras que me había dicho Hudson antes:

«¿Posponemos la conversación?».

Capítulo 11

Stella

A la mañana siguiente, puede que el entusiasmo se me fuera un poco de las manos.

Olivia me había citado en su oficina a las ocho para empezar a trabajar con su departamento en la estrategia de ventas de Mi Esencia. Sin embargo, llegué al edificio de Inversiones Rothschild cuando apenas había amanecido. Como era tan temprano, me dirigí a una tienda de comida preparada para comprarme un café y un *muffin*. Por lo visto, no había sido la única en empezar el día temprano. Unas diez personas trajeadas hacían cola, todos enfrascados en sus móviles mientras esperaban.

Cuando por fin me tocó, un chaval con pinta de que debería estar de camino al insti y no trabajando apuntó mi pedido:

—¿Qué le pongo? —Sacó el móvil mientras hablaba y se quedó mirándolo. Pensé que quizá tuviera que apuntarlo para que lo prepararan en la parte trasera del local.

—Un café corto, con sacarina, y un *muffin* con azúcar crujiente, por favor.

Alzó un dedo y escribió en el móvil. Cuando acabó, tecleó algo en la caja registradora.

—Un café corto, con sacarina, y un *muffin* de arándanos. Son seis setenta y cinco. ¿Cómo se llama?

—Me llamo Stella, pero quiero un *muffin* con azúcar crujiente, no de arándanos.

El chaval frunció el ceño como si fuese una clienta tocapelotas. Tecleó algo más en la caja registradora, pero cuando le vibró el móvil volvió a desviar la atención a él. Saqué un billete de diez dólares del bolsillo y se lo ofrecí, pero me ignoró. Tras unos dos minutos en los que no levantó la vista del teléfono, me incliné sobre el mostrador para ver qué hacía.

Estaba mandándose mensajes con alguien.

El chico no estaba apuntando mi pedido, sino escribiéndole a una tal Kiara.

Hice un giro de muñeca para tratar de captar su atención.

—Oye, aquí tienes.

Y volvió a levantar un dedo.

Increíble, de verdad.

Al final, se dignó a quitarme el billete de la mano y me dio el cambio. Después, cogió un vaso de café desechable, abrió un rotulador y escribió *Simone*.

Volví a elevar las cejas.

—¿Eso es para mí?

Él resopló.

—Tiene escrito tu nombre, ¿no?

En lugar de replicar, sonreí.

—Claro. Qué tengas un buen día.

—¡Siguiente!

Con eso di por sentado que quería que me hiciera a un lado para dar paso al siguiente cliente.

Al otro extremo del mostrador había varias personas, así que me dirigí hacia allí e hice lo mismo que ellos: mirar el móvil. Fisher me había escrito hacía nada.

FISHER: **Buena suerte hoy con lo del *marketing*. ¡Sé que es lo que más te gusta!**

Y le respondí:

STELLA: **¡Gracias! Estoy nerviosa, pero con muchas ganas.**

Después, me mandó una foto de un tío de la última web de citas en la que se había registrado. El tipo solo llevaba unos bóxeres grises ceñidos. Tenía una bonita sonrisa y pelazo. Pero cuando me fijé en lo demás, abrí los ojos como platos. Ya veía por qué me lo había mandado. Me escribió algo justo debajo.

FISHER: **Me dijiste que dejara de elegir a los tíos según sus abdominales y buscase una sonrisa de verdad. Esa cosa está sonriendo de verdad.**

STELLA: **Eso tiene que ser un montaje...**

Me acerqué aún más el móvil y amplié el paquete. Todo eso no podía ser de él. El tipo debía de tener algún plátano ahí metido o algo. No, no, más bien un calabacín. ¿Los penes podían llegar a ese tamaño? No había visto ninguno así.

Una voz profunda por encima del hombro me sobresaltó.

—Y pensar que yo empiezo la mañana mirando el *The Wall Street Journal*...

Pegué un bote, el móvil se me resbaló de las manos y cayó al suelo. Me agaché para recogerlo.

—Dios, ¿por qué me das estos sustos?

Hudson soltó una carcajada.

—No podía dejar pasar la ocasión de interrumpirte mientras ves porno.

—No estoy viendo porno. —Enrojecí—. Un amigo me ha mandado una foto de un chico de una web de citas.

No parecía muy convencido.

—Ya.

Avergonzada, traté de hacerle ver que era cierto enseñándole el móvil, pero me di cuenta de que había ampliado el paquete del tío.

—No, te lo digo en serio...

Hudson levantó la mano para tapar la imagen.

—Te creo. Gracias. Me alegro de que tu amigo y tú sepáis qué buscáis en un hombre.

Sacudí la cabeza. Maravilloso todo. Con este hombre todo iba de mal en peor. Suspiré y me di por vencida.

—¡Simone! —gritó el barman.

Lo oí, pero no terminé de atar cabos.

—¡Simone!

Ay, que era yo. Me acerqué al mostrador y recogí el café y el *muffin*. Hudson no dejó de sacudir la cabeza cuando regresé a su lado.

—¿Qué pasa? —pregunté.

—¿Apodo nuevo?

—El crío del mostrador no me ha escuchado cuando le he dicho mi nombre.

Hudson hizo un gesto afirmativo con la cabeza, escéptico.

—Ya.

—No, en serio.

Se encogió de hombros.

—¿Por qué no habría de creerte?

—¡Hudson! —gritó el barman.

Y este esbozó una sonrisa burlona.

—Parece que el mío sí lo ha oído bien. —Tras coger el café, señaló la puerta con la cabeza—. ¿Vas a la oficina?

—Sí.

Salimos de la cafetería y caminamos juntos por la calle.

—Tu hija es superadorable —le dije—. Me hizo reír sin proponérselo.

Hudson sacudió la cabeza.

—Gracias. Tiene seis años, aunque a veces parecen veintiséis, y no piensa antes de hablar.

—Y también canta increíblemente bien.

—A ver si lo adivino: ¿estaba cantando una canción de Dolly en el baño?

Me reí.

—«Jolene». Por lo que veo, lo hace a menudo.

—El váter y la bañera son sus escenarios preferidos.

—Ah —respondí—, tal vez tenga que ver con que sean sitios con muy buena *caústica*.

Hudson sonrió de verdad.

—Puede ser.

Había una indigente sentada delante del edificio colindante al nuestro. Tenía un carrito de supermercado lleno de latas y botellas y estaba metiendo monedas en un blíster de plástico. Hudson me abrió la puerta de nuestro edificio.

—¿Puedes…? —Rebusqué en el bolso—. Dame un momento.

Dejé a Hudson sujetando la puerta y regresé a donde estaba la mujer. Extendí la mano con lo que le pude ofrecer y le dije:

—Yo también estoy sin un duro, pero quiero darle esto.

Ella me sonrió.

—Muchas gracias.

Al volver a donde estaba Hudson, vi que había arrugado la frente.

—¿Le has dado dinero?

Negué con la cabeza.

—Una barrita de chocolate Hershey's.

Me lanzó una miradita rara, pero asintió antes de pulsar el botón del ascensor.

—Dime, ¿te gusta mucho la música *country?* —inquirí—. ¿Por eso a tu hija le encanta Dolly?

—No. Ni a mi exmujer ni a nadie que conozcamos. Una vez escuchó una canción suya en la radio y le gustó. Empezó a cantar en casa la letra de la que se acordaba y le pidió a la profesora que le enseñase toda la canción. Ahora solo canta cosas de ella. Se sabe un montón de canciones de memoria.

—Increíble.

—El Halloween pasado, las niñas quisieron ir de princesas Disney, pero Charlie le pidió a su madre que le metiera calcetines bajo la camiseta y le comprara una peluca rubia.

—Vaya, una peluca rubia platino y relleno. Como si tuviera trece años.

115

Hudson emitió un quejido.

—No quiero ni pensarlo.

Nos metimos en el ascensor para subir a los despachos. En cuanto se cerraron las puertas, inhalé un olor familiar. Me incliné hacia él inconscientemente para olerlo mejor.

Hudson enarcó una ceja.

—¿Qué haces?

—Hueles a algo que no es ni colonia, ni gel ni champú. Trato de averiguar qué es. —Snif, snif—. Sé qué es, pero no me sale.

—Supongo que eres de las que necesita tener respuesta para todo. ¿Te volverás loca si no lo descubres?

Volví a aspirar.

—Pues sí.

El ascensor avisó de que había llegado a la decimocuarta planta. Hudson hizo un ademán con la mano para que saliese yo primero y después abrió la puerta de la oficina. En cuanto entramos, rodeó la mesa de recepción y subió varios interruptores para encender las luces.

Yo me quedé esperando al otro lado.

—¿Qué olor es? ¿Algún tipo de loción?

Hudson me lanzó una sonrisa burlona.

—Va a ser que no.

A continuación, se volvió y se encaminó hacia la parte trasera con grandes zancadas.

—Espera, ¿adónde vas?

Me respondió sin girarse:

—A mi despacho, a trabajar. Tú deberías hacer lo mismo.

—Pero no me has dicho qué olor es.

Lo oí reírse mientras se alejaba.

—Que pases un buen día, Simone.

Olivia y yo pasamos la mañana hablando de las primeras estrategias de publicidad, a pesar de que su gerente de *marketing*

primero quería ver cómo funcionaba el producto. Por eso, los conduje al laboratorio encargado de producir los perfumes y me llevé conmigo una variedad de muestras para enseñarles el proceso que se llevaría a cabo con cada uno. Me encantó lo deseosos que se mostraron por saber más del producto.

Una vez acabamos, Olivia tuvo que marcharse a una reunión y el gerente de *marketing* había quedado con un amigo para un almuerzo tardío, así que me quedé en el laboratorio un rato más antes de coger el metro de vuelta a la oficina.

Al pasar por delante del despacho de Hudson, vi que tenía la puerta abierta, así que llamé.

Él levantó la vista de una pila de papeles y yo le enseñé una caja.

—Aquí tienes más perfume del que le gusta a tu abuela.

Hudson dejó el bolígrafo sobre el escritorio.

—Gracias. ¿Hoy también te vas a quedar hasta tarde?

Asentí.

—Hay mucho que hacer. Tu equipo va muy adelantado y ya me han dado un montón de cosas que revisar.

—Le he echado un ojo tanto a tu inventario como a los proveedores y me gustaría comentarte algunas ideas.

—Por mí, genial. ¿Cuándo te viene bien?

Él señaló las montañas de papeles sobre su escritorio.

—Necesito algo de tiempo para acabar con todo esto. ¿Qué te parece si quedamos a las seis?

—Por mí bien.

—¿Stella? —Hudson me llamó cuando ya me había girado.

—Dime.

Señaló con la barbilla la caja que tenía en las manos.

—Se te ha olvidado darme el perfume.

Sonreí.

—No se me ha olvidado. Te lo daré cuando me digas a qué olías esta mañana.

Hudson sacudió la cabeza con una sonrisa.

—Tráelo a la sala de juntas a las seis.

Poco después de las cinco, la secretaria de Hudson me llamó para preguntarme si me gustaba la comida china. Por lo visto, Hudson y yo íbamos a tener una cena de trabajo. Me intrigaba mucho pasar tiempo a solas con él. Eso me brindaría la oportunidad de corregir la primera impresión que le di (y la segunda y la tercera) y de demostrarle que no era voluble en absoluto.

A las seis en punto, me dirigí a la sala de juntas con una carpeta gigante llena de información del inventario, un cuaderno y el perfume que había creado. Hudson ya se encontraba allí con los papeles desplegados y varios envases de comida china, platos y cubiertos en medio de la mesa.

—Has pedido pollo al ajillo, ¿eh?

Hudson sacudió la cabeza.

—¿Cómo lo sabes? Ni siquiera he llegado a abrir el envase.

Sonreí.

—Los envases no aíslan el olor. —Hudson se había sentado presidiendo la mesa, así que yo me senté en la silla a su izquierda—. Además, he dudado entre el pollo al ajillo y lo que he pedido, así que tenía el plato en mente.

—¿Qué has pedido?

—Gambas con brócoli.

—Si quieres, compartimos.

—Vale. ¿Comemos ahora o luego?

—Ahora —respondió—. No he comido, así que estoy muerto de hambre.

Hudson y yo nos servimos la comida en los platos. Él levantó la barbilla hacia la caja de perfumes y dijo:

—Es aceite acondicionador para guantes de béisbol. Y ahora dame esa caja, listilla.

Sonreí.

—¿Juegas al béisbol a las seis de la mañana?

—No, pero Charlie quiere entrar en el equipo infantil de sóftbol. El único guante que quería era uno morado de la tienda, que estaba en la mierda. Así que he intentado ablandarlo con aceite, para que al menos pueda abrirlo con la mano.

—Ah. —Asentí y le acerqué la caja de perfumes—. Lanolina. No sé cómo se me ha escapado.

—Tal vez tengas que ceñirte a las ginebras.

Hudson me guiñó el ojo y yo sentí un ligero revoloteo en el estómago. Dios, qué patética era. ¿Por qué un guiño de Ben no me afectaba tanto? Habíamos tenido dos citas y… todavía nada.

Me metí una gamba en la boca.

—¿Puedo hacerte una pregunta?

—¿Serviría de algo si dijera que no?

Le sonreí.

—Seguramente no.

Él soltó una carcajada.

—No me extraña que mi hermana y tú os llevéis tan bien. ¿Qué quieres preguntarme?

—¿Cuándo te diste cuenta de que no era quien decía ser en la boda de Olivia?

—Cuando me dijiste que te apellidabas Whitley. Evelyn Whitley y mi hermana llevan siendo amigas desde el instituto. También se llevó bien con mi ex durante un tiempo. Las tres formaban parte del mismo círculo. Supuse que era posible que hubiese dos mujeres llamadas Evelyn Whitley, pero en cuanto me dijiste que habías trabajado para Inversiones Rothschild, confirmaste mis sospechas.

Me mordí el labio inferior.

—Entonces, antes de eso… cuando bailamos, ¿no tenías ni idea?

Hudson negó con la cabeza.

—Nada.

—Pero me pediste que bailásemos, ¿no?

Crispó ligeramente la comisura de la boca.

—Así es.

El corazón se me desbocó.

—¿Por qué?

—¿Que por qué te pedí que bailásemos?

Asentí.

Hudson desvió los ojos a mis labios y clavó la mirada en ellos durante varios segundos.

—Porque me pareciste interesante.

—Ya veo.

Él se inclinó y añadió en voz baja:

—Y preciosa. Pensé que eras interesante y preciosa.

Me sonrojé.

—Gracias.

Hudson me miró. Casi había tenido que obligarlo a soltarme los cumplidos, pero era yo la que estaba roja como un tomate.

Tamborileó con los dedos sobre la mesa.

—¿Algo más?

—No.

Sonrió.

—¿Seguro?

Asentí de nuevo. Aunque, tras pensarlo durante un minuto, cambié de opinión.

—Ahora que lo dices…

—Espera, que lo adivino. ¿Una más?

—Cuando vine a tu despacho a por el móvil, me pediste que quedásemos para cenar, pero me dio la sensación de que te arrepentiste de haberlo hecho.

Él ladeó la cabeza.

—Eres muy perspicaz.

Volví a mordisquearme el labio, dudando si preguntarle lo otro o no. Pero es que me moría por saber la respuesta.

—¿Habríamos tenido una cita si no te hubiera dado mal el número?

La comisura volvió a curvarse.

—Te llamé, ¿no?

—Cierto… Bueno, supongo que al final todo pasa por algo. Vamos a trabajar codo con codo y lo mejor sería no mezclar los negocios con el placer.

Los ojos de Hudson volvieron a desviarse hacia mis labios.

—Entonces, ¿si ahora mismo te pidiese una cita, me rechazarías por si la mezcla sale mal?

Toda yo se moría de ganas por salir con él... excepto esa parte del cerebro que había invertido cinco años de esfuerzo en mi negocio. No podía arriesgarme.

Fruncí el ceño.

—Casi no pude seguir adelante con Mi Esencia por culpa del desastre con mi antiguo socio.

—En la presentación mencionaste que tuviste uno y que le compraste su parte, ¿no?

Asentí.

—Sí, las cosas no salieron bien.

Hudson parecía esperar que me explicase mejor.

Suspiré y añadí:

—Mi socio era mi prometido. Cuando se convirtió en mi ex, le compré su parte.

Hudson hizo un gesto afirmativo con la cabeza.

—¿Él también es perfumista?

Resoplé.

—Qué va. Aiden es poeta, o eso le dice a la gente. Se dedica a enseñar inglés en una universidad pública.

—¿Poeta? No suena a socio útil.

—No lo era en absoluto. No me ayudó con el desarrollo, pero sí contribuyó con la financiación inicial.

—¿Qué se rompió primero, la sociedad o la relación? —Hudson pinchó una gamba con el tenedor y se la comió.

—Mmm... Supongo que lo primero fue que se acostara con alguien que no era yo.

Hudson se atragantó.

—Joder. ¿Estás bien?

Levantó la mano y habló con tono forzado.

—Sí. —Cogió un botellín de agua y bebió un trago—. Dame un momento.

En cuanto dejaron de lagrimearle los ojos y se le desatascó la garganta, sacudió la cabeza.

—¿Tu prometido te fue infiel?

Sonreí, triste.

—Sí, pero al final me vino hasta mejor, por lo menos para el negocio.

—¿Y eso?

—Creo que no habría llegado tan lejos si Aiden y yo no hubiésemos roto.

—¿Por qué? Comprar la parte de tu socio fue lo que te supuso un primer freno económico, ¿no?

—Sí. A lo largo de los años, Aiden había llegado a invertir un total de ciento veinticinco mil dólares, así que no me quedó más remedio que usar el resto del dinero que había ahorrado para el estocaje de la empresa en comprarle su parte. Ni siquiera sé si habría llegado a salir al mercado incluso con ese dinero. Cuando empezamos, Aiden y yo éramos jóvenes. Por aquel entonces me apoyaba mucho y decidimos ahorrar en una cuenta conjunta.

»Al principio no reunimos mucho, pero con el paso de los años la cantidad fue subiendo. Por aquel entonces, Aiden había empezado a interesarse en usar ese dinero para adquirir una propiedad especulativa. Esa debería haber sido la primera señal de que no buscaba comprar una casa para que viviéramos los dos juntos; de hecho, habíamos salido durante años sin compartir piso siquiera. Pero bueno, me dijo que la propiedad especulativa era menos arriesgada que mi plan de negocio. Me sugirió que comprásemos una propiedad y después empezásemos a ahorrar para Mi Esencia.

Hudson frunció el ceño.

—Tu ex parece un capullo.

Sonreí.

—Lo es. Pero dejé que me convenciera y no tendría que haberlo hecho. Unos meses antes de romper, empezamos a mirar casas de alquiler. Mi sueño no era el mismo que el suyo, y estuve a punto de echarlo por tierra por él. Por aquel entonces, tenía un buen trabajo y él me hizo sentir como una egoísta por querer algo más. —Me callé un momento—. La ruptura fue horrible por muchas razones, pero lo bueno fue que decidí volver a ser dueña de mi futuro.

Hudson me contempló durante un momento.

—Creo que hiciste muy bien.

—Yo también lo creo.

—Aunque lo cierto es que sacaste más de una sola cosa buena de la ruptura.

Entonces fui yo quien frunció el ceño.

—¿Qué más?

—No te casaste con un gilipollas.

Me eché a reír.

—Sí, supongo que eso también.

Mi móvil empezó a sonar en la mesa y el nombre de Ben apareció en la pantalla. Lo alcancé y le di a «ignorar», aunque Hudson logró leer el nombre antes.

—Si tienes que cogerlo… —empezó a decir.

—No, no pasa nada. Lo llamaré luego.

Esperó unos segundos y, al ver que no añadía nada más, ladeó la cabeza.

—Ben. ¿Es el hombre con quien fuiste a la boda?

Negué con la cabeza.

—Fui con Fisher.

—Ya. —Asintió—. Fisher.

La sala volvió a sumirse en un silencio incómodo. Al final enarcó una ceja, curioso.

—¿Tu hermano?

—No, solo tengo una hermana.

Al ver que no explicaba nada más, Hudson soltó una carcajada.

—Me vas a obligar a preguntarte, ¿no?

Sonreí inocentemente.

—Es… algo reciente.

Hudson y yo mantuvimos contacto visual durante varios segundos y, a continuación, él se aclaró la garganta.

—¿Por qué no empezamos? Te explicaré lo que quería comentarte mientras terminas de cenar.

Hudson pareció cambiar el chip en un santiamén y pasó a hablar de los negocios, pero yo tenía la cabeza hecha un auténtico lío. Empezó a soltar varias cantidades y fechas y, mientras yo asentía y fingía atender a lo que estaba diciendo. La información me entraba por un oído y me salía por el otro. Ni siquiera me percaté de que había pausado el discurso para preguntarme algo hasta que levanté la vista y lo vi esperando mi respuesta.

—Perdona, ¿qué has dicho?

Él entrecerró los ojos.

—¿Has escuchado algo de lo que te he dicho?

Pinché una gamba con el tenedor y me la metí en la boca, señalando que no podía responderle. Creía que así tendría una buena excusa para hacer caso omiso de su pregunta, pero solo conseguí que Hudson se volviese a fijar en mis labios. Parecía anhelante y no de comida china precisamente.

Ay, madre. Sentí aquel revoloteo familiar en la tripa y, cuando Hudson se relamió, el revoloteo descendió.

Terminé de masticar y tragar y carraspeé.

—¿Me repites la pregunta?

Volvió a crispar la comisura de los labios. Si no lo conociera, diría que se trataba de un tic facial.

Me tranquilicé cuando Hudson asintió y empezó a repetir lo que me estaba comentando. Esta vez me enteré de la mayor parte. Y flipé con lo mucho que había avanzado en tan poco tiempo: había hecho que su equipo de ventas pidiera multitud de presupuestos de las muestras que tenía e íbamos a ahorrar al menos un cinco por ciento en cada artículo. No parecía mucho, pero cada caja contaba con veinte muestras distintas, y con el descuento en los gastos de transporte gracias a su poder adquisitivo, la cantidad total bajaba de forma significativa.

—Madre mía. —Me recliné en la silla y sonreí—. Está claro que eres muchísimo mejor que Aiden.

A Hudson le brillaron los ojos.

—No pienso responder a eso.

Me reí.

—Será mejor que no. Ahora en serio, el dinero que habéis conseguido cubrirá en un año casi todos los gastos que tuve con mi socio. No sé qué decir. Y yo que pensaba que negociar se me daba bien.

—Y es verdad. La mayor parte se ahorra comprando al por mayor y pagando por adelantado, lo cual no podías hacer antes debido a las restricciones de tu flujo de caja. —Sonó la alarma del móvil de Hudson. El nombre de Charlie apareció en la pantalla y miró el reloj como para cerciorarse de la hora que era—. No me he dado cuenta de que se había hecho tan tarde. ¿Te importa que me ausente un momento? Tengo que llamar a mi hija para darle las buenas noches.

—Claro. Yo tengo que ir al baño, de todas formas.

Tras salir del baño, volví a la sala de juntas. Como hablaba en voz baja, no me di cuenta de que seguía al teléfono. Al verlo, le hice un gesto para indicarle que lo estaría esperando fuera, pero él me hizo otro para que entrase, así que me senté y escuché solo su parte de la conversación.

—Lo dije de broma. No tendrías que habérselo repetido a tu tía, Charlie.

Se calló un momento y a continuación cerró los ojos.

—¿Se lo has contado a toda la clase?

Aquello me picó la curiosidad.

—Bueno, seguro que la profesora entendió que era una broma, aunque ni mamá ni la tía Rachel lo vieran así.

Hudson me miró.

—No, dile a tu madre que ahora no tengo tiempo. Sigo en el trabajo. Ya hablaré con ella cuando llame mañana por la noche.

Otro silencio.

—Yo también te quiero.

En cuanto colgó, sacudió la cabeza.

—Para la próxima no se me puede olvidar que los niños de seis años no siempre entienden mi sentido del humor.

Sonreí.

—¿Qué ha pasado?

—Mi excuñada está embarazada y casi a punto de dar a luz. Para que te hagas una idea, Rachel hace que mi exmujer parezca el alma de la fiesta. Ninguna tiene sentido del humor. La otra noche, Charlie me preguntó qué nombre me gustaba para su futuro primo o prima. No sé por qué, pero le dije que su tía Rachel iba a llamar al bebé Coleguita y me pasé cinco minutos convenciéndola de ello porque no parecía creerme.

Enarqué las cejas.

—¿Coleguita? ¿El diminutivo de colega?

Él sonrió.

—Lo dije en broma, obviamente, pero llegó la comida y dejamos de hablar, así que me olvidé de decirle que no iba en serio.

—¿Y se lo ha dicho a su madre? Intuyo que no se lo tomó nada bien.

Hudson sacudió la cabeza.

—No, si todavía hay más. Hace unos meses discutí con mi exmujer. Me dijo que no le diese más helado a Charlie porque su hermana le había dicho que la intolerancia a la lactosa era hereditaria. Yo no sabía si era cierto o no, pero estoy bastante seguro de que Charlie no lo es, porque come tanto helado que nos habríamos dado cuenta ya. Sacamos el tema de que su hermana había vuelto a meter las narices donde no la llamaban y dije que Rachel era «intolerante a la risa». Después de la discusión, ni me acordé de que lo había dicho hasta que Charlie me lo mencionó más tarde. No me había dado cuenta de que nos había oído.

Tomó una bocanada de aire.

—Hoy le tocaba a Charlie hacer una exposición y ha llevado una foto de la última ecografía de su primo o prima. Le ha dicho a todo el mundo que se iba a llamar Coleguita y cuando

126

la profesora le ha dicho que tal vez se tratara de una broma, Charlie le ha respondido que su tía no cuenta bromas porque es intolerante a la risa.

Me tapé la boca.

—Ay, Dios. Es muy bueno.

Hudson sonrió.

—¿A que sí?

Asentí.

—La pena es que hace mucho tiempo que mi ex se olvidó de su sentido del humor.

—Si te sirve de consuelo, a mí me parece gracioso. Casi todos los niños se van de la lengua. Durante los diez minutos que pasé con Charlie el otro día, me enteré de que la semana pasada fuisteis a la playa, de que una vez le entró dolor de estómago por el helado de una heladería y de que le escribes notitas en la fruta de su fiambrera. Lo cual, por cierto, me parece superadorable.

—Cuando empezó preescolar, se ponía muy nerviosa durante el recreo porque no sabía con quién sentarse. Le escribía notas para que se tranquilizara mientras desenvolvía la comida. Al final se ha convertido en una costumbre.

—Me encanta.

Él volvió a sonreír.

—Se está haciendo tarde. ¿Qué te parece si lo dejamos por hoy y seguimos mañana? Me gustaría que el departamento de *marketing* estuviese presente cuando hablemos de lo demás.

—Ah, vale, claro.

Volvimos a nuestros respectivos despachos. Unos minutos más tarde, Hudson pasó por delante del mío de camino a la salida y se detuvo.

—¿Tienes planes con Ben luego?

Sonreí.

—No.

—Bien. —Dio unos toquecitos al quicio de la puerta con los nudillos—. No te quedes hasta muy tarde. Eres la última y los de la limpieza ya han terminado, así que cerraré cuando me vaya.

—Vale, gracias. Solo quiero terminar unas cosas antes de irme.

Él asintió e hizo amago de marcharse, pero luego volvió sobre sus pasos.

—Por cierto, he pillado alto y claro lo de antes así que, tranquila, no volveré a pedirte una cita.

Se me borró la sonrisa de un plumazo.

—Ah, vale.

Me guiñó el ojo.

—Esta vez esperaré a que me la pidas tú. Buenas noches, Stella.

Cuando Hudson se marchó, también se llevó consigo mi concentración. Aun así, tenía que terminar algunas cosas antes de volver a casa. Ya habría tiempo de analizar al detalle cada una de sus palabras; tal vez mientras me daba un baño caliente o me desestresaba con el vibrador que guardaba en la mesita de noche. Ahora tenía que ponerme con la hoja de cálculo que había estado posponiendo durante todo el día. Quería dejarlo todo preparado para poder revisarlo con el departamento a primera hora de la mañana.

Pero los Excel no eran lo mío y ya era tarde. Abrí el documento y me quedé mirando fijamente los números. Me resultó imposible concentrarme, así que decidí ponerme música y sacar los auriculares del bolso. La música clásica siempre me ayudaba a concentrarme. Mientras trabajaba, me di cuenta de que de repente hacía mucho calor en el despacho. Seguro que tenían el aire acondicionado programado. Como cualquier excusa me valía para tomarme un descanso, decidí ir a por agua fría a la cocina al final del pasillo.

Empezaron a sonar *Las cuatro estaciones* de Vivaldi mientras llenaba mi taza grande con hielo picado de la puerta del frigorífico y no pude evitarlo; cada vez que escuchaba esa canción, fingía ser la directora de orquesta. No había nadie, así que, ¿qué más daba? Puse la taza en la encimera, cerré los ojos y dejé que la música guiara mis brazos ondeándolos. No había nada que me calmase más que imaginarme como directora de orquesta. Me metí tanto en el papel que me abstraje de todo.

Hasta que…

Sentí que alguien me tocaba la espalda. Asustada, me giré y, actuando puramente por instinto y adrenalina, cerré la mano en un puño, flexioné el brazo y golpeé con toda la fuerza que tenía.

El puño impactó contra lo que parecía un muro de ladrillo aunque, como tenía los ojos cerrados, realmente no tenía ni idea.

Pero escuché una voz por encima de la música.

—Joder —gruñó.

Y se me cayó el alma a los pies.

No.

No podía ser verdad.

Por favor, Señor, cualquiera menos él.

Abrí los ojos y confirmé lo que ya sabía.

Dios había hecho oídos sordos.

Porque acababa de pegarle un puñetazo en la nariz a…

… Hudson.

Capítulo 12

Hudson

—¿Qué cojones…? —Me llevé las manos a la nariz.

—¡Ay, Dios, Hudson! Lo siento mucho. ¿Estás bien?

Supuse que la humedad que rozaban mis dedos se debía a que me estaban llorando los ojos. Hasta que aparté las manos y vi que estaban manchadas de sangre.

—¡Joder, estás sangrando! —Stella cogió un rollo de papel de la encimera. Arrancó varias servilletas y las arrugó en una bola que trató de ponerme en la cara.

Se la quité de las manos.

—Lo siento. ¡Me has asustado!

Me apreté las servilletas contra la nariz.

—Te he llamado un par de veces, pero no me has respondido.

Se quitó el auricular inalámbrico de la oreja.

—Tenía la música alta y llevaba los auriculares puestos.

Sacudí la cabeza.

—Estabas moviendo los brazos y pensaba que te estabas ahogando.

Stella frunció el ceño.

—Estaba dirigiendo.

—¿Dirigiendo?

—Sí, ya sabes, fingiendo ser la directora de una orquesta.

La miré como si fuera un bicho raro.

—No, la verdad es que no lo sé. Yo no me pongo a dirigir orquestas en la cocina de la oficina.

—Pues qué pena. Deberías probarlo, hace maravillas.

—Creo que, teniendo en cuenta lo que acaba de suceder, mejor paso. —Señalé el rollo de cocina—. ¿Me lo acercas?

—Madre mía, no deja de sangrar.

Tiré las servilletas ensangrentadas y las reemplacé por otras limpias. Stella empezó a palidecer.

—Deberías sentarte y echar la cabeza hacia atrás.

—Creo que eso deberías hacerlo tú. Parece que hayas visto a un fantasma. Siéntate, Stella.

Se agarró a la mesa mientras tomaba asiento en una de las sillas.

—No me gusta la sangre. Me mareo al verla. Tal vez será mejor que nos sentemos los dos.

Como parecía que mi nariz no iba a dejar de sangrar pronto, le hice caso y me senté frente a ella.

Stella negó con la cabeza.

—Lo siento muchísimo. —Se llevó la mano al pecho—. No puedo creer que te haya dado un puñetazo. Ha sido un acto reflejo. Ni siquiera había visto quién era. Ha pasado tan rápido.

—No pasa nada, es culpa mía. Debería haber supuesto que te asustas fácilmente. No sabías que había vuelto. Solo ha sido un malentendido.

—¿No es mejor que eches la cabeza hacia atrás?

—No, eso es precisamente lo peor que se puede hacer. Hay que pellizcarse la zona sobre los orificios. Si echas la cabeza hacia atrás, puedes atragantarte con la sangre.

Stella puso una mueca y se tapó la boca.

—Qué asco.

Me di cuenta de que tenía los nudillos enrojecidos y dos se le habían empezado a hinchar. Se los señalé con la barbilla.

—¿Cómo tienes la mano?

—Pues ni idea. —Estiró los dedos, los apretó en un puño y los volvió a relajar después. No parecía tenerla rota—. Me

131

duele. Creo que no lo había notado hasta ahora por culpa de la adrenalina.

Me levanté y fui al congelador. Lo mejor que encontré fue un paquete de comida precocinada Lean Cuisine. Lo envolví en una servilleta y se lo di.

—Sujétatelo contra los nudillos.

—¿No deberías usarlo tú?

—No te preocupes por mí.

A los diez minutos, la nariz dejó de sangrarme tanto.

—Para ser tan poca cosa, menudo gancho de derecha tienes.

Ella sacudió la cabeza.

—No puedo creer que te haya dado un puñetazo. Jamás le había pegado a nadie. Creía que me había quedado sola en la oficina.

—Me había ido, pero se me ha olvidado una cosa que necesito mañana temprano para una reunión en las afueras de la ciudad y por eso he vuelto. He oído el dispensador de hielo al pasar por delante de la cocina y he visto que seguías aquí. Pensaba decirte que volvería a poner la alarma cuando me fuera, pero supongo que eres capaz de cuidar de ti misma tú solita.

Stella pasó de sonreír a fruncir el ceño a la vez que se fijaba en mi nariz.

—Perdóname, de verdad.

—Estoy bien. Lo que pasa es que los golpes en la nariz sangran mucho. Voy al servicio a limpiarme antes de irme. —Señalé su mano—. ¿Seguro que tú estás bien?

Stella se quitó el hielo improvisado y flexionó los dedos.

—Sí, no pasa nada.

Me levanté.

—No te quedes hasta muy tarde, Rocky.

—¿Qué coño te ha pasado? —Jack se recostó en el asiento con una gran sonrisa. El muy cabrón estaba disfrutando de lo lindo.

Esa mañana había seguido mi rutina de siempre y me había cepillado los dientes, pero cuando me miré al espejo vi que tenía los ojos morados. Parecía peor de lo que realmente era. No me dolía la nariz a menos que la tocase. Eso sí, tenía los dos ojos hinchados y morados. Me puse un par de gafas de sol antes de salir de casa, así que me olvidé bastante rápido, hasta ahora, que acababa de quitármelas en el despacho de mi amigo.

—¿Quién te ha pegado? —Se inclinó para examinarme con más detenimiento—. Ha sido más bestia que aquella noche que nos peleamos borrachos para saber quién de los dos ganaría en una pelea de borrachos. Yo apenas te dejé una marquita con el puñetazo, pero a mí tuvieron que darme trece puntos cuando te levantaste del suelo y me devolviste el golpe.

—Una persona que es mucho más fuerte que tú.

—¿Quién ha sido?

Le lancé una sonrisa burlona.

—Stella.

Jack elevó las cejas.

—¿Ha sido una mujer? ¿Quién demonios es Stella?

—¿Te acuerdas de la mujer que conociste en la boda de Olivia? ¿La que olió los chupitos en el bar? Gané doscientos pavos porque fue capaz de identificar la marca de ginebra con tan solo olerla.

—¿La que estaba buenísima y que se coló en la boda?

—La misma.

—¿Y qué pasa con ella?

—Se llama Stella.

Jack puso una mueca.

—Creía que se llamaba Evelyn.

Todavía no le había contado a mi amigo todo lo que había sucedido después de la boda, aunque había venido a hablar de Mi Esencia. Jack era el vicepresidente de uno de los conglomerados mediáticos más grandes que existían y que era dueño del canal de teletienda más popular del país. Había pensado que tal vez podría presentarme a algunos peces gordos para discutir la posibilidad de que los perfumes de Stella aparecieran como producto en uno de los programas.

—Se coló en la boda, idiota. No dio su nombre real.

—Ah, joder, vale, tiene sentido. Así que la tía buena con olfato de sabueso se llama Stella.

—Así es.

—¿Y por qué te ha dado un puñetazo?

Quizá fuera mejor recapitular y explicárselo todo desde el principio, así que eso hice. Empecé hablándole del móvil perdido, mencioné que mi hermana era una sensiblera y acabé abordando la razón de mi visita de hoy.

En cuanto acabé, Jack se reclinó y se frotó la barbilla.

—Has invertido en muchas empresas y nunca te habías aprovechado de mi influencia. En varias ocasiones te he dicho que eras imbécil por no hacerlo y siempre respondías que no querías mezclar los negocios con tu vida privada. ¿Qué te ha hecho cambiar de opinión?

—Nada.

Él ladeó la cabeza.

—Y, aun así, aquí estás…

—Solo quiero que me los presentes, no que te mojes.

Jack se encogió de hombros.

—Me podrías haber pedido ayuda con más de una docena de productos y esta es la primera vez que te sientas al otro lado de mi escritorio. ¿Quieres saber mi opinión?

—Me importa una mierda lo que pienses, así que no hace falta.

Sonrió con suficiencia.

—Creo que la chica sabueso te pone cachondo y quieres impresionarla.

«¿Por qué todo el mundo me pregunta si quiero saber su opinión y cuando digo que no la dicen de todas formas?».

Negué con la cabeza.

—He invertido en el negocio, idiota.

Lo último que me faltaba era que Jack se enterara de que la mujer que me había dejado los ojos morados me había rechazado. Me lo seguiría recordando incluso de viejos y en silla de ruedas.

—Habías invertido en todos los negocios con los que te podría haber echado una mano —me rebatió él.

Puse los ojos en blanco.

—¿Me vas a ayudar o no?

—Sí, pero ¿sabes por qué?

—¿Porque me debes unos cuatro mil favores?

—Tal vez, pero no. Lo voy a hacer porque ha pasado mucho tiempo desde la última vez que te lo curraste con una mujer. Estás acostumbrado a ir a un bar, enseñar tu cara bonita y elegir a quién quieres llevarte a casa. Me mola. Odio pasar tanto tiempo con el marido de la hermana de Alana. Es idiota.

—Me he perdido. ¿Qué tiene que ver tu cuñado en esto?

—Fácil. Si te echas novia, podremos ir a cenar los cuatro alguna vez en vez de tener que ir con Allison y Chuck. ¿Quién narices decide llamarse Chuck antes de los sesenta?

—No voy a salir con Stella. —«Hasta que me lo pida».

Jack sonrió.

—Eso ya lo veremos.

Puede que mi mejor amigo fuera una mosca cojonera, pero se relacionaba con muchos peces gordos. Durante las siguientes dos horas, me presentó al jefe del departamento de ventas de la teletienda y me llevó al plató para ver el final del programa que estaban grabando. Para cuando acabó, ya había conseguido venderle a esa presentadora famosa el concepto de Mi Esencia y había conseguido que nos invitase a Stella y a mí a comer el día siguiente.

—Muchas gracias por presentarme. —Estreché la mano de Jack en el vestíbulo del edificio—. Tengo que volver al despacho, pero te debo una cerveza.

Jack esbozó una sonrisa.

—Qué va, estamos en paz porque vas a evitar que tenga que escuchar mil historias de Chuck sobre juanetes. ¿No podía haberse hecho ginecólogo en vez de podólogo?

—Te llamaré la semana que viene para invitarte a esa cerveza.

—¿Te refieres a cenar conmigo, Alana y Stella?

—Te lo vuelvo a decir: no voy a salir con Stella.

Jack me dedicó una sonrisa burlona.

—Ya veremos…

Tenía una mano en la puerta cuando Jack volvió a hablar.

—Puede que coma contigo mañana. Ya sabes, para conocer a la nueva mejor amiga de mi mujer.

Stella llamó al marco de la puerta del despacho.

—Oye, ¿tienes un momento? Estaba revisando los informes que ha traído Helena y… —Abrió los ojos como platos cuando levanté la vista—. Ay, madre, ¡dime que no he sido yo la que te ha hecho eso!

—Vale, no has sido tú. Me he liado a puñetazos con el crío de la cafetería de la calle de abajo. Ha escrito mal mi nombre en un vaso y me he cabreado.

—¿En serio?

—Pues claro que no. —Me señalé la cara—. Esto ha sido todo cosa tuya, Rocky.

Cerró los ojos.

—Perdóname. Me siento fatal. ¿Te duele mucho?

—Sí, es insoportable.

—Madre mía.

Parecía bastante acongojada, así que dejé de tomarle el pelo.

—Tranquila, era broma. Parece más de lo que es. Estoy bien.

—No puedo creer que te haya hecho eso.

—¿Qué tal tu mano?

La abrió y la cerró.

—Tengo los nudillos hinchados, pero ya está. En serio, Hudson, siento haberte golpeado. —Me ofreció una bolsa blanca que llevaba en la otra mano—. Toma, quédate el *muffin*.

Todavía está caliente. Lo acabo de comprar en la cafetería de la calle de abajo.

¿Me estaba ofreciendo un *muffin* para compensar dos ojos morados?

—¿Qué? ¿Te has quedado sin barritas Hershey's?

Stella sonrió.

—Pues, mira, sí. Me comí la de emergencia anoche después de que te fueras. Esto es todo cuanto puedo ofrecerte.

Solté una carcajada y levanté la mano.

—No te preocupes. De todas formas, gracias.

—Acéptalo, por favor. Así me quedaré más tranquila.

Vaya con esta chica. Se acercó a mi escritorio y dejó la bolsa en la esquina.

Yo negué con la cabeza.

—Vale, gracias. ¿Qué querías preguntarme?

—¿Preguntarte?

—Has dicho algo sobre los informes que Helena te ha dado, ¿no?

—Ah, sí, tengo varias preguntas sobre los pedidos que Helena quiere que apruebe. ¿Tienes tiempo? —Señaló hacia atrás con el pulgar por encima del hombro—. Puedo volver a mi despacho y traerlos. He venido antes, pero todavía no habías llegado.

Miré el reloj.

—Tengo una llamada en unos minutos. No tardaré mucho, puede que una media hora o así. Si te parece bien, me paso por tu despacho cuando acabe.

—Genial, nos vemos en un rato.

Me quedé mirando el umbral vacío después de que se marchase. ¿Era cosa mía o el ambiente había cambiado desde que había empezado a trabajar aquí? Tenía los dos ojos morados y más trabajo que nunca, pero me sentía más calmado de lo habitual.

Suspiré y volví al trabajo. Seguramente fuera el puñetazo en la cara.

Una vez terminé la llamada, me dirigí al despacho de Stella. Tenía la puerta abierta, pero apenas se le podía ver la cara debido al grandísimo ramo de flores coloridas que tenía sobre el escritorio. Como estaba enfrascada en unos papeles, no se dio cuenta de que estaba allí.

—Bonitas flores. —Arqueé una ceja—. ¿Ken?

—Si te refieres a Ben, no. Son por el cumpleaños de una persona a la que le tengo mucho cariño.

—¿Has hecho que te las manden aquí para llevárselas luego a una amiga?

Ella negó con la cabeza.

—Más bien amigo, y hoy es su cumpleaños. La madre de Fisher falleció hace dos años el día de su cumpleaños, así que es un día duro para él. En vez de celebrarlo, me manda regalos a mí.

Me habría parecido raro si se tratase de otra persona, pero no en el caso de Stella.

—¿Nos ponemos con los informes y las preguntas que tenías?

—Sí, por favor.

Me senté frente a ella. Stella se entretuvo rebuscando unos papeles en el mueble tras ella y me fijé en la libreta de cuero que tenía en una caja abierta junto a las flores; más bien me fijé en la palabra que tenía grabada en la cubierta.

—¿Ahí escribes tus fantasías sobre mí? —le pregunté—. Ya te he dicho que solo tienes que pedirme una cita.

Stella frunció el ceño, por lo que señalé la libreta con la palabra «Diario» en la portada.

—Ah, no, no es mío. Me lo ha traído el repartidor con las flores. Es otro regalo de Fisher.

—¿Llevas un diario?

—No, es de otra persona. O al menos lo era. —Estiró la mano sobre el escritorio, lo cogió y lo guardó en un cajón.

Me perdí, como siempre me pasaba con Stella.

—¿Por qué tienes el diario de otra persona?

Ella suspiró.

—¿Cabe la posibilidad de que te olvides del tema?

Despacio, negué con la cabeza.

—Va a ser que no.

Stella puso los ojos en blanco.

—Vale pero, si te lo cuento, prométeme que no te reirás.

Me crucé de brazos.

—Esto se pone cada vez más interesante. Me muero por oír la historia que me vayas a contar.

—No es una historia, sino una afición.

—¿El qué, escribir diarios?

—No, no los escribo. Los leo.

Enarqué las cejas.

—¿Cómo los consigues? ¿Los robas o algo?

—Claro que no. No soy ninguna ladrona. Normalmente los compro en eBay.

—¿Compras los diarios de la gente por eBay?

Ella asintió.

—De hecho, hay bastante mercado. Hay gente a la que le gusta ver *realities*; yo prefiero leer los salseos. Leer los diarios de la gente no es tan raro.

—Ya…

—Va en serio. Millones de personas ven programas como *Real Housewives* o *Jersey Shore*. Si lo piensas, es lo mismo: la gente aireando trapos sucios y ocultando secretos.

Me rasqué la barbilla.

—¿Cómo empezó esa afición tuya?

Stella suspiró.

—Fui a un mercadillo de segunda mano cuando tenía doce años. Vi una libreta de cuero marrón en la mesa y la cogí para olerla.

—Qué raro.

Ella entrecerró los ojos.

—Si me interrumpes, no acabo.

—Sigue…

Se pasó los cinco minutos siguientes contándome que olió un diario en un mercadillo de segunda mano, que se había pillado por un chaval que jugaba al fútbol y que, cuando lo compró, no sabía que el diario ya estaba escrito. Para cuando paró a coger aire, incluso me había enterado de lo que había pagado por él hacía quince años.

La observé mientras trataba de prestarle atención y esperaba a que fuese al grano. Stella no se dio cuenta. Entonces, me miró como si quisiera cerciorarse de que la había estado escuchando, así que asentí.

—Ya…

—Me di cuenta de que había comprado un diario usado. No pensaba leerlo, pero me entró curiosidad. Era un diario de hacía treinta años y lo había escrito una chica un año mayor que yo por aquel entonces. Las primeras entradas iban sobre el chico que le gustaba y su primer beso. Me enganché y no pude parar. Me leí todo de una sentada esa misma noche. A partir de entonces, durante medio año no dejé de buscar otros diarios en los mercadillos que veía, pero no encontré ninguno. Me olvidé de ellos hasta que encontré uno en eBay hace unos años, y fue entonces cuando vi que había un mercado entero dedicado a la compra y venta de diarios usados. Los he estado comprando desde entonces. Mientras la mayoría de la gente ve un capítulo o dos de un programa antes de irse a dormir, yo leo una entrada o dos.

—O sea que tu amigo te ha comprado un diario usado porque es su cumpleaños.

—Lo he comprado yo, pero estaba en italiano. Fisher ha encargado la traducción por su cumpleaños.

Tuve que pararme a pensarlo durante un momento.

—Por curiosidad, ¿cuánto costaría un diario de esos?

—Depende. Si es de mujer, entre cincuenta y cien dólares. Algunos venden diarios fotocopiados y, como eso se puede vender a más gente, sale más barato. Los diarios del siglo diecinueve valen muchísimo más, y los de hombres, sin importar de cuándo sean, son bastante más caros.

—¿Diarios de hombres? ¿Los hombres escriben diarios?

—Algunos sí. Pero son escasos, así que cuestan un riñón.

Me quedé alucinado. Había cosas de las que no tenía ni idea. Señalé con la barbilla el cajón donde había guardado el diario.

—¿Y ese de quién es?

—De un hombre llamado Marco. Vive en Italia.

—¿Y qué dice?

—Todavía no lo sé, no he empezado a leerlo. Pero me apetece mucho. Seré estricta y leeré una sola entrada cada noche, si no me lo acabaré en nada. Los diarios italianos son los mejores. Son muy apasionados para todo.

—Si tú lo dices... Sabes que esa afición tuya es un poco rara, ¿no?

—Pues sí. ¿Y qué? Me hace feliz.

Me chocó que algo tan simple la hiciera feliz. Durante los años posteriores al divorcio, no había muchas cosas que me hicieran sentir así, ni siquiera las mujeres con las que había estado. Tal vez le tuviera algo de envidia.

En fin, teníamos trabajo que hacer, así que me aclaré la garganta.

—Bueno, dime qué querías preguntarme cuando has venido a mi despacho.

Stella y yo nos enfrascamos en los documentos y arreglamos algunos errores que habían cometido en el departamento de compra preparando los pedidos de los componentes. Tenía una reunión vespertina a la que asistir, así que le pedí que me avisase si necesitaba algo más y me dispuse a marcharme.

Cuando ya estaba a la altura de la puerta, me acordé de que no le había dado la buena noticia.

—Casi se me olvida. He tirado de contactos y he hablado de tu producto con los ejecutivos de una cadena de teletienda.

—¿En serio? ¿Y les ha gustado?

—Pues sí, y mucho. Tanto al jefe de ventas como a la presentadora les ha encantado la idea. Quieren ver el producto en persona. Robyn nos ha invitado a comer mañana. Espero que no hayas hecho planes.

Stella se quedó con la boca abierta.

—¿Robyn? ¿Te refieres a Robyn Quinn? ¿La reina del canal de teletienda?

—La misma.

—¡La leche! ¿Cómo se te ocurre venir y dejarme parlotear sin parar durante una hora sin decírmelo antes?

—Supongo que se me había olvidado. Escucharte me desconecta el cerebro.

Ella sacudió la cabeza.

—Voy a dejarlo pasar y no te voy a volver a pegar porque has conseguido una reunión que podría cambiarlo todo.

Sonreí.

—Robyn me mandará un correo con la hora y los detalles, te lo reenviaré en cuanto lo reciba.

—Vale. Ay, madre. Hoy está resultando ser un gran día. Quizá esta noche lo celebre leyendo dos entradas de Marco y no una.

—Estás desatada.

Ella se encogió de hombros.

—Puede que yo no me desmelene mucho, pero a veces las personas de mi diario sí.

Capítulo 13

Stella

Hace diecisiete meses

—Podrían ser ellos.

Señalé a una pareja sentada unos cuantos peldaños por debajo de nosotros en los escalones de la biblioteca mientras comíamos.

Fisher arrugó el ceño.

—¿Quiénes?

—Alexandria y Jasper.

—¿La pareja del diario nuevo que estás leyendo? ¿El que te regaló tu compañera de piso por tu cumpleaños?

Asentí.

—Fue todo un detalle de su parte. —Ni siquiera sabía que conocía la fecha de mi cumpleaños y, para colmo, me regaló el mejor de los diarios. Estaba obsesionadísima con él.

Fisher abrió el envoltorio de su sándwich y le dio un buen bocado. Habló con la boca llena.

—¿No decías que no sabías el nombre del novio?

—Y no lo sé. Pero he decidido llamarlo Jasper porque ella se refiere a él como J. Así me parece más real cuando pienso en ellos.

—Cariño, sabes que te quiero, pero la mayoría de las historias que tienes en la cabeza no son reales.

Le pegué un codazo de forma juguetona. Últimamente había empezado a venir a las escaleras de la biblioteca para almorzar; las mismas escaleras donde tenía lugar la mayor parte de la historia del diario que estaba leyendo. Me gustaba leer mi entrada diaria ahí e imaginarme que las personas sentadas alrededor eran las mismas que aparecían en las páginas entre mis manos.

—Este diario es lo mejor que he leído en la vida. La semana pasada leí que, un día, el marido de Alexandria volvió a casa del trabajo antes de lo habitual para ver cómo estaba. La noche anterior le había dicho que no se sentía bien cuando él había intentado tener sexo con ella, aunque lo cierto era que se había acostado con Jasper apenas unas horas antes, así que no tenía ganas de hacerlo en ese momento con su marido. Pero bueno, la cosa es que cuando volvió a casa a ver cómo se encontraba, ella estaba echándose una siesta porque aquella mañana había vuelto a quedar con Jasper y estaba físicamente agotada. Su marido siempre se quedaba trabajando hasta tarde, así que no le importó dejar cargando el móvil en la encimera de la cocina. Pero, cuando entró, vio casualmente en la pantalla un mensaje que acababa de llegar. Era Jasper diciéndole cuándo verse al día siguiente. Por suerte, ella lo había guardado en la agenda del móvil como J. Cuando su marido le preguntó acerca del mensaje, ella le dijo que estaba relacionado con una sorpresa para su cumpleaños y él se lo tragó. Parece que el pobre hombre sigue sin tener ni idea de su aventura. Aunque Alexandria ahora se ha vuelto un poco paranoica sobre dónde deja el móvil.

Fisher sacudió la cabeza.

—¿El pobre hombre? Más bien dirás el pobre lumbreras.

—Lo sé. Me siento mal por el marido. Se casaron justo aquí en la biblioteca. —Extendí los brazos—. Y ahora, a veces queda con Jasper en estas mismas escaleras para irse a follar al callejón de al lado tras un contenedor de basura. No lo entiendo. El año pasado, antes de casarse, parecía enamoradísima de su marido.

Fisher volvió a darle un bocado al sándwich.

—¿Qué? ¿Te has comprado varios volúmenes de ese diario o qué? Un tomo no abarca más de un año, ¿no?

—Este sí, porque no escribe en él tan a menudo. Hay bastantes saltos temporales. Hay momentos en que, entre entrada y entrada, pasan varios meses. Antes de la boda escribía mucho en el diario, describiendo todos los preparativos. Pero justo después dejó de hacerlo. Supongo que no tuvo nada emocionante que escribir durante un año o dos… hasta que empezó a acostarse con el amigo de su marido.

—Más vale que te lo tomes con calma. Vas a tener una resaca del copón cuando lo acabes.

—Lo sé. Es porque la mujer y todos los que salen en el diario son de aquí, de Nueva York. Nunca había leído el diario de alguien de la ciudad y mucho menos en el que la historia ocurre a una manzana de donde trabajo. Solo por eso la historia me resulta tan real… Como si estuviese pasando ahora en vez de cuando sea que lo escribiera. No puedo dejar de pensar en la gente de la historia, preguntándome si alguna vez me habré cruzado con ellos. El otro día estaba en Starbucks y leí Jasper en la chapa del empleado. Hasta se me cayó el café al suelo de lo emocionada que estaba pensando en que podría ser él. Me quedé sentada allí dentro hasta que acabó su turno. Por suerte, su novio vino a recogerlo, así que lo descarté como posible amante de la mujer del diario.

—¿Y era guapo?

—Pues la verdad es que sí. ¡Pero me obcequé con un hombre solo porque se llamaba Jasper! Y ni siquiera sé cómo se llama el tío con quien la mujer del diario está teniendo una aventura.

—¿Qué Starbucks era? Un camarero atractivo y gay es más mi tipo que el tuyo.

Me reí entre dientes.

—Ay, Fisher. ¿Qué iba a hacer después de esperar durante dos horas a que el pobre terminara de trabajar? ¿Seguirlo a su casa?

—Estás un poquito obsesionada.

Suspiré.

—Eso es lo que me ha dicho Aiden. Hace poco discutimos porque mi móvil no tenía batería. Olvidé ponerlo a cargar y, cuando fui a por el suyo para mandarte un mensaje y decirte que llegaría tarde a cenar, caí en que él ya no dejaba su móvil por ahí. Eso me hizo sospechar, porque Alexandria está super-paranoica con que su marido la pille, y al final terminamos discutiendo. Él no había hecho nada malo.

Fisher volvió a negar con la cabeza.

—Tal vez deberías dejar de leer una temporada.

Por fin abrí la fiambrera con la ensalada que me había preparado para comer. Clavé el tenedor en ella y suspiré.

—Sí, puede que tengas razón.

Fisher medio resopló, medio se rio.

—Eso no te lo crees ni tú, guapa.

Capítulo 14

Hudson

A la comida/reunión terminó apuntándose hasta la vecina del quinto. Robyn, la presentadora del programa, había invitado a la copresentadora y a uno de los productores; el jefe de ventas iba a traer acompañante; y Jack también había decidido honrarnos con su presencia. Con tanta gente (y Stella, que quería llevar cajas de muestras para todos), decidí ir en coche hasta allí para que fuese más fácil. Tenía el coche en un aparcamiento a unas cuantas manzanas de la oficina, así que salí antes y le dije a Stella que quedábamos abajo en quince minutos. Ya me esperaba delante del edificio cuando me detuve en el semáforo de la esquina, así que pude observarla sin que se diese cuenta. Había dos macetas enormes flanqueando la entrada principal. Eran dos antiguos barriles de vino y nunca les había prestado mucha atención pese a pasar junto a ellos todos los días más que para percatarme de que los de mantenimiento cambiaban las flores cada cierto tiempo. Vi de lejos que Stella miraba a los lados, casi como para cerciorarse de que nadie le prestaba atención y luego se inclinó hacia ellos. Pensé que quería oler las flores, pero se agachó todavía más hasta acercar la nariz al barril. «¿Acababa de oler la maceta?».

Me reí de lo chiflada que estaba. Siempre que creía saber lo que iba a decir o hacer, no tardaba en demostrar que estaba equivocado. Una mujer así daba gusto. Cuando conocía a una mujer, no necesitaba ni cinco minutos para adivinar la ensalada que iba a pedir o si le gustaba el yoga o el tenis. Pero no con Stella; ella no estaba cortada por el mismo patrón.

Se acercó a la maceta al otro lado de la entrada y de nuevo comprobó que no hubiese moros en la costa antes de inclinarse para olerla. Solo que esta vez no flexionó las rodillas, sino que se dobló hacia adelante desde la cintura y me obsequió con una panorámica perfecta de su culo. O culazo, todo fuera dicho.

Joder. De puta madre.

Pisé el acelerador en cuanto la luz del semáforo cambió y me detuve delante del edificio. Había bajado al vestíbulo todas las cajas antes de ir a por el coche, así que lo dejé ahí y me encaminé adentro.

—Como estoy en doble fila, ¿por qué no vas entrando mientras yo cojo las cosas? —dije a la vez que pasaba por su lado.

—Sí, vale.

Después de cargar el maletero, lo cerré de golpe y esperé a que el tráfico aflojara lo bastante como para abrir la puerta del conductor sin que me atropellara nadie.

—Muchas gracias por ocuparte de las cajas —me agradeció Stella.

—No hay de qué.

Me abroché el cinturón.

—Falta una hora para que tengamos que estar en el restaurante, pero con este tráfico, tardaremos más o menos eso en llegar. —No dejé de mirar por encima del hombro, pero hasta un buen rato después no pude incorporarme al tráfico.

Stella olió el coche varias veces.

—¿Es nuevo?

En realidad tenía tres años, pero parecía nuevo porque no lo conducía mucho.

—Tiene unos años.

—Pues todavía huele a nuevo.

—Ah, ¿sí? ¿Te gusta más este olor que el de las macetas de la entrada?

Stella suspiró.

—Me has visto, ¿verdad?

—Pues sí.

—Tenía curiosidad por saber si de verdad eran barriles de vino antiguos.

—¿Y lo eran?

—No estoy segura. Solo olían a tierra.

Sonreí de forma burlona.

—Es lo que tienen las macetas, que están llenas de tierra.

—¿Qué coche es? El interior es precioso.

—Un Maybach S 650.

—¿Se supone que es un cochazo?

—No sé. Dímelo tú. ¿Te parece un cochazo?

Sonrió.

—Pues no mucho. Aunque yo no conduzco, así que no entiendo mucho de coches.

—¿Te refieres a que no tienes coche porque vives en Nueva York?

—No, a que no sé conducir. Me saqué el carnet y mi ex trató de enseñarme hace años, pero choqué con una boca de incendios al girar una calle y, bueno, hasta ahí llegué.

Poco a poco, nos fuimos acercando a la parte norte de la ciudad. Hubo un momento en el que un coche apareció de la nada y se cruzó con nosotros, así que tuve que pegar un frenazo. Tanto Stella como yo llevábamos puestos los cinturones, así que no nos pasó nada, pero su bolso salió volando y aterrizó en el suelo. Había caído bocabajo y cuando fue a recogerlo, todo lo que llevaba dentro se desparramó.

—Lo siento —le dije.

Cuando se inclinó hacia adelante para recoger sus pertenencias, me fijé en la caja con el diario de ayer.

—Mi exmujer escribía uno de esos de vez en cuando. Siempre que discutíamos, luego la veía garabateando en él. Seguro que lo único que hacía era ponerme verde. ¿No es eso lo que hace todo el mundo? ¿Desahogarse?

149

—A veces sí —respondió Stella. Recolocó el libro en la caja y volvió a taparlo—. He leído varios así. Normalmente los vendedores suben fotos de varias páginas como muestra. Gracias a eso, he podido descartar muchos, pero hay veces que es imposible de saber con fragmentos tan cortos.

—¿Ya has empezado a leer los secretos de Nico?

—Se llama Marco. Y sí, lo empecé.

—Bueno, y… ¿qué tal está?

Stella suspiró.

—Me he leído prácticamente la mitad del diario en una sola noche.

Me reí.

—¿Tan bueno es?

Se llevó una mano al pecho.

—Está enamorado de una mujer mayor que él. Amalia tiene diecinueve años más y es la bibliotecaria del pueblecito en el que ambos viven. Él cultiva la uva. Ella cree que solo es un capricho pasajero y que no le durará mucho pero, por cómo escribe, Marco parece estar loquito por ella. Está planteándose salir con otra mujer con la esperanza de darle celos y conseguir que Amalia confiese que también siente cosas por él, pero me preocupa que le salga el tiro por la culata y la aleje todavía más.

—Creo que Amelia, o como quiera que se llame, probablemente lleve razón. Marco solo tiene las hormonas revolucionadas. Se le pasará. Todos hemos fantaseado alguna vez con enrollarnos con una bibliotecaria *sexy*. No está enamorado de ella, solo le pone cachondo.

—Tú ni siquiera has leído el diario. ¿Cómo puedes saber lo que siente de verdad?

Me encogí de hombros.

—La mayoría de las relaciones siempre acaban igual.

—Madre mía, cuánto cinismo…

—No es cinismo, sino realismo. Y, aunque al final terminen juntos, ¿no crees que cuando ese tío tenga cuarenta y su

150

bibliotecaria *sexy*, sesenta, no hay muchas posibilidades de que busque candela en otro lado?

—No creo… Marco la quiere mucho.

Resoplé.

—Todo siempre es bonito al principio…

—Bueno, da igual.

—Dijiste que tu ex te engañaba. ¿Y aun así crees en los cuentos de hadas?

—Solo porque a mí me haya salido rana no significa que no crea en el amor. Me quedé destrozada cuando Aiden y yo cortamos. Me llevó un tiempo pasar página y volver a encontrar la felicidad. Qué demonios, si todavía sigo buscándola. Pero una de las cosas que me ayudan a salir adelante es pensar que todo el mundo, tarde o temprano, consigue un final feliz. Solo que el mío no era con Aiden.

Desvié la atención de la carretera un momento para mirarla a los ojos.

—Lo que tú digas…

—Si tan reacio eres a las relaciones, ¿por qué me pediste salir?

—¿Tengo que ser célibe solo porque no crea que todo sea de color de rosa?

—Ah. —Puso los ojos en blanco—. Solo querías acostarte conmigo. Me alegro de haberlo aclarado. Yo prefiero conocer a alguien y pasar tiempo juntos, además de intimar físicamente.

—No pongas en mi boca palabras que yo no he dicho. Yo también disfruto pasando el rato con una mujer. Es solo que a veces los dos albergamos expectativas distintas sobre cómo terminarán las cosas.

Stella negó con la cabeza.

—¿Sabes lo que te hace falta? Probar mi técnica de la felicidad.

—¿Tu técnica de la felicidad?

Stella asintió.

—Lo sé…, debería ponerle otro nombre.

Gruñí.

—Se me ocurren unos cuantos.

—Voy a hacer como que no he oído eso. En fin, cuando noté que siempre estaba de mal humor y con pocas ganas de nada, me hice una lista con las cosas que me hacían feliz. Cosas pequeñas, no inalcanzables o difíciles de conseguir. Por ejemplo, todos los días intento regalarle un cumplido a alguien. Puede parecer poca cosa, pero te obliga a encontrar algo bueno en al menos una persona cada día. Después de un tiempo, te ayuda a cambiar de mentalidad. Otra cosa que hago es dedicar diez minutos a meditar por las mañanas. También contemplo el amanecer o el atardecer por lo menos una vez a la semana. E intento hacer algo nuevo todos los fines de semana.

Sonreí con suficiencia.

—Si necesitas ayuda para este finde, dímelo.

Ella puso los ojos en blanco.

—Cosas inocentes, no indecentes.

Me reí entre dientes.

—Nuestras técnicas de la felicidad son muy distintas.

El tráfico había aligerado y ya estábamos a medio camino del restaurante.

—Por fascinante que me resulte esta conversación, será mejor que te ponga al día sobre la cadena antes de comer. Pronto llegaremos al restaurante.

—Ya he buscado información.

—Muy bien. Pues dime qué sabes.

Stella procedió a recitar datos sobre la propiedad del canal, estadísticas sobre los productos que vendían, cuáles eran sus mejores (y peores) artículos, y las cualidades que buscaban en los socios. Luego detalló información tanto personal como profesional de las copresentadoras. Había hecho los deberes bastante mejor que yo.

—Eres muy meticulosa —le dije.

—Gracias.

Nos detuvimos en un semáforo en rojo y Stella se removió en el asiento. Descruzó las piernas y las volvió a cruzar para el otro lado. Fue un movimiento inocente, fruto de la necesidad de ponerse más cómoda porque ya llevaba un buen rato sentada en el coche, pero el repaso que le di a sus piernas medio desnudas no tuvo nada de inocente.

«Técnica de la felicidad». Con un poquito de pierna me bastaba. ¿Por qué las tías tendían siempre a complicarse la vida?

¿Quién era la mujer junto a la que me había sentado a comer?

La misma que se había pasado quince minutos contándome con pelos y señales que había ido a un mercadillo de segunda mano con doce años cuando lo que yo quería saber era cómo había empezado a leer diarios; la misma mujer que había olido unos barriles hacía unas cuantas horas se había transformado ahora en una mujer de negocios de lo más astuta. En vez de desvariar con historias personales, prestó atención (pero de verdad) y enseguida descubrió los puntos clave sobre cada una de las personas presentes. Luego, sutilmente, desviaba la conversación a esos temas cuando intervenía. No tardó en tener a los peces gordos de la cadena comiendo de la palma de su mano. Robyn Quinn hasta la invitó a una comida sobre el liderazgo de la mujer para hablar de cómo había conseguido transformar su idea en un negocio tan innovador. El aparcacoches trajo primero el mío, así que estreché la mano de todos. Las mujeres abrazaron a Stella. En cuanto nos pusimos en camino, me miró.

—Vale, venga. Dime qué he hecho mal.

Desvié la atención de la carretera un momento hacia ella.

—¿Mal? ¿Por qué crees que has hecho algo mal?

—Estás muy callado.

—¿Y?

—Normalmente te callas y me lanzas miraditas cuando quieres decirme algo malo, pero estás conduciendo, así que no te queda más remedio que mirar a la carretera.

—Pues en realidad pensaba en lo bien que ha ido la comida. Has hecho un muy buen trabajo. Puede que yo tomara las riendas al principio, pero has sido tú la que ha sellado el trato.

De soslayo, vi a Stella parpadear varias veces.

—Eso que me has dicho es… ¿un cumplido? ¿De verdad vas a probar mi técnica de la felicidad?

Nos detuvimos en un semáforo, así que la miré.

—Ni lo sueñes. Aunque eso no significa que no regale cumplidos de vez en cuando.

Curvó los labios en una sonrisa adorable.

—He estado genial, ¿verdad?

—Ya te he hecho un cumplido, no busques otro tan pronto.

Se rio.

—Vaaale. Me conformaré con ese.

Tres días después, mi secretaria llamó a través del interfono.

—Jack Sullivan está en espera al teléfono.

—Gracias, Helena.

Me recliné en la silla y cogí el teléfono.

—Sé que aún te debo una cerveza, pero son las ocho de la mañana.

Jack se rio.

—No sería la primera vez que desayunamos cerveza.

Sonreí.

—Eso fue hace muchos años.

—Habla por ti. Tú no fuiste a la despedida de soltero de Frank hace unos meses.

Me reí entre dientes.

—¿Qué pasa?

—Tengo noticias que deberían ayudarte a ganar puntos con tu nueva novia.

Sabía exactamente a quién se refería pero, aun así, dije:

—Ahora mismo no hay ninguna mujer en mi vida. Además, si la hubiera, no necesitaría tu ayuda para ganar puntos con ella.

—Entonces no quieres que te lo cuente…

—Habla, Sullivan. ¿Qué pasa?

—Tengo buenas y malas noticias. Las buenas son que la nueva Vaporum, una especie de artilugio que te quita las arrugas de la ropa una vez puesta, ha causado quemaduras de segundo grado a uno de nuestros productores.

—¿Alguien se ha quemado? ¿Y esas son las buenas noticias? No sé si quiero oír las malas.

—Está claro que para él no son buenas, pero para ti sí. El canal de teletienda se ha visto obligado a retirar la Vaporum de la programación y eso significa que hay un hueco libre para otro producto.

—Anda, ¿sí? ¿Y crees que Mi Esencia podría tener alguna oportunidad?

—Mucho mejor. El espacio es tuyo si podéis tener el producto listo antes de lo que habíais planeado en un principio.

La fecha de salida estaba programada para dentro de nueve semanas, pero podríamos acelerar las cosas si era necesario.

—No hay problema. ¿Para cuándo tendríamos que tenerlo?

—Esas son las malas. Tendríais que estar a punto para la semana que viene.

—¿La semana que viene? —Negué con la cabeza—. Imposible.

—Bueno, el programa se grabaría entonces. Lo emitirían el fin de semana siguiente. Pero los envíos serían entre dos y cuatro semanas después. Tendríais algo de margen para preparar la mercancía.

Solté un prolongado suspiro.

—No sé si podremos acelerar las cosas tanto.

—¿He mencionado ya el volumen de pedidos que están pronosticando?

—No, ¿de cuánto estamos hablando?

Sorprenderme no era tarea fácil, pero la cantidad que salió de la boca de Jack me dejó boquiabierto.

—Joder. Es más de lo que esperábamos en el primer año.

—Las mujeres se vuelven locas con los productos que salen en el canal. Robyn necesita conocer la respuesta de aquí a una hora. Si no podéis, tiene una lista de gente impaciente a la cola, así que más vale que os decidáis pronto.

Capítulo 15

Hudson

—¿En serio creen que se van a vender tantos? —Stella tuvo que sentarse, como si la cantidad fuese demasiado difícil de digerir estando de pie.

—Según Jack, no suelen equivocarse mucho con los pronósticos de ventas. Conocen bien a la audiencia y su poder adquisitivo.

—Ay, madre, qué locura. Pero es imposible tenerlo tan pronto.

—¡¿Cómo que no!? —intervino Olivia—. No tenemos más opción. Es una oportunidad única. Hay que estar listos para entonces.

Stella se llevó una mano a la frente.

—Pero ¿cómo lo hacemos? Acabamos de pedir al extranjero algunos de los productos que necesitamos. El envío en sí tardará casi un par de meses. Para la semana que viene no tendremos nada listo.

—Bueno, en realidad tenemos más de una semana —dije—. El programa se graba la semana que viene, pero se emite el sábado siguiente. Y además dan de margen entre dos y cuatro semanas para los envíos, así que podríamos estirar las fechas hasta entonces. Tendremos que acelerar lo que nos falta y pedir que lo manden todo en avión en vez de en barco. O buscar otros proveedores locales hasta que nos llegue lo que ya hemos pedido. Puede que incluso ambos.

Stella sacudió la cabeza.

—Eso saldrá supercaro.

—Podríamos incrementar el precio para reducir la diferencia de coste —sugirió Olivia.

Stella no las tenía todas consigo.

—No sé. Sin ser una marca conocida o sin nadie famoso que te avale, el tema del precio es delicado.

—El canal de teletienda vende productos con pago en tres plazos —explicó Olivia—, así que el precio no resultaría tan chocante como normalmente. Escuchar 59,99 puede parecer una cantidad alta, pero cuando son tres pagos de 19,99 al consumidor no le duele tanto.

—Bueno, si creéis que podríamos conseguirlo… Sé que es una oportunidad increíble —opinó Stella—. ¿Y si dedicamos el día de mañana a organizar todo lo necesario para sacarlo adelante?

Negué con la cabeza.

—No tenemos tanto tiempo, necesitan la respuesta antes.

—¿De cuánto antes estamos hablando?

Miré la hora.

—Unos cincuenta minutos.

Nos reagrupamos en la sala de juntas cinco minutos antes de que tuviera que llamar a Jack con una respuesta. Stella lanzó a la mesa un cuaderno de notas con un montón de información en él.

—Puedo conseguir la mitad de lo que necesitamos de proveedores locales excepto dos: calone y ambrette. El precio es bastante superior, pero si compramos al por mayor el coste no sube tanto como pensaba. Y en el laboratorio están listos para mezclar los componentes en cuanto recibamos los pedidos. Puede que, con ese volumen de pedidos, tardemos días en elaborarlos, pero con el plazo de entrega que dan, es factible.

Asentí.

—Puedo hacer que manden en avión esos dos componentes con muy poca diferencia de precio si aumentamos el pedido.

Ambos nos volvimos hacia Olivia, que sonrió.

—Imprenta ha dicho pueden quedarse trabajando toda la noche si hace falta. Tendrían que saberlo con un día de antelación por el tema del personal y, por supuesto, también los archivos PDF, que aún no están listos, pero los tendremos en breve. La página web no será un problema. El equipo sigue retocando algunas cosillas de la estética de la página, pero, si hace falta, podemos activarla en una hora.

Stella fue incapaz de ocultar su entusiasmo.

—Ay, madre, ¿de verdad vamos a hacerlo?

—Eso parece —contesté—. Aunque se me ha olvidado mencionar un detalle.

—¿El qué?

—Quieren que salgas tú en pantalla junto a Robyn para vender el producto.

Ella abrió los ojos como platos.

—¿Yo? ¿Salir en la tele? Si no lo he hecho nunca.

—Supongo que siempre hay una primera vez para todo —le contesté con una sonrisa burlona—. Y podrás poner en práctica tu técnica de la felicidad.

—Joder, está buenísima.

La cabeza de Jack se movió en tándem con las piernas de Stella mientras subía al escenario. Se agachó para que el técnico de sonido le colocase los micrófonos, y no le dejé decir nada más.

—Un respeto, capullo —espeté con la mandíbula apretada.

Él resopló.

—Como si tú no le hubieras mirado el culo hace un momento.

No respondí.

—He de decir que también tiene un buen par de tetas.

Solté un gruñido.

Jack se volvió hacia mí con una sonrisilla cómplice.

—¿Me acabas de gruñir?

—Cierra el pico.

—Admítelo, no quieres que la mire porque te gusta. Ya te has puesto posesivo con la piba y todo.

—¿«La piba»? ¿Hemos vuelto a 1985? ¿También llamas así a tus trabajadores?

—Deja de esquivar el tema. Esa mujer te gusta, y lo sabes.

Puede que Jack fuera el vicepresidente de una gran empresa, pero una parte de él todavía seguía en sexto de primaria. Sabía que, si no decía nada, no se callaría nunca, por lo que traté de calmarlo.

—Ha resultado ser muy trabajadora y agradable, así que sí.

—¿Entonces no crees que esté buena?

Puse los ojos en blanco.

—Es atractiva, sí.

—¿Pero no te la quieres tirar?

—Stella y yo mantenemos una relación estrictamente profesional.

—Ah, así que el problema es la relación profesional. Si no fuera el caso, ¿te la intentarías tirar?

—Doy esta conversación por finalizada.

Jack metió las manos en los bolsillos y se encogió de hombros.

—Vale, entonces no te importará que se la presente a Brent, ¿no?

—¿Brent?

—Fenway. De la universidad, ¿te acuerdas? Alto, guaperas, ya sabes. Probablemente el único que podía hacerte la competencia en esa época. Ahora trabaja aquí. Está igual, pero más mazado. Sigue soltero…

Mi amigo creía que se las estaba dando de listo; como si no fuera a atreverme a ponerle los ojos a juego con los míos.

—Vete a la mierda —respondí.

Jack sonrió.

—Lo sabía.

Poco después, Jack miró su reloj.

—Tengo una reunión. ¿Te vas a quedar durante la grabación?

—Sí. Olivia no ha podido venir, así que le he dicho que me quedaría yo.

—Tardarán varias horas.

Le enseñé el móvil.

—Tengo material para entretenerme.

Él se levantó y me dio una palmada en la espalda.

—Ya. Pero me apuesto todo lo que tengo en el banco a que no apartarás la mirada del plató.

Menos mal que no acepté la apuesta, aunque jamás en la vida admitiría que me pasé tres putas horas observando todos y cada uno de los movimientos de Stella. Cuando Jack me comentó que querían que Stella saliera en el programa, en parte me pareció una buena estrategia comercial. Era preciosa y estaría magnífica en pantalla, pero no tenía experiencia. Aunque después de haberla observado durante varias horas, supe qué había visto la presentadora en ella para quererla en el programa.

Era divertida y apasionada, y hablaba con tanta inocencia que te hacía creer todo lo que decía, como si realmente fuese demasiado íntegra como para mentir. Joder, hasta yo quería comprarle el puto perfume y eso que parte de la empresa era mía.

Terminaron de grabar poco después de las cinco. Stella se quedó hablando con la presentadora y el personal durante un rato y después se volvió para mirar hacia el público. Usó las manos como visera para tapar la luz de los focos. Me encontró sentado en la cuarta fila desde atrás, sonrió y se dirigió a las escaleras en el lateral del plató. Yo me levanté y fui a su encuentro.

—Madre mía —exclamó—. ¡Ha sido divertidísimo!

—Parecías pasártelo bien.

—Espero no haber estado muy rara. —Levantó las manos y sacudió los dedos—. Era como… como si me hubieran electrocutado o algo. No en plan cortocircuito, sino como si la energía no dejara de fluir a través de mí.

Solté una carcajada.

—Lo has hecho bien; has entretenido al público y has sido sincera. —Me giré al escuchar que la puerta del plató a nuestras espaldas se abría y se cerraba. Jack había regresado, pero el cabrón no estaba solo, sino que volvía acompañado. Le iba a partir la cara.

Se acercó con una sonrisa de lo más presuntuosa.

—Hudson, te acuerdas de Brent, ¿no?

Apreté los dientes y extendí la mano.

—Claro. ¿Qué tal, Brent?

No habíamos ni terminado de estrecharnos las manos cuando los ojos del capullo aterrizaron sobre Stella. Le faltó tiempo para soltarme la mano.

—Creo que no tengo el gusto de conocerte. Brent Fenway.

Stella le sonrió.

—¿Fenway? ¿Como el campo de béisbol de los Red Sox?

—El mismo. ¿Has ido alguna vez?

—Ahora que lo dices, no.

—Tal vez pueda llevarte algún día.

¿Este tío iba en serio? No llevaba ni medio minuto ahí y ya estaba coqueteando con ella. En nada empezaría a mearle encima como si no fuera más que una boca de incendios.

Jack me lanzó una miradita y se meció sobre los talones. Parecía muy pagado de sí mismo.

—Creo que sería una muy buena cita. ¿Verdad, Hudson?

Lo fulminé con la mirada.

—Yo soy fan de los Yankees.

—Mientras veníamos hacia aquí he visto a Robyn. Quería hablar con nosotros. —Jack señaló con el pulgar la puerta por la que acababa de entrar—. Está en su despacho, al final del pasillo.

—Vale. —Mentiría si dijera que me daba pena decir adiós a Brent tan pronto. Me despedí con un gesto de la barbilla—. Me alegro de verte. —Gesticulé con la mano hacia Stella—. Tú primero.

Jack sacudió la cabeza.

—En realidad, solo quiere vernos a ti y a mí, Hudson. Stella puede quedarse aquí. Seguro que Brent le hace compañía.

—Por supuesto.

Brent esbozó una sonrisa y me dieron ganas de darle un puñetazo.

En cuanto salimos al pasillo, Jack echó más leña al fuego.

—Brent no está nada mal, ¿eh?

Mi respuesta fue fulminarlo con la mirada.

—Stella y él hacen buena pareja.

—Ya me ha quedado claro. Ahora dile que vuelva al trabajo de una puta vez.

Jack sonrió.

—No puedo, no trabaja para mí.

Mi amigo tuvo suerte, porque Robyn salió de su despacho justo en ese momento.

—Ahí estáis. Tengo buenas noticias.

No tuve más remedio que poner buena cara cuando lo único que me apetecía era matar a mi amigo y usar su cadáver como bate para hacer pedazos al guaperas que se había quedado en el plató.

—Sí, aquí estamos. Por cierto, has estado genial grabando la parte de Mi Esencia —la felicitó Jack—. Creo que esas ya son buenas noticias de por sí.

Robyn le entregó un montón de papeles.

—Normalmente evaluamos los productos antes de aceptarlos a través de un grupo de sondeo para ver si atraerían a los espectadores y descubrir qué más querrían saber sobre él. No hemos tenido tiempo de hacerlo con Mi Esencia porque se incluyó a última hora, pero teníamos un grupo hoy aquí para otro proyecto. Le he dicho a Mike, el productor, que les enseñe unos minutos de lo que hemos grabado y las respuestas no podrían ser mejores. Creo que tenemos que aumentar el pronóstico de ventas.

Hojeé las cantidades y tenía razón.

¿Con cuánta probabilidad compraría el producto? Un 94 % ha respondido que muy probable.

¿Ha encontrado en el mercado algún producto similar? Un 0 % ha respondido que sí.

¿Cómo valoraría la actitud del presentador invitado? Un 92 % ha respondido que se ha mostrado cercana.

Y así tres páginas, todas con resultados sobresalientes. Leí todas las preguntas por encima y sacudí la cabeza.

—Increíble.

—¿Y sabéis qué? —intervino Jack y ambos nos giramos para mirarlo—. Es una razón de más para celebrarlo.

Esa misma tarde, Stella y yo nos dirigimos al restaurante en coche. Habíamos quedado con Robyn y Jack directamente allí, pero llegamos diez minutos antes, así que fuimos los primeros.

—¿Nos tomamos algo en el bar? —sugerí.

—Claro.

Avisamos a la recepcionista de adónde íbamos y encontramos un par de taburetes libres.

El camarero colocó una servilleta frente a nosotros.

—¿Qué les pongo?

Miré a Stella.

—Un merlot, por favor.

—¿Le gustaría ver la carta de vinos para elegir uno?

—El de la casa me vale.

Acto seguido, el camarero me miró a mí.

—¿Y usted?

—Una Coors Light.

En cuanto se alejó, miré a Stella enarcando una ceja.

—¿No vas a pedir una copa de ginebra y olerla?

Ella esbozó una sonrisa.

—Esta noche no. Creo que no es buena idea mezclar negocios con alcohol fuerte.

—Tampoco crees que sea buena idea mezclar negocios con el amor, pero me vas a pedir una cita.

Ella se rio.

—¿No me digas?

Me había pasado el día entero observándola. Los de maquillaje la habían pintado mucho más de lo normal, incluso le habían puesto un pintalabios rojo chillón que, después de tantas horas, permanecía intacto. Era incapaz de levantar la vista de su boca.

Tragué saliva y seguí mirándole los labios.

—A veces hay que hacer excepciones.

Ella dejó escapar una risita nerviosa.

—¿Eres de los que hacen excepciones, Hudson? Tengo la sensación de que tú sabes mucho de mí y yo apenas sé nada de ti.

—¿Qué quieres saber?

El camarero trajo las bebidas y Stella se llevó la copa de vino a los labios.

—No sé. Estás divorciado. ¿Qué pasó?

Fruncí el ceño.

—Se supone que esto es una celebración, no un funeral.

Stella volvió a sonreír.

—¿Tan mal fue?

—Cuando le pedí matrimonio, le di el anillo de mi abuela. Unos días más tarde, volví a casa y me la encontré con otro anillo distinto. Lo había vendido para comprarse uno que le gustaba más.

Ella abrió los ojos como platos.

—Madre mía.

Bebí un trago de cerveza.

—Me lo merecía, porque me casé con ella de todas formas.

—¿Por qué?

Muy buena pregunta. Siempre me preguntaban por qué rompimos, pero no por qué me había casado con Lexi.

—Si me lo hubieras preguntado antes de la boda, te habría respondido que era joven y teníamos mucho en común: nos gustaba viajar, pertenecíamos al mismo círculo social…

—Pero ahora la respuesta es distinta, ¿no?

Sacudí la cabeza.

—Ahora lo veo más claro. El año anterior había perdido a mi madre. Yo trabajaba en la empresa familiar y cada vez asumía más responsabilidades porque mi padre se jubiló tras su primer infarto. Casarme me parecía lo natural. Hoy en día suena estúpido, pero mi familia se rompía a pedazos y creo que lo único que quería era reproducir lo que tenía, así que decidí formar mi propia familia. Ya llevaba varios años saliendo con Lexi y di el siguiente paso. Básicamente, fui un idiota.

—No opino lo mismo. Creo que querer una vida familiar es algo bonito. Por lo que dices, el matrimonio de tus padres tuvo que ser muy bueno, ¿no?

Asentí.

—Sí. Seguían dándose la mano y cuando eran las cinco y trece se felicitaban por el aniversario. Se casaron el trece de mayo.

—Jo, qué romántico.

—¿Y tú? ¿Tus padres siguen casados?

—Sí, pero son un matrimonio… bastante singular. —Vaciló antes de añadir—: Son poliamorosos.

Elevé las cejas.

—Vaya, ¿entonces tu padre está casado con muchas personas?

Ella negó con la cabeza.

—No, eso es poligamia. Simplemente tienen una relación abierta. Siempre la han tenido.

—¿Y cómo es eso?

—Crecí en una casa de dos pisos en Westchester. En la planta de abajo había un pequeño apartamento de dos habitaciones y en la de arriba, tres. Arriba vivíamos de forma normal. Mi hermana y yo dormíamos en habitaciones separadas y mis padres en una sola. Pero siempre había amigos de mis padres que se quedaban a dormir en las habitaciones de invitados de la planta de abajo. No nos lo ocultaron nunca, pero hasta los ocho o nueve años no me di cuenta de lo diferente que era su relación. Un día me desperté en mitad de la noche, pero como el baño de nuestra planta lo habían cambiado a la planta baja, me dirigí allí. De camino, me encontré a una mujer saliendo en ropa interior. La conocía de vista, pero como no esperaba ver a nadie, grité. Mi padre salió de la habitación al final del pasillo en ropa interior también. Al día siguiente, mis padres nos sentaron a mi hermana y a mí y nos lo explicaron todo.

—Tuvo que ser difícil de entender a esa edad.

Ella asintió.

—Me costó asumirlo durante un tiempo. Ninguno de los padres de mis amigos era así y las parejas de la tele, tampoco. Y menos las de hace veinte años… así que no entendía por qué mis padres eran diferentes y eso me hizo pensar en si yo acabaría así en el futuro. Recuerdo que un día le pregunté a mi madre si aquello era hereditario.

Me quedé pasmado.

—Tú no… No…

Stella soltó una carcajada.

—Para nada. Ya he aceptado que el matrimonio de mis padres es así, pero desde el principio supe que no era el tipo de vida que yo quería. En lo que respecta a las relaciones, soy bastante celosa. Me considero demasiado posesiva como para compartir a mi pareja.

Sonreí y me recordé cómo me sentí cuando Jack había traído a Brent. Stella y yo ni siquiera salíamos todavía y a mí ya me habían entrado ganas de pegarle un puñetazo a ese tío.

—Lo entiendo.

Me acordé de que dijo que no se llevaba bien con su padre el día que vino a mi despacho a recoger el móvil.

—¿Todavía viven en Westchester?

Ella asintió.

—En la misma casa. Por lo que sé, siguen teniendo el dormitorio de matrimonio en el piso de arriba y el de abajo para lo extramatrimonial, pero llevo más de un año sin ir. —Bebió un sorbo de su vino—. Se podría decir que discutimos. Pero, si no te importa, no me apetece mucho hablar de ello. Hoy ha sido un día increíble y todavía no quiero que se me vaya el subidón.

—Claro.

Volvió a beber un poco más.

—¿Y tu familia? ¿Tienes algún hermano más aparte de Olivia?

Negué con la cabeza.

—Solo a ella, y menos mal. No podría pagar otra boda así.

—Seguro que celebrarla en la biblioteca tuvo que costarte un dineral. Una de las mujeres cuyo diario leí hace tiempo también se casó allí. Su forma de describirlo me enamoró. Cuando lo leí, yo trabajaba cerca y solía sentarme en las escaleras de la biblioteca para comer y leer unas paginillas. Siempre miraba alrededor y me preguntaba si el hombre con el que se había casado estaría pasando por allí, porque era evidente que vivieron en la ciudad en cierto momento.

—Me dijiste que los diarios son tu propia versión de los *realities,* pero parecen más bien historias románticas llenas de fantasía.

—La verdad es que ese diario en concreto acabó siendo más bien una historia de terror. Fue uno de los motivos por los que descubrí que Aiden me ponía los cuernos.

—¿Y eso?

—En el diario había grandes saltos en el tiempo, de varios años, pero tras la boda de ensueño en la biblioteca las cosas se fueron a pique. Las entradas pasaron de describir aquel precioso lugar y las flores, a ocultar la aventura que tenía la mujer. Algunas de las cosas que dijo me resultaron familiares porque había visto los mismos cambios en Aiden: había empezado a quedarse a trabajar hasta tarde y se duchaba en cuanto llegaba. La mujer escribió que odiaba tener que ocultar el olor de su amante y que odiaba a su marido porque tenía que ducharse en cuanto llegaba a casa tras sus encuentros a escondidas. Aquello me llevó a interrogar a Aiden. Al principio me hizo creer que estaba paranoica y culpó a los diarios de meterme ideas que no existían en la cabeza. Pero hubo muchos detalles que me hicieron sospechar que pasaba algo. Me avergüenzo de lo loca que me volví al final.

—¿De qué te avergüenzas? El que debería sentirse así es tu ex.

Stella desvió la mirada durante un momento.

—¿Por qué hemos vuelto a mí? Se supone que íbamos a hablar de ti.

—Creo que mencionar la boda de mi hermana en la biblioteca ha sido el detonante. No sé si te lo había dicho, pero yo también me casé ahí.

—¿En serio? ¿Tu hermana y tú os habéis casado en el mismo sitio?

Asentí.

—Y mis padres también. Desde pequeña, Olivia decía que ambos nos casaríamos allí. Me alegro de que lo que pasó con mi matrimonio no la disuadiera.

Apuramos las bebidas, pero ni Jack ni Robyn aparecieron. Miré el reloj y vi que llegaban veinte minutos tarde.

Stella se dio cuenta.

—Habíamos quedado a las siete, ¿no?

Asentí y miré hacia la entrada. No había nadie.

—Voy a mandar un mensaje para asegurarme. Tal vez entendiera otra hora. —Saqué el móvil y comprobé el mensaje

169

que me había mandado Jack. Estábamos en el lugar y la hora indicados, así que le escribí.

HUDSON: ¿Estáis en otro restaurante o algo? Stella y yo estamos en The NoMad.

La copa de Stella estaba vacía. La señalé.
—¿Quieres otra?
—No debería.
—¿Quieres o no?
Ella soltó una carcajada.
—Paso. Quiero tener la cabeza en su sitio mientras cenamos con Robyn.

Un minuto más tarde, me sonó el móvil con la respuesta de Jack:

JACK: ¿No me digas que se me ha olvidado decirte que hemos tenido que cancelarlo? Robyn no ha podido encontrar una canguro. Me dirá cuándo le viene bien la semana que viene.

Le contesté:

HUDSON: Pues sí, tío, se te ha olvidado. Joder.

JACK: Se me ha debido de pasar. Celebradlo sin nosotros esta noche. ¿O no te apetece? Puedo mandarle un mensaje a Brent para que te quite a Stella de encima...

Sacudí la cabeza.

HUDSON: Eres un capullo. Lo has hecho a propósito, ¿verdad?

JACK: De nada, amigo mío.

Dejé el móvil en la barra.

—¿Va todo bien? —preguntó Stella.

—Por lo visto ha habido un problema y la cena se ha pospuesto. El capullo de mi amigo se ha olvidado de avisarme.

—Ah, vaya, pues vale.

Puede que mi amigo no jugara limpio, pero mentiría si dijera que el resultado no me gustaba.

—Ahora estamos en el mismo bando, ¿no?

Stella frunció el ceño.

—¿A qué te refieres?

—No querías tomarte nada porque íbamos a cenar con otros asociados, pero tú y yo no somos eso, sino copropietarios, así que estamos en el mismo bando.

Stella sonrió.

—Supongo que ya no tengo por qué preocuparme tanto, teniendo en cuenta que ya he hecho el ridículo delante de ti bastantes veces.

—¿Y si nos tomamos otra mientras cenamos? Creo que, aun así, deberíamos celebrarlo.

Ella se mordió el labio inferior.

Estiré el brazo y se lo froté con el pulgar hasta que dejó de mordérselo.

—Tranquila. No es una cita. Solo somos unos socios y amigos que van a cenar juntos. No me lanzaré sobre ti hasta que me pidas una cita.

Capítulo 16

Stella

—¿No vas a pedir otra?

Hudson levantó una mano.

—Llevo el coche.

Hipé.

—Y yo una cogorza.

Él soltó una carcajada.

—Estás muy mona cuando te emborrachas.

Negué con la cabeza.

—No estoy borracha, sino piripi.

—¿Y qué diferencia hay?

—Si estoy piripi, es que aún controlo.

—Entonces, si te emborrachas, ¿pierdes el control? —Hudson detuvo a nuestra camarera, que justo pasaba por nuestro lado.

—¿Puede ponernos otra copa de vino cuando pueda? Y llénela hasta arriba, por favor,

Me eché a reír.

—Esta noche me lo he pasado mejor que en mi última cita. Espera —gesticulé—, esto no es una cita.

—Por supuesto. —Hudson me lanzó una sonrisa pícara y bebió un poco de agua—. ¿Las cosas con Ken no van bien?

—Ben.

—Sí, eso. ¿Va todo bien?

Suspiré.

—Es muy buen tío, pero… supongo que no hay química.

Los ojos de Hudson se desviaron a mis labios.

—Que no hay química, ¿eh?

El aire de la sala pareció chisporrotear y me extrañó que la gente que estaba cenando no buscase el origen de aquel ruido. Esto… esto era lo que nos faltaba a Ben y a mí. Con una sola mirada de Hudson me entraban los sofocos.

Tragué saliva.

—Para nuestra primera cita me trajo flores, y para la segunda, bombones Godiva. Es muy detallista. Supongo que esperaba que la conexión fuera a más.

Los ojos de Hudson se oscurecieron.

—No pasará.

—¿Cómo lo sabes?

—Porque no se puede forzar una química que no existe, al igual que no se puede detener cuando no quieres que exista. Hay cosas que no podemos controlar.

En ese momento me sentí impotente. Si Hudson hubiera metido la mano bajo la mesa y la hubiese colado bajo mi falda, no habría sido capaz de detenerlo. Por suerte, la camarera trajo la copa de vino, la cual había llenado casi hasta el borde.

Le guiñó el ojo a Hudson con complicidad.

—¿Les gustaría ver la carta de postres?

Él asintió.

—Sí, gracias.

Cuando volvió con un par de cartas, dijo que nos daría unos minutos. Pensé que la interrupción nos vendría bien para cambiar de tema, pero él dejó su copa en la mesa y siguió hablando de lo mismo.

—Oye, ¿cuándo vamos a romper con *Len*?

Sonreí.

—¿Vamos? ¿Lo vamos a hacer los dos?

—Lo puedo hacer yo por ti de buena gana. —Extendió la mano hacia mí—. Dame tu móvil.

173

Solté una carcajada.

—Gracias, pero creo que me las puedo apañar sola.

—Pero lo harás, ¿no? ¿Le darás calabazas a Benito?

—Hala, cuando hablamos de que rompa con él, sí te acuerdas de su nombre. —Puse los ojos en blanco—. Tú y yo tenemos conceptos distintos sobre las relaciones.

Hudson entrecerró los ojos.

—¿A qué te refieres?

—Tú mismo has dicho que te gusta pasar tiempo con las mujeres pero que tus expectativas de futuro son distintas.

—Me refería a que rompo con una mujer si no preveo un futuro con ella y la mujer empieza a sentir algo más. No es que no quiera tener una relación.

—Ah.

Sonrió.

—Tú y yo sentimos lo mismo, así que no hay problema.

Me reí.

—Intuyo que no sales con nadie.

—Ahora mismo no, pero estoy en ello. —Le brillaron los ojos.

—¿Cuándo tuviste una cita por última vez?

—Supongo que el fin de semana previo a la boda de mi hermana.

—¿Y qué tal?

—Fuimos a un mexicano. Me preguntó si quería compartir un entrante y me dijo que eligiera, así que pedí unos nachos con guacamole que preparaban a la vista. Cuando terminé de pedir, la chica se giró hacia el camarero y dijo: «Guatemala. Se refiere a nachos con Guatemala».

Me eché a reír.

—Dime que es una broma.

Él sacudió la cabeza.

—Ojalá.

—Intuyo que no has vuelto a salir con ella.

—No, aunque da igual, el fin de semana siguiente conocí a alguien que me picó la curiosidad. Me cuesta no pensar en ella, así que salir con otra persona no sería justo, incluso aunque conozca la diferencia entre Guatemala y guacamole.

Traté de calmar con algo de vino la calidez que sentí en el vientre, pero la mirada de Hudson no me lo puso fácil.

—¿Conociste a Miss Guatemala en una web de citas?

—No, en una gala benéfica. No uso webs de citas.

—¿En serio? ¿Y cómo conoces a mujeres? ¿A la antigua?

—Sí, pago a prostitutas.

—Mentiroso. —Sonreí—. No has tenido que pagar por una mujer en tu vida. Me refiero a los bares. ¿Las conoces así?

—A veces. No sé. En cualquier lugar.

Puse los ojos en blanco y señalé su cara.

—No te cuesta conocerlas por tu aspecto.

—¿Te refieres a que te gusta lo que ves?

—Es evidente que eres atractivo. Tendrás espejos en casa, ¿no? Seguro que lo único que necesitas es entrar en un bar y chasquear los dedos y las mujeres se te lanzan encima.

Hudson soltó una carcajada.

—¿Me acabas de comparar con Fonzie?

—Tal vez. —Ambos nos echamos a reír.

Su sonrisa menguó mientras me observaba.

—Eres preciosa cuando te ríes.

Bajé la mirada con timidez.

—Gracias.

La camarera regresó y Hudson seguía observándome. Siempre parecía venir en el momento adecuado o, por lo menos, para echarme un cable a mí, porque justo cuando los ojos de Hudson se desviaron a mis labios estuve a punto de sugerir algo que no aparecía en la carta de postres.

—¿Les gustaría probar algo?

Los ojos de Hudson brillaron y se le crispó levemente la comisura de la boca, señal de que estábamos pensando lo mismo.

—Dejaré que la dama decida lo que quiere.

Tragué saliva y me concentré en la carta.

175

—Pues… tienen tarta de queso con *créme brûlee*. ¿Quieres que compartamos un trozo?

Él volvió a bajar la mirada hacia mis labios.

—Lo que te apetezca.

No pensaba beber ni una copa de vino más. Le hice un gesto afirmativo a la camarera.

Hudson tomó la carta de mis manos y la juntó con la suya para entregárselas a la camarera.

—Gracias.

Una vez se marchó, bebí un sorbo de la copa y Hudson y yo seguimos charlando. Era incapaz de recordar la última vez que había tenido una conversación tan fluida en una cita. Sin contar con que no había dejado de sonreír durante toda la noche. Aunque, por supuesto, eso no era una cita. Se me olvidaba continuamente.

Para cuando volví a apurar la copa, ya había dejado de estar piripi e iba camino de estar borracha. Seguramente por eso dejé de pensar antes de hablar.

—¿Cuánto tiempo sin sexo se considera lo normal?

Hudson arqueó mucho las cejas.

—¿Me lo preguntas porque crees que has sobrepasado el límite de lo aceptable?

Esbocé una sonrisa torcida.

—Tal vez.

Hudson gruñó.

—Prometí no volverte a pedir una cita, pero sí que podría ayudarte con eso…

Me reí.

—Ahora en serio. ¿Cuánto es lo normal?

—Ni idea.

—¿Tú cuánto llevas?

—No sé, algunos meses, supongo. ¿Tú?

Qué vergüenza.

—Cerca de un año.

—Intuyo que no te van los rollos de una noche, ¿no?

176

—¿Theo James cuenta?

—¿El actor? ¿Te has enrollado con él?

—No, el actor no. Es que he llamado así a mi vibrador.

Hudson volvió a gruñir.

—No me cuentes esas cosas.

—¿Qué? ¿Es muy personal? No debería sorprenderte que una mujer soltera tenga un vibrador.

—No es eso, es que ahora quiero pegarle un puñetazo a Theo James.

Solté una carcajada.

Hudson sacudió la cabeza.

—Supongo que lo has llamado así porque es a quien te imaginas, ¿no?

Me mordí el labio. Llevaba años fantaseando con él, aunque últimamente mi vibrador debería pasar a llamarse como el hombre cuyos ojos se oscurecían a medida que hablábamos.

Agradecí que la camarera no tardara en volver con el postre. Al menos me mantendría ocupada durante un rato.

Algo después, miré alrededor y vi que el restaurante se había quedado casi vacío.

—¿Qué hora es?

Hudson miró el reloj.

—Son casi las once. No me había dado cuenta de que era tan tarde. No me extraña que la camarera haya venido tres veces después de traernos el postre. Seguramente quiera que nos marchemos ya.

—Me parece que sí.

Nos fuimos y Hudson me llevó a casa en coche. Como siempre, no había aparcamiento frente a la puerta, así que aparcó un poco más adelante.

—Te acompaño.

—No hace falta.

—Yo digo que sí.

Salió y dio la vuelta para abrirme la puerta antes de ofrecerme la mano.

—Gracias.

Él asintió a modo de respuesta.

Nos mantuvimos en silencio de camino a mi edificio. Dudaba si invitarlo a subir para un café o algo, y así seguía cuando entramos y nos plantamos frente al ascensor. Siempre tardaba un montón en llegar, pero hoy, mira tú por donde, se abrió justo después de pulsar el botón. Hudson apoyó una mano en el borde para que no se cerrara y me indicó que entrara con la otra, aunque él no me siguió.

—Felicidades una vez más por lo de hoy. Has estado genial.

Le sonreí.

—Gracias. Por todo; por darme una oportunidad; por conseguirme lo de la teletienda y todo lo que has hecho para ayudarme a organizarlo todo; incluso por celebrarlo conmigo hoy. Creo que aún no he asimilado que voy a salir en la teletienda presentando a Mi Esencia para el mundo entero. Y te lo debo todo a ti.

Él negó con la cabeza.

—Yo simplemente he llamado a varias puertas, el resto ha sido cosa tuya.

Nos quedamos mirando hasta que el ascensor trató de cerrarse. Hudson lo detuvo con la mano, pero se lo tomó como una señal.

—Buenas noches, Stella.

—Buenas noches, Hudson.

Retrocedió y quitó la mano.

Pasé los quince segundos más largos de mi vida esperando a que las puertas volvieran a cerrarse. Me sentí presa del pánico cuando empezaron a moverse y metí la mano en el último segundo, lo que hizo que se volvieran a abrir.

Hudson se había girado para marcharse, pero miró hacia atrás al oír que el ascensor se volvía a abrir.

—¿Te apetece…? ¿Quieres subir a tomarte un café o algo? —El corazón me latía desbocado mientras aguardaba su respuesta.

—¿Un café? —repitió al final.

Me mordí el labio y asentí.

Hudson me observó.

—¿Seguro que quieres que suba?

Al ver que tardaba en contestar, me lanzó una sonrisa triste.

—Ya decía yo.

Solté aire, aliviada, y negué con la cabeza.

—Lo siento.

—No hay por qué. Te pico mucho con que me pidas una cita, pero no se trata de que seas tú quien dé el primer paso, sino de que tengas las cosas claras sobre lo que quieres. No es el fin del mundo. Esperaré hasta que ese susurro en tu cabeza suba el volumen y lo oigas.

—¿Qué susurro?

—El que te asegura que, a pesar de los problemas de confianza y las preocupaciones respecto al trabajo, te atraigo tanto como tú a mí.

Le dediqué una sonrisa triste y Hudson me cogió de las manos. Levantó la barbilla para señalar al ascensor detrás de mí.

—Y ahora vuelve a ese ascensor antes de que acabe con el poco autocontrol que me queda y suba contigo. —Se llevó una de mis manos a los labios y la besó—. Vete.

Asentí y retrocedí. Pulsé el botón y me despedí en voz baja.

—Gracias, Hudson.

Él me guiñó el ojo cuando las puertas se empezaron a cerrar.

—Pásalo bien con Theo.

Capítulo 17

Stella

El resto de la semana pasó volando. Olivia y yo trabajamos día y noche para terminar todo el material de *marketing,* mientras que Hudson se centró más en la parte financiera y de gestión. Para el sábado por la mañana, solo habían llegado unos pocos envíos urgentes, así que me resultaba desalentador que el programa que había grabado se emitiera aquel día a las tres de la tarde; a partir de entonces, los pedidos ya podrían empezar a llegar a mansalva. O, al menos, eso esperaba. Todo estaba en movimiento, pero no volvería a respirar tranquila hasta que el almacén se llenase de los productos necesarios para empezar a sacar los envíos.

Y por si el estrés no fuera poco, estaba hecha un manojo de nervios por verme en la tele. Este último par de días había empezado a pensar que a lo mejor Mi Esencia era un fracaso total. Sabía que el programa indicaba el número de existencias disponibles en la parte inferior de la pantalla, y había tenido la recurrente pesadilla de que a lo largo de todo el programa solo vendía tres cajas y que, cuando acabase la hora, todavía quedaban 49 997.

Me habría gustado quedarme en casa y ver el programa sola mientras alternaba entre morderme las uñas y esconderme bajo una manta. No obstante, Olivia había organizado una fiesta en su casa para verlo todos juntos. Siempre se había mostrado tan amable y comprensiva conmigo que me fue imposible decirle que no. Así que, ahí estaba, de camino al centro de la ciudad en Uber con dos docenas de *cupcakes* caseros en el regazo para ver el programa con un puñado de compañeros de trabajo.

Ya sabía que la familia Rothschild no era precisamente pobre, porque su empresa invertía dinero en otros negocios, pero cuando llegué a la dirección que Olivia me había dado en la calle Murray, se me cortó la respiración. «Madre del amor hermoso». Vivía en uno de los lujosos rascacielos nuevos de Tribeca: un edificio moderno de cristal curvo que se ensanchaba conforme se alzaba hacia el cielo. El diseño era superelegante; el tipo de estructura que aparecería en *Architectural Digest* o en cualquier otra revista del estilo. Hasta la entrada era intimidante. Sobresalía en la calle de un modo imponente, como diciéndole a la gente quién era el dueño y señor del lugar. Cuando me bajé del Uber y levanté la mirada al cielo, deseé de golpe que en vez de preparar los *cupcakes* hubiera comprado algo con aspecto más profesional en una de las miles y carísimas pastelerías que habían abierto en la ciudad a lo largo de estos últimos años. También deseé que Fisher no se hubiese marchado de viaje de negocios justo ese fin de semana. Aquel día me habría venido bien tenerlo a mi lado.

Suspiré y puse todo de mi parte para no sentirme inferior solo porque ni siquiera pudiera permitirme las gigantescas plantas que decoraban la entrada. El piso de Olivia estaba en la planta cincuenta y tres, pero tuve que comprobarlo en la portería del edificio. El guardia de seguridad me dio una tarjeta para introducirla en el panel del ascensor en vez de simplemente pulsar un botón. En cuanto la inserté, las puertas se cerraron y el botón con el número cincuenta y tres se iluminó. Respiré hondo mientras la cabina ascendía rápidamente; pero, aun así, con cada planta que subía, los nervios se me crispaban cada vez más. Cuando las puertas se abrieron, tuve la esperanza de poder tomarme unos minutos para recuperar la compostura antes de entrar, pero acabé directamente en el interior del piso de Olivia.

Ella me saludó con su habitual entusiasmo y me envolvió en un abrazo.

—¡Aaay! ¡Qué emoción! ¡Qué ganas! Eres la primera en llegar.

—Pues yo solo quiero vomitar.

Olivia se rio como si lo dijera de broma, pero era verdad que tenía el estómago revuelto. Me acompañó desde la entrada hasta la cocina. Aunque había imaginado que su piso sería sofisticado por la fachada del edificio, me había quedado corta. La cocina era preciosa; tenía todo tipo de electrodomésticos de lujo, encimeras de granito centelleante y dos enormes islas. Pero el salón era lo mejor de todo.

—Vaya… Las vistas son… —Negué con la cabeza—. Son increíbles.

Toda la pared exterior del salón contiguo era un enorme ventanal del suelo al techo que ofrecía unas vistas espectaculares de la ciudad y del agua.

Olivia le restó importancia con un gesto de la mano.

—Qué les den a las vistas; esos *cupcakes* tienen muy buena pinta. ¿Te importa si pruebo uno ahora?

Me reí.

—Pues claro. Y puedes comértelo entero, si quieres. Son sin azúcar. Encontré la receta en una página sobre la diabetes. Mientras los preparaba me he comido uno esta mañana de desayuno y debo decir que me han salido buenísimos.

—¡Eres un sol! —Destapó una de las fiambreras y eligió uno de vainilla con glaseado de chocolate. Le quitó el envoltorio y señaló al ventanal gigante del que no podía despegar los ojos—. Antes creía que esto era lo único que quería. Pero luego Hudson se compró una casita de arenisca en Brooklyn el año pasado. No tiene vistas, pero sí un jardincito trasero, y mucho carácter. Da la impresión de que vive en un hogar de verdad. Este sitio… —Sacudió la cabeza y lamió un poco de glaseado del *cupcake*—. No sé… Me da la sensación de que vivo en un hotel de lujo o algo así. Charlie solo se queda con su padre unos cuantos días a la semana y ya tiene amiguitas que viven en la misma manzana. Yo llevo dos años viviendo aquí y no conozco a nadie más del edificio. Siento como que vivo en una torre de marfil. —Se rio—. No le digas a Hudson que he dicho eso. No quiero que cambie nuestra dinámica. Él piensa que darme lecciones de vida es su obligación y yo finjo que no necesito que lo haga.

Sonreí.

—Tu secreto está a salvo conmigo.

Oí una campanita en el techo y Olivia se acercó al interfono instalado en la pared y pulsó un botón.

—Tiene una entrega de Cipriani —respondió la voz.

—Genial. Que suba, Dave, por favor.

Justo cuando soltó el botón del interfono, un hombre que reconocí (aunque no había conocido en persona en realidad) emergió de un pasillo al otro lado del salón. Buf... Me había preocupado tanto por salir en la tele y por el posible éxito de Mi Esencia que no me había parado a pensar en que el marido de Olivia estaría en casa un sábado por la tarde. Era cierto que me había disculpado con Olivia multitud de veces. Ya casi no me daba vergüenza hablar con ella. No sabía cómo, pero habíamos conseguido dejar atrás lo que hice. La cosa era que nunca había hablado con su marido y rezaba por que la situación no se tornase demasiado incómoda, aunque la sonrisa de oreja a oreja que llevaba en la cara mientras venía directo a la cocina me tenía un poco de los nervios.

Olivia agitó las manos entre nosotros.

—Mason, ella es la invitada de honor, Stella. Stella, él es mi marido, Mason. Mase, ha llegado la comida. ¿Por qué no le preparas algo de beber mientras yo me ocupo de la entrega?

Mi rostro se ruborizó con renovada vergüenza cuando él extendió la mano.

—Encantado de conocerte por fin.

—Hola. —Me encogí en el sitio y negué con la cabeza—. Siento mucho lo de vuestra boda. Ya me disculpé con tu mujer, pero tendría que haberte mandado una nota a ti también.

Mason sacudió la cabeza.

—No es necesario. La verdad es que tuvo su gracia, sobre todo la historia que contaste. Además, Liv no hace más que hablar de ti, así que todo fue para bien. No creo haberla visto nunca tan emocionada con nada que tenga que ver con el trabajo. Está muy involucrada en lo que has creado.

Solté un suspiro de alivio y sonreí.

—Sí. Tengo muchísima suerte. Para serte sincera, no las tenía todas conmigo con lo de recurrir a un inversor, pero tu mujer me ha dado mucho más que apoyo financiero. Siento que tengo una socia que se preocupa igual que yo o más por mi negocio.

Mason asintió.

—Así es. —La miró por encima de mi hombro antes de bajar la voz—. Cuando su padre murió el año pasado, pasó una racha muy mala. Lo único que la sacaba de ese estado de bajón era organizar la boda. Así que me preocupaba un poco qué pasaría después. Pero entonces apareciste tú, y ahora siento que he recuperado a mi antigua Liv. Aunque pienses que me debes una disculpa, realmente soy yo el que te da las gracias.

«Madre mía...». Sacudí la cabeza.

—No sé qué decir... bueno, sí. Los dos estáis hechos el uno para el otro. Sois fantásticos.

Sonrió y volvió a mirar por encima de mi hombro.

—Ahí está, buscando dinero en su bolso para la propina. Nunca lleva nada suelto, así que no sé por qué se molesta en mirar. En unos diez segundos, va a llamarme para poder rebuscar en mi cartera. Así que, ¿qué te pongo para beber? ¿Un cóctel? ¿Cerveza, vino?

—Una copa de vino, por favor. Merlot, si tenéis.

—Marchando.

Olivia gritó desde la cocina.

—¿Mason?

Él sonrió y sacó la cartera.

—Volveré con tu copa en cuanto le dé la propina al repartidor. Tú como si estuvieras en tu casa.

Podría haberme quedado junto al ventanal contemplando las vistas de Nueva York todo el día, pero la repisa sobre la chimenea me llamó la atención. Encima había unos cuantos marcos con fotos así que, como era muy cotilla, me acerqué para echarles un vistazo.

Junto a la foto de la boda había otra de una pareja mayor. Estaban bajo la lluvia vestidos con chubasqueros amarillos, pero sus rostros sonrientes iluminaban la estancia como la luz del sol. Tenían que ser los padres de Olivia y Hudson, porque el hombre era básicamente una versión mayor de Hudson. Al lado de esa foto había otra de Olivia y Mason en la playa, ambos con una gorra de béisbol hacia atrás y bebiendo cerveza. De nuevo, lucían unas sonrisas de lo más contagiosas.

Observé otras tantas fotos de la feliz pareja con varios amigos y luego mis ojos aterrizaron sobre el último marco. Lo cogí para observar a los dos niños más de cerca: a Olivia y a Hudson de pequeños. El chico tendría nueve o diez años, pero aquellos preciosos ojos azules sin duda pertenecían a Hudson. También sonreía de esa forma burlona a la que tanto me había acostumbrado. Estaba encorvado hacia adelante, hacia una tarta de cumpleaños, a punto de soplar las velas. Como Olivia estaba sentada a su izquierda, había extendido un brazo para taparle la boca a su hermana.

Una voz profunda a mi espalda me sobresaltó.

—Algunas cosas nunca cambian.

Hudson.

—Por Dios. Qué susto. ¿Aún no has aprendido la lección? No te he oído entrar.

—He subido con la comida. Por cierto, agradece que haya pedido comida y no le haya dado por cocinar.

—Seguro que no es para tanto.

—Las Navidades pasadas preparó dos bandejas de gambas a la parmesana. Digamos que, cuando las mordimos, todos oímos un crujido...

—¿Se pasó cocinándolas?

Negó con la cabeza.

—Siguió la receta al dedillo. Pero como no especificaba que tuviera que pelarlas, pues no lo hizo.

Me reí.

—Vaya…

Señaló la foto que tenía en la mano con el mentón.

—A día de hoy me siguen entrando ganas de hacer eso mismo al menos una vez a la semana.

—¿Por qué le tapabas la boca?

—Porque pensaba que las tartas siempre eran para ella y soplaba todas las velas. A mis padres les parecía gracioso y la dejaban. Pero ese año tenía un deseo que quería que se cumpliera y no me la jugué.

Me reí.

—¿Qué deseo era?

—Quería un perro pastor.

—¿Y lo conseguiste?

Negó con la cabeza.

—Qué va.

—Bueno, la foto es adorable.

—Mi madre la enmarcó y la colocó en su mesilla de noche. Decía que reflejaba nuestra relación a la perfección y no se equivocaba. Mi hermana debió de llevársela cuando recogimos todas las cosas de nuestros padres.

Mason se acercó y me tendió una copa de vino. A Hudson le pasó una cerveza. Luego levantó su propio botellín y lo inclinó hacia nosotros.

—Buena suerte hoy a los dos.

Hudson chocó su cerveza y yo hice lo propio.

—Gracias.

Los demás invitados llegaron poco después y Hudson y yo nos vimos arrastrados en direcciones opuestas. Vi a un par de personas del equipo de *marketing*, que sabía que habían trabajado en ciertas cosas para nosotros, pero con los que no había podido pasar mucho tiempo, así que me aseguré de buscarlos y agradecerles todo su trabajo.

Mientras Hudson y yo hablábamos con diferentes personas, nuestros ojos se encontraron varias veces. Él crispaba la comisura de la boca y se le iluminaba la mirada, pero ninguno de los dos volvió a tratar de entablar conversación. Unos minutos antes de las tres, Olivia apuntó con el mando a la tele sobre la chimenea y luego dio unos cuantos golpecitos a su copa con él.

—Atención, todo el mundo. ¡Ya es casi la hora! Esto es muchísimo más emocionante que la estúpida Superbowl, ¿verdad? ¿Quién necesita más bebida antes de que empiece?

Estaba nerviosísima, así que me dirigí a la cocina para tomarle la palabra antes de tener que ver mi careto en una tele gigante. Mason se encontraba de pie junto al vino y levantó la botella de merlot cuando vio que me acercaba.

—Tienes la misma cara que yo cuando pusieron la marcha nupcial en mi boda.

Abrí y cerré las manos.

—¿A ti también se te durmieron los dedos de los nervios?

Mason llenó mi copa hasta el borde y me la devolvió con una sonrisa.

—Se me durmió todo el cuerpo. Por eso creo que la persona que acompaña a la novia es la que le quita el velo y el padrino lleva los anillos. Al novio le tiemblan tanto las manos que es incapaz de hacer nada.

Di un sorbo al vino.

—Bueno, espero poder guardar el tipo tan bien como tú. Porque se te veía tan fresco como una lechuga.

Sentí que alguien entrelazaba el brazo con el mío.

—Vamos —dijo Olivia—. ¡Quiero sentarme contigo!

Tragué tanto vino como pude mientras nos acomodábamos juntas en el sofá. Inmediatamente después de sentarnos, empezó la musiquita de inicio del programa y la presentadora, Robyn, entró en pantalla saludando al público frente al plató.

Resultaba muy raro verlo, porque yo había estado ahí cuando hizo eso y las únicas personas en el público habían sido Hudson y su amigo Jack. Sin embargo, ahora la cámara mostraba la panorámica de un montón de gente aplaudiendo.

Olivia entrelazó los dedos con los míos y me apretó la mano.

—¡Allá vamos!

Subió el volumen y el ruido en la estancia se aplacó. Robyn empezó con su discurso habitual desde un lateral del plató y luego caminó hasta el mostrador donde siempre se colocaba. Había cajas y muestras de Mi Esencia por todos lados. Me parecía absolutamente surrealista. Me corría tanta adrenalina por las venas que hasta me sentía un poco mareada.

Durante los siguientes minutos, Robyn hizo su mejor imitación de Vanna White, levantando las cajas y meneando las manos, cuidadas y con una manicura perfecta, que ahora sabía que era para mantener la vista de los espectadores en el producto y no en la presentadora. Cuando empezó a presentar a la copresentadora invitada del día, contuve la respiración.

Era una completa locura verme en televisión junto a semejante personaje público. Robyn Quinn era bastante famosa. Durante la grabación, el director me obligó a repetir como una docena de veces esa entrada al plató saludando con la mano. En pantalla me vi sonreír directamente a la cámara y saludar como si mi propio club de fans estuviera en el público.

«Ay, madre, ¡se me ve gordísima!».

Todos los compañeros de trabajo empezaron a silbar y a gritar, pero yo enterré el rostro en las manos; estaba demasiado muerta de vergüenza como para mirar. Había oído decir que los actores no veían sus películas y siempre me había parecido absurdo. Pero ahora entendía el motivo. Era consciente de todos los tics nerviosos que tenía, al igual que de lo mucho que se me notaba el acento neoyorquino y eso me impidió concentrarme en nada que no fueran mis defectos, que en ese momento parecían ser muchos más de los que eran en realidad.

Me encogí en el sitio y negué con la cabeza.

—Dios, no puedo verlo.

—¿Estás de coña? —preguntó Olivia—. ¡Si sales supernatural! ¡Lo estás haciendo increíble!

El momento de la verdad llegó a los diez minutos del inicio del programa. Robyn señaló a una esquina de la pantalla y el precio y el número de teléfono aparecieron varias veces. Treinta segundos después, también apareció un contador.

—Muy bien, señoras… y también señores que quieran impresionar a sus señoras, abriremos las líneas en un momento para que puedan empezar a hacer sus pedidos. Continuaremos, por supuesto, hablando de Mi Esencia, pero creo que saben que lo quieren. Así que por fin ha llegado el momento que han estado esperando: la cuenta atrás para la apertura de líneas y para los pedidos online. Ya saben cómo va… Y cinco, cuatro, tres, dos, uno… ¡Líneas abiertas!

En cuestión de segundos, el contador con las existencias disponibles empezó a moverse. Al principio iba despacio, pero luego se disparó. No sabría decir de qué hablamos Robyn y yo durante lo que quedaba de programa, porque tenía la vista fija en aquel contador. Cuando los miles empezaron a disminuir a un ritmo alarmante, pensé que me pondría a hiperventilar. Necesitaba tomarme un momento.

—¿Te importa si bajo un momento a que me dé el aire? Serán solo unos minutos.

Olivia parecía preocupada.

—Claro que no, pero ¿estás bien?

—Sí. Solo que todo es un poco abrumador y necesito un minuto. No tardaré.

—Sí, sí, claro. Pero no bajes. —Señaló el pasillo del que había salido antes su marido—. La última puerta a la izquierda da a la habitación de invitados. Tiene balcón privado y también baño.

—¿No te importa?

—Por supuesto que no. Ve. Tómate el tiempo que necesites.

—Gracias.

El fresco de fuera me vino de maravilla. Cerré los ojos y respiré hondo varias veces. En apenas un minuto o dos, me sentí lo suficientemente tranquila como para abrirlos y disfrutar de las impresionantes vistas. Desde esta altura, Nueva York parecía extrañamente silenciosa, detalle que tuvo un verdadero efecto tranquilizador en mi mente. Así que, cuando oí el sonido de la puerta corredera abrirse a mi espalda, ya me sentía un poquito mejor. Me di la vuelta y vi a Hudson.

—¿Estás bien? —me preguntó.

Asentí.

—Me he sentido un poco superada viendo el contador y se me ha acelerado el corazón.

—Es comprensible. —Sonrió y me tendió algo—. Toma.

Bajé la mirada y arrugué la frente.

—¿Un plátano?

—Lo he cogido de la cocina. Mi hermana no tenía ninguna naranja. Con ellas soy más creativo.

No sabía a qué se refería hasta que reparé en lo que había escrito en la cáscara.

«¿Salir en la tele te tiene aplatanada?».

Hudson se encogió de hombros.

—¿Lo pillas? A-*platan*-ada. No seas muy mala conmigo. No he tenido mucho tiempo para pensar y luego seguirte hasta aquí.

Me reí.

—Es todo un detalle. Gracias. Ya veo por qué a Charlie le encantan tus mensajes en la fruta.

Nos encontrábamos el uno junto al otro observando la ciudad. El truco de la fruta que usaba con su hija me había ayudado a relajarme de verdad. O tal vez fuera simplemente la presencia de Hudson.

Suspiré.

—Me parece todo tan surrealista…

—Ya imagino. —Sonrió.

Sí, estaba en pleno colapso nervioso pero, aun así, noté lo guapo que era Hudson. No solo iba vestido de forma casual con unos vaqueros, sino que también lucía una barba de pocos días que me chiflaba.

Me había estado mirando en silencio mientras lo observaba, así que me sentí en la obligación de decir algo.

—Es la primera vez que te veo sin afeitar y con ropa de calle.

Me lanzó una de sus características y sensuales medias sonrisas.

—¿Y?

Ladeé la cabeza.

—Me gusta.

—¿Me dices la verdad o solo estás cubriendo el cupo de cumplidos diarios para tu técnica de la felicidad?

Me reí.

—No, me gusta de verdad. La barba te da un toque siniestro.

Echó la cabeza hacia un lado.

—¿Ese es tu tipo? ¿Siniestro? La verdad es que no era lo que me había imaginado cuando me dijiste que tu ex era poeta.

Solté una carcajada.

—Bueno, Aiden es pulcro como él solo. Ese había sido siempre mi tipo. Nunca me habían llamado la atención los chicos malos. De hecho, creo que jamás he salido con nadie que tuviera cicatrices o tatuajes.

—¿Y ahora te gustaría cambiar eso?

Me apetecía seguirle el juego y coquetear, así que me encogí de hombros.

—Puede.

A Hudson le brillaron los ojos.

—Bien, porque puedo ayudarte. Yo tengo ambos.

—Ah, ¿sí?

Asintió.

—¿Dónde los tienes?

—Eso es información que me guardaré para otra ocasión.

Me reí.

—Información clasificada, ¿eh?

Una ligera ráfaga de viento arrastró un mechón de pelo hasta mi cara. Hudson usó un dedo para apartarlo.

—¿Te sientes mejor?

Respiré hondo y relajé los hombros.

—Sí. Gracias.

Señaló la puerta con la cabeza.

—Entonces, ¿por qué no volvemos dentro? Por mucho que prefiera estar aquí, tampoco quiero que te pierdas nada.

Asentí.

De vuelta en el salón, me senté otra vez junto a Olivia en el sofá y levanté la vista hasta el contador para ver cómo iban las cosas. Parpadeé varias veces cuando leí la cantidad. No habrían pasado ni cinco minutos desde que había salido, pero ya casi no quedaban existencias.

—Llevo viendo este programa todos los días desde hace semana y media —dijo Olivia—. Y nunca venden los productos tan rápido. Lo estás petando. Me preocupaba que te perdieras la parte donde Robyn dice su gran frase: «Se van… se van… y ¡adiós!».

Como si la hubieran oído, tan solo unos minutos después, el contador en la esquina de la pantalla empezó a parpadear.

—Oh, oh… —profirió la presentadora—. Estamos a punto de quedarnos sin existencias. ¡Corran a por el suyo! —Se calló un momento y negó con la cabeza—. Será mejor que lo diga antes de que sea demasiado tarde. Se van… se van… —Levantó una mano y la sacudió—… y ¡adiós!

Un enorme letrero apareció sobre el contador en pantalla. «AGOTADO».

Todos en la estancia vitorearon. Olivia me abrazó y la gente se acercó por turnos para felicitarnos. Cuando volví a girarme para mirar a la tele, ya estaban presentando el siguiente producto. Me embargó el alivio ante la certeza de que nos había ido muy bien y de que no tendría que volver a ver mi cara en una pantalla gigante.

Olivia y Mason sirvieron champán y repartieron las copas. A medida que Olivia me tendía una a mí, hice contacto visual con Hudson, que estaba al otro lado del salón. Levantó su copa en silencio y sonrió.

Olivia enganchó el brazo en torno a mi cuello. Nos hizo girar de manera que le diéramos la espalda a Hudson y habló en voz baja.

—Le gustas mucho.

—¿A quién?

Puso los ojos en blanco.

—Al hombre que no te ha quitado los ojos de encima desde que ha llegado. Hudson, ¿quién va a ser? He visto cómo te mira.

—Está pletórico porque todo ha ido bien... y por Mi Esencia.

Me señaló con el dedo.

—Está pletórico por ti.

Miré por encima del hombro hacia Hudson y nuestros ojos se volvieron a cruzar. No podía negar que aquel día había sentido que ocupaba su foco de atención. Nos miró a su hermana y a mí de forma intermitente y entrecerró los ojos. Sabía que estábamos hablando de él.

Suspiré.

—Es muy buen tío.

—Y... —Olivia se encogió de hombros—. ¿Por qué seguís jugando al gato y al ratón?

—Tenemos negocios juntos. Él ha invertido en mi empresa.

—¿Y?

—No sé. —Sacudí la cabeza—. Si no sale bien, podría ser un problema.

Olivia bebió un sorbo de champán.

—Así es la vida. ¿Sabes cuándo nunca hay problemas? Cuando no la vives de verdad, cuando vas con el automático puesto.

—Lo sé, pero…

Me interrumpió.

—¿Qué ha pasado con la mujer que se coló en mi boda y huyó riéndose y bebiendo champán?

Me reí.

—Dios, ese es el mejor ejemplo de problemas.

—Puede. —Se encogió de hombros—. Pero mira a dónde te ha llevado. A un negocio nuevo y a una nueva mejor amiga; y como me preguntes quién es la nueva mejor amiga, te mato. Estamos teniendo un momento bonito.

Me reí entre dientes.

—Te entiendo, pero ya te conté lo que pasó con Aiden. Muchas de nuestras peleas se centraban en el negocio que compartíamos. Él cuestionaba cómo gastaba el dinero y luego discutíamos sobre la dirección que deberían tomar las cosas. Así empezaron nuestros problemas, en realidad.

Olivia negó con la cabeza.

—Creo que te equivocas. No quiero pecar de insensible, pero vuestros problemas empezaron cuando él decidió tirarse a otra.

—Sin que sirva de excusa, él se fijó en otra porque ya no nos llevábamos tan bien.

—No. Se acostó con otra porque es un cabrón. La otra excusa solo sonaba mejor.

Suspiré.

—Supongo que sí…

—¿Te he contado que Mason y yo nos conocimos en el trabajo?

—¿En serio? ¿En Inversiones Rothschild?

Asintió.

—Hudson lo trajo como director informático. Trabajó allí tres años y salimos durante dos de ellos. Trabajamos juntos en varios proyectos y no siempre estábamos de acuerdo en todo.

—Él tiene su propia empresa de informática, ¿no? ¿Por eso se fue?

—No. En Inversiones Rothschild no había lugar para que él creciera. Solo tenemos a unos cuantos informáticos y él quería seguir creciendo. Pero a lo que me refiero es que trabajamos juntos y nos peleamos muchas veces, y no por ello me ha puesto los cuernos. —Olivia miró a su marido y sonrió con suficiencia—. Aunque alguna vez sí que nos llevó a algún que otro polvo de reconciliación en mi escritorio... —Levantó las manos y arrugó la cara—. Ay, Dios. Pero tú no hagas eso con mi hermano porque nuestros despachos están muy cerca. Una vez pillé a nuestros padres en plena faena y aún no lo he superado.

Me reí.

—Te lo digo en serio, Stella. Si no te gusta Hudson, no pasa nada. Pero no dejes que lo que te pasó con tu ex, o el miedo a lo que pueda suceder, te estropee la posibilidad de algo bueno. Algunas de las mejores cosas de la vida son así: impredecibles. ¿Quieres que te ponga algún ejemplo?

Sonreí.

—No, no, lo pillo.

Hudson se acercó con una botella de champán y nos rellenó la copa hasta arriba.

—No me extraña que tenga un sabor tan increíble —dije, percatándome de la etiqueta—. Es de los buenos. Ya me he quedado sin botellas de las que robé en la boda de Olivia, así que a lo mejor deberíais esconder las que os queden cuando veáis que me voy.

Olivia se rio.

—Voy a ayudar a Mason a sacar más comida. Seguid celebrándolo sin mí. —Se alejó, pero volvió a mirarme por encima del hombro, asegurándose de que Hudson no la viera, y me guiñó el ojo.

Sonreí.

—Tu hermana es fantástica.

—No está tan mal —convino Hudson—. Pero no le digas que lo he dicho.

Había venido a llenarnos la copa, pero no vi que él tuviera ninguna en la mano.

—¿Dónde has dejado tu champán?

—Tengo planes. —Hudson miró el reloj de su muñeca—. En realidad, debería marcharme ya. Me he acercado para despedirme.

—Vaya. —Me embargó la decepción, junto con un poquitín de celos. Me obligué a sonreír—. Bueno, pásalo bien.

Hudson entrecerró los ojos antes de sonreír de oreja a oreja.

—¿Estás celosa porque tengo una cita?

—No —espeté demasiado rápido.

Metió las manos en los bolsillos y me dedicó otra sonrisa de suficiencia.

—Sí.

—Que no.

Se inclinó hacia adelante hasta casi rozar mi nariz con la suya y susurró:

—Estás celosa.

—Y tú muy subidito. No sabes diferenciar la alegría de los celos.

Hudson se echó hacia atrás.

—Anda, ¿sí? ¿Te alegras de que tenga una cita?

Esbocé una sonrisa y me señalé la boca.

—Sí. ¿Ves?

La expresión en el rostro de Hudson me dijo que mi intento de sonrisa se parecía más a las que se veían en los espejos distorsionados de las ferias.

Se rio entre dientes.

—Voy a recoger a Charlie de casa de una amiguita. Mi ex ha acompañado a su hermana a una cita con el ginecólogo porque está embarazada y tal vez no llegue a tiempo, así que le he dicho que me la llevaría a casa.

—Ah. Vale.

—¿Te alegras de que no sea una cita de verdad?

«Sí». Me encogí de hombros.

—Da igual. No es asunto mío.

Él se frotó el mentón.

—Pensaba volver después. ¿Crees que seguirás aquí?

—Tal vez la que tenga una cita esta noche sea yo. ¿Te molestaría eso?

Hudson tensó la mandíbula.

—No soy yo el que finge desinterés, así que no creo que te sorprenda saber que sí.

Lo había dicho de broma y al final me había salido el tiro por la culata. Estaba demasiado serio como para seguir provocándolo, así que suspiré.

—No tengo ninguna cita. Probablemente siga aquí.

Hudson negó con la cabeza.

—Eres mala.

Di un sorbo al champán.

—Bueno, al parecer te gustan así.

Él bajó la mirada hasta mis labios.

—Sabes que estoy contando todas las veces que me has torturado, ¿no? Al final me vengaré y quedaremos en paz.

—¿Y cómo pretendes hacer eso?

Se inclinó para darme un beso en la mejilla y luego desplazó los labios hasta mi oído.

—Con la boca.

Parpadeé unas cuantas veces para intentar asimilar la sonrisilla pícara que me dedicó antes de marcharse.

Habló por encima del hombro.

—Pues sí, Stella. Ahora mismo piensas tan alto que hasta soy capaz de oírte.

«Ay, madre. ¿En qué lío me he metido?».

Capítulo 18

Stella

Empecé a pensar que Hudson no iba a volver. Habían pasado horas desde que se había marchado, aunque sin el estrés del programa, me había relajado muchísimo y hasta pude disfrutar del momento. Pero mentiría si dijera que no miraba hacia la puerta cada dos por tres. La mitad de los invitados se habían ido, y otros tantos estaban preparándose para hacer lo mismo. Fui al baño y pensé que yo también debería largarme pronto. Pero cuando salí, Hudson estaba sentado a la isla bebiéndose una cerveza.

—Has vuelto. Pensaba que habías cambiado de opinión.

Desvió los ojos hasta mis piernas antes de volver a mirarme a la cara.

—Para nada.

Volví a sentir el cosquilleo en el estómago; últimamente casi era una presencia constante cada vez que me saludaba.

—Como iba a recoger a Charlie, a mi exmujer se le ha ocurrido ir a que le dieran un masaje también. Ha debido de tener una semana muy dura sin hacer nada.

Sonreí.

—Intuyo que no trabaja.

Negó con la cabeza.

—Creo que paso de pedirte salir. Tal vez deba pedirte directamente que te cases conmigo. Pareces muy buen exmarido.

Se rio entre dientes.

—Bienvenida otra vez. —Yo arrugué la frente, así que se explicó—: Has estado muy estresada, y al parecer eso ha hecho que tu yo sarcástico se tomara unas vacaciones.

—Ah. —Me reí—. Sí, la verdad es que he estado bastante estresada.

—¿Te sientes mejor ahora que el día ya ha terminado?

—Pues sí. —Me froté la base del cuello—. Aunque a mí también me vendría de perlas un masaje.

Hudson meneó los dedos.

—Te puedo echar una mano. Tengo unos dedos fantásticos.

Sonreí.

—Seguro que sí.

—¿Sigues con ganas de celebrarlo?

Estaba nerviosa y no me apetecía nada volver a casa ahora mismo.

—¿Qué tienes en mente?

—Tomémonos una copa. Hay un bar abajo en la esquina.

Me mordí el labio.

—Mmmm… ¿Me estás pidiendo una cita?

—No. Voy a llevar a una compañera de trabajo a celebrar.

—Me lo pensaré.

Hudson frunció el ceño.

—¿Te lo pensarás?

—Sí.

Lo vi un poco contrariado, pero se encogió de hombros. Cuando extendió el brazo para coger su cerveza, le di un toquecito en el hombro.

—Ya me lo he pensado.

—¿Y?

—Celebremos un poco más.

—Aún no me creo que hoy hayamos vendido cincuenta mil cajas en menos de una hora. —Sacudí la cabeza—. Hace un mes pensaba que quizás nunca recibiría ni un encargo.

—Hemos tenido suerte —respondió Hudson.

—No. No ha sido suerte. La suerte implica azar. Pero tú fuiste allí y te lo curraste.

—No lo habríamos conseguido sin un buen producto.

Bebí un sorbo de vino.

—¿Sabes? No esperaba que fueras tan humilde.

—Créeme, no lo soy. Pero cuando lo merece, soy el primero en admitir las cosas como son.

Estábamos sentados a una mesa en un bar de lujo cerca del piso de Olivia. La camarera se acercó para preguntarnos cómo íbamos. Era guapísima, pero Hudson ni siquiera se fijó en ella. De hecho, prácticamente ni la miró, lo cual picó mi curiosidad.

—Háblame de la última mujer con la que saliste. Sin contar a Miss Guatemala. Me refiero a una mujer con la que hayas salido más de una vez.

Entrecerró los ojos.

—¿Por qué?

Me encogí de hombros.

—Siento curiosidad. ¿Te atrae algún tipo de mujer en especial?

Sonrió de forma burlona.

—Sí, rubia y con gafas.

Me reí.

—Lo digo en serio.

—No sé. —Negó con la cabeza—. Supongo que la última mujer con la que salí era morena. Alta. Con ojos oscuros.

—¿Cuánto durasteis?

—Bueno, salimos unas cuantas veces.

—¿Por qué lo dejasteis?

Me miró a los ojos.

—¿Quieres que te diga la verdad?

—Claro.

—Solo hablaba de su hermana, que acababa de tener un bebé. Me daba la sensación de que lo único que quería era casarse y tener hijos.

—¿Y tú no quieres volverte a casar o tener más niños?

Bebió un trago de cerveza.

—Yo no he dicho eso. Es solo que no me veía haciéndolo con ella.

—Entonces, si ella hubiese buscado algo más casual, ¿no habríais cortado?

—Ni idea, porque no se dio la situación. No tengo miedo al compromiso, si eso es lo que insinúas. No la dejé porque ella quisiera un futuro con alguien. La dejé porque la persona ideal para ella no era yo.

Asentí.

—La camarera es muy guapa…

Hudson ladeó la cabeza.

—Ah, ¿sí?

—Mucho.

Se rascó la barbilla.

—¿Estás intentando hacer de celestina?

—¿Quieres que lo haga?

—¿Hay algún motivo por el que solo estemos hablando en preguntas?

Sonreí.

—¿No lo sé? ¿Lo hay?

Después de mirarme intensamente unos cuantos segundos, Hudson dio por zanjado el juego.

—No me interesa la camarera lo más mínimo.

Al ver que yo no decía nada, inclinó la cabeza.

—¿No me vas a preguntar por qué no?

Por cómo me miraba, ya conocía la respuesta a esa pregunta. Apuré el vino y sonreí.

—No.

Él se rio entre dientes.

—¿Cómo te van las cosas con Ken?

—Se llama Ben y lo sabes. —Sonreí y negué con la cabeza—. Ya no salgo con él. No teníamos química.

Hudson esbozó una sonrisa de oreja a oreja.

—Vaya, lo siento.

Puse los ojos en blanco.

—Sí, ya se ve.

Hudson detuvo a nuestra camarera justo cuando pasaba por nuestro lado.

—Perdona. ¿Nos pones otra ronda cuando puedas?

—Por supuesto.

En cuanto la mujer se alejó, Hudson murmuró:

—Ni punto de comparación. —Luego apuró la cerveza y se puso en pie—. Perdóname un minuto. Voy al baño.

Mientras no estaba, le mandé un mensaje a Fisher y lo puse al corriente del resto de la tarde. Ya nos habíamos escrito y le había contado lo bien que le había ido a Mi Esencia, pero llevaba rato sin mirar el móvil.

FISHER: ¿Qué tal en The Rose?

STELLA: ¿Cómo sabes que estoy aquí?

FISHER: He rastreado tu móvil hace media hora al ver que tardabas dos horas en responder. Nunca tardas tanto, así que estaba preocupado. ¿Intuyo que habéis trasladado la fiesta allí?

Había gente a la que no le haría gracia que la rastrearan, pero le había dado a Fisher acceso a mi localización por una razón y le agradecía que se preocupara.

STELLA: Parte de la fiesta, sí...

Sonreí al ver los puntitos que me indicaban que estaba escribiendo.

FISHER: ¿Solo tú y el Adonis?

STELLA: Hemos venido a tomar algo después de la fiesta.

FISHER: ¿Vas a hincarle el diente por fin?

STELLA: Creo que él no está en el menú...

FISHER: Cariño, los hombres siempre están en el menú. Es sencillo. Tú solo dile que te apetece un Sexo en la Playa, sin el «en la playa».

Sonreí y negué con la cabeza.

STELLA: Te robo la frase. Gracias.

Cuando Hudson regresó del cuarto de baño, solté el móvil. Volvió a sentarse frente a mí.

—¿Y cómo le va a Marco?

—¿Marco?

—El yogurín.

—Ah. —Me reí—. Ahora está leyendo *El pájaro espino*. Le preguntó a Amalia cuáles eran sus libros favoritos y cada semana va a la biblioteca y devuelve uno y se lleva otro. Luego le saca conversación sobre el libro que acaba de terminar. Está intentando demostrarle lo comprometido que está y buscar cosas en común. Es muy romántico.

—¿*El pájaro espino*? Me suena, pero creo que no lo he leído.

—Pues deberías. Lo cierto es que también es uno de mis favoritos.

—¿Y la mujer, como quiera que se llame, se está enamorando de él?

—Amalia... y sí, creo que sí. Marco ha empezado a ir las noches en las que le toca cerrar la biblioteca y ella deja que la acompañe a casa.

Hudson negó con la cabeza.

—¿De cuándo es el diario? Menudo curre más grande. Aún no existía Tinder, ¿no?

Me reí.

—Bueno, supongo que es mucho más fácil pasar fotos de un lado a otro en una aplicación. Pero puede que esa sea la razón por la que la gente que conoces así no suela ser el amor de tu vida.

—¿Y qué pasó con el otro plan? ¿El de ponerla celosa con otra chica?

—Por suerte, decidió ir por la vía madura y demostrarle lo entregado que está.

Un móvil empezó a vibrar. Giré el mío pensando que era yo, pero no.

—¿Te está vibrando el móvil?

—Mierda. —Hundió la mano en el bolsillo—. Ni siquiera me había dado cuenta. —Leyó el nombre de la pantalla y frunció el ceño. Comprobó la hora en su reloj—. Es mi exmujer. Debería cogerlo. Nunca me llama tan tarde.

—Claro. Cógelo.

Descolgó y se llevó el teléfono a la oreja.

—¿Qué pasa?

Oí la voz de una mujer, pero no escuché lo que decía.

—¿Dónde está Mark? —preguntó Hudson justo después.

Silencio.

—Joder. Vale. Sí. Llegaré lo antes posible.

Cortó la llamada y de inmediato levantó la mano para llamar a la camarera.

—Lo siento. Tengo que irme.

—¿Va todo bien con Charlie?

—Sí, ella está bien. La hermana de Lexi ha empezado a tener contracciones y al parecer su marido está en California por temas de trabajo. Lexi quiere ir con ella al hospital y necesita que vaya hasta allí a recoger a Charlie.

—Vaya, qué emocionante. Seguro que Charlie se muere por conocer a Coleguita.

Hudson se rio entre dientes.

—Me suplicará que nos quedemos en el hospital toda la noche.

La camarera vino y él le tendió su tarjeta de crédito.

—Espera. —Rebusqué en mi bolso y saqué la cartera—. Por favor, deja que pague yo.

Él negó con la cabeza y despachó a la camarera, que ni siquiera esperó a que yo dijera nada.

—Me invitaste a cenar la otra noche —protesté—. Hoy quería pagar yo.

—Hagamos una cosa: cuando me pidas la cita, pagas tú.

—Pero ¿y si nunca te la pido? No sería justo.

—Otra razón más por la que deberías pedírmela. Aunque no es la más importante.

—¿No?

La camarera regresó con la tarjeta y el recibo para que lo firmara. Hudson sacó una generosa propina de su cartera y la dejó dentro del librito de piel.

Soltó el bolígrafo en la mesa.

—¿Lista?

—Sí, pero aún sigo esperando a que me digas cuál es la razón más importante por la que debería pedirte una cita.

Hudson se puso de pie y me ofreció una mano para ayudarme a levantarme. La acepté pero, cuando por fin me levanté, no me soltó, sino que hizo que me acercara a él y pegó los labios a mi oído.

—Prefiero demostrártela. Arriésgate, Stella.

Capítulo 19

Stella

Hudson no apareció por la oficina los dos días siguientes.

Olivia me contó que la hermana de su exmujer había dado a luz la tarde anterior y había sido un parto largo, así que supuse que esa era la razón. Cuando le había preguntado hoy a su secretaria, puesto que quería hablar con él de los plazos de un pedido, me había dicho que no vendría en todo el día porque estaba de visita en una empresa en la que habían invertido.

Aunque odiara admitirlo, lo echaba de menos cuando no estaba. Tenía ganas de verlo y no solo porque fuese inteligente y un buen orientador para mi empresa. Tal vez mantener las distancias fuera lo mejor. Tenía que controlar lo que empezaba a sentir por él. Nuestra situación no había cambiado: éramos socios. Aunque cada vez me costaba más recordar por qué no podíamos ser algo más.

—Oye, tengo buenas noticias —espetó Olivia entrando en mi despacho—. He conseguido que Phoenix Mets se encargue de las fotografías que necesitamos para la última tanda de publicidad.

—¡Genial! —sonreí, pero no pude aguantarme y me eché a reír—. Lo siento, es que no sé quién es.

Olivia sonrió.

—Es un fotógrafo de famosos. La foto de Anna Mills embarazada en la portada de *Vogue* es suya.

—Ostras. Es una foto preciosa.

—Pues a ti te va a dejar incluso mejor.

—¿A mí? —Arrugué la nariz.

—Sí. Como vi que estuviste increíble en el canal de tele-tienda, hice algunos cambios en las propuestas. —Abrió una carpeta y dejó unos pocos bocetos en el escritorio—. Le he pedido a Darby que me haga estos bocetos, pero no creo que debamos usar una modelo.

Les eché un vistazo. Era una primera prueba, pero la mujer se parecía mucho al reflejo que me había devuelto la mirada esa mañana.

—¿Quieres que salga yo en los anuncios?

Ella asintió.

—Eres la cara visible de Mi Esencia. La gente te conoce.

—Pero yo no sé cómo posar para las fotos. Jamás me han hecho un reportaje profesional ni nada.

Olivia se encogió de hombros.

—Tampoco habías salido en la tele y mira lo bien que te fue.

—No sé…

—La campaña va sobre la belleza y la ciencia, ¿y quién mejor para mostrarlo que tú?

Me quedé mirando los anuncios. La mujer que habían dibujado como si fuera yo llevaba gafas de pasta dura y tenía el pelo recogido. Estaba sentada frente a una mesa de laboratorio con matraces de todo tipo y atrezo de laboratorio, pero se apreciaba una pierna debajo de la mesa y que llevaba zapatos con la suela roja. Era un anuncio que me haría detenerme y mirar; pero, al fin y al cabo, yo era una friki de la ciencia.

—A ver qué te parece esto —sugirió Olivia—. Haremos la sesión con lo que teníamos planeado en un principio y con esto. Elige lo que más te guste —señaló la propuesta de anun-cio—, pero creo que podría quedar genial.

Como me lo había propuesto así, no me pude negar. Olivia era maravillosa; sabía que no me presionaría si no creyera realmente en la idea. Quería lo mejor para Mi Esencia, que fuera un éxito.

Así que tomé aire y asentí.

—Vale, le daremos una oportunidad.

Olivia aplaudió.

—Perfecto. La sesión será pasado mañana, el viernes por la mañana.

—Ya me dirás cómo tengo que arreglarme. ¿Hace falta que traiga algún tipo de ropa? —La chica de la foto llevaba una blusa abotonada y lo que parecía una falda de tubo negra—. Tengo esas prendas.

—No, tenemos de todo. —Olivia sonrió con vacilación—. Ya he pedido lo que nos hace falta. La ropa, el atrezo e incluso los zapatos. No estaba segura de qué pie calzas, así que he pedido varias cosas.

Me reí.

—Vale.

Ella se levantó.

—Lo único que tienes que hacer es ir.

—Sin problema.

—Mi secretaria está haciendo las reservas ahora mismo. Voy a comprar el billete de avión para volver el domingo, si te parece bien, solo por si hace falta que nos quedemos el sábado.

Fruncí el ceño.

—¿Avión? ¿Dónde vamos a hacer las fotos?

—El fotógrafo vive en Los Ángeles, ¿no te lo había dicho?

—No, pero no pasa nada. Nunca he estado en California.

—Te va a encantar. Seguramente tengamos mucho tiempo libre, así que puedo hacerte de guía.

—Me parece genial. Gracias, Olivia.

La mañana siguiente, me desperté y me preparé temprano. Había tomado melatonina antes de dormir a sabiendas de que estaría nerviosa y no dejaría de dar vueltas en la cama. Ya me costaba asimilar que mi cara fuera la que aparecería en los anuncios, así que quería evitar presentarme con ojeras.

El vuelo era a las nueve y media, pero teníamos que salir hacia el aeropuerto tres horas antes. A las seis y cuarto ya me estaba bebiendo la segunda taza de café mientras miraba por la ventana y veía que una limusina negra se detenía frente a mi edificio. Jamás había aparcamiento, así que fui corriendo a la cocina, tiré el resto del café por el desagüe, lavé la taza y cogí la maleta. Pulsé el botón del ascensor, pero me acordé de que me había dejado el maletín con el portátil en casa, así que dejé el equipaje en el suelo y volví a mi piso corriendo.

Escuché que sonaba el pitido del ascensor justo cuando estaba cerrando con llave. No quería que la limusina tuviera que dar la vuelta, así que agarré la maleta deprisa en cuanto se abrieron las puertas. Esperaba que el ascensor estuviera vacío, así que entré como una exhalación sin mirar y me di de bruces contra alguien que trataba de salir.

—Mierda. —Solté el asa de la maleta que llevaba a rastras, por lo que cayó al suelo. Me agaché para recogerla y me disculpé—: ¡Lo siento! ¿Está bi…? —Tras levantar la mirada, me interrumpí—. ¿Hudson?

—Supongo que debería alegrarme de que al menos no me hayas dado un puñetazo.

—¿Qué haces aquí?

—He venido a recogerte para ir al aeropuerto, ¿para qué si no?

No entendía nada.

—Pero ¿dónde está Olivia?

—Ah, es verdad. Le dije a Olivia que te avisaría de que al final iría yo en su lugar. Se me ha pasado, lo siento.

—¿Por qué vienes tú en vez de ella?

—Le han surgido unos imprevistos. ¿Pasa algo porque vaya yo?

Aparte de que el corazón me fuera a mil por hora por haberme acercado tantísimo a él, ahora encima tendríamos que pasar varios días juntos. ¿Que si pasaba algo? Lo miré a los ojos sin saber qué pretendía exactamente. Al final, suspiré. Me comportaría de manera profesional. Podía hacerlo.

Me erguí y respondí.

—No, no pasa nada.

Juraría que noté un brillo especial en sus ojos, pero no me dio tiempo a verlo bien, porque Hudson agarró la maleta y me indicó que entrara en el ascensor.

—Después de ti.

Me las arreglé para hacerlo sintiéndome totalmente desubicada.

Se me pasaron mil cosas por la cabeza de camino a la planta baja, pero una pregunta me rondó bastante más que el resto. El edificio no tenía portero; había que usar el timbre para subir.

—¿Cómo has entrado?

—Gracias a Fisher. Salía a correr cuando yo he llegado.

Y el majo de mi amigo ni siquiera me había avisado. Él sabía que iba a viajar con Olivia. La noche anterior se había dedicado a saquearme la nevera mientras yo hacía la maleta y le contaba los pormenores del viaje. Pero, en fin, había cosas más importantes de las que ocuparse, como la estrategia que seguir para mantener las distancias con el hombre a mi lado en el ascensor y que estaba para mojar pan. Hudson llevaba unos simples pantalones azul marino y una camisa blanca. Me encontraba a medio paso de él, así que me fue imposible no fijarme en cómo se adhería la tela a su trasero. Seguro que hacía un montón de sentadillas.

Me miró y yo levanté la vista justo a tiempo para que no me pillara, o eso esperaba. Para mi desgracia, la comisura de su boca decía otra cosa.

«Maravilloso. Simplemente maravilloso. Menudo viaje me espera».

Hudson tuvo que atender una llamada del extranjero de camino al aeropuerto y, en cuanto llegamos, se dirigió a otra zona porque tenía prioridad para acceder al control de seguridad y yo no. El descanso me vino bien. No tuvimos tiempo de hablar hasta el embarque. Nos sentamos juntos en la tercera fila de primera clase, lo cual no esperaba.

—Qué cómodo. —Me até el cinturón—. Jamás había volado en primera clase.

—Hace años habría viajado en turista porque solía haber más espacio entre los asientos pero, ahora, para alguien de metro ochenta es imposible sentarse cómodamente allí y menos en un vuelo de seis horas a la costa oeste.

Una azafata se acercó con una bandeja de flautas de zumo de naranja.

—¿Les apetece una mimosa?

—Eh, claro —respondí—. Deme una.

Me tendió una copa y miró a Hudson.

Él levantó la mano para declinar la oferta.

—No, gracias, pero cuando pueda me gustaría tomar un café.

—Por supuesto.

Una vez se alejó, alcé la copa hacia Hudson.

—¿No bebes por las mañanas?

Sonrió.

—Normalmente no.

—Debería haber dicho que no, pero estoy hecha un manojo de nervios.

—¿Te da miedo volar?

—No, en realidad no. Aunque a veces me dan náuseas si hay turbulencias.

—Genial. —Señaló el pasillo—. Ya sabes, la cabeza hacia allí.

Me reí.

—Supongo que eres de los que ni siquiera se inmutan en el avión. De esos que se pasan la mitad del viaje trabajando y la otra, echando una cabezadita.

—Algo así. Normalmente trabajo durante casi todo el viaje.

La azafata regresó con el café de Hudson. El servicio aquí era infinitamente mejor que en la clase turista.

—Entonces ¿por qué estás tan nerviosa si no es por el vuelo? —preguntó.

211

—Pues porque un fotógrafo famoso me va a sacar fotos que aparecerán en todos los anuncios de Mi Esencia.

Hudson se me quedó mirando.

—¿Te cuento un secreto?

Sonreí.

—Por favor.

Se inclinó hacia mí y susurró.

—Puedes conseguir todo lo que te propongas.

Solté una carcajada.

—¿Ese es el secreto?

—Técnicamente no lo es, porque la única que no se ha dado cuenta todavía eres tú.

Suspiré.

—Aunque aprecio el gesto, no creo que sea verdad.

Hudson volvió a analizarme con la mirada. Parecía como si dudara si decirme algo o no.

—¿Te acuerdas de tu primer día en la oficina? —dijo al fin.

—¿En Inversiones Rothschild? Sí, ¿por?

—Me preguntaste por qué había cambiado de opinión sobre lo de invertir en tu negocio.

—Dijiste que tu hermana había sido muy persuasiva o algo así.

Asintió.

—No fue solo por eso.

—¿No?

Hudson negó con la cabeza y desvió la mirada hacia mis labios.

—Quería conocerte. La semana siguiente a la boda de mi hermana no pude dejar de pensar en ti. No porque seas preciosa; no me malinterpretes, lo eres; sino porque me atrajo tu fuerza. No eres de las mujeres que necesitan tener a un hombre al lado, pero sí de las que un hombre necesita junto a él. Hace unos años ni siquiera veía la diferencia, pero ahora me resulta imposible olvidarlo.

Me quedé patidifusa unos momentos.

—Vaya, creo que es el mayor cumplido que me han dicho en la vida.

Él frunció el ceño.

—Ya me imaginaba que tu ex sería un completo idiota por lo que te hizo, pero ahora no me cabe duda de que es directamente gilipollas.

La azafata interrumpió la conversación para llevarse los vasos vacíos, ya que estábamos a punto de salir a la pista. A continuación, procedieron a dar las instrucciones del vuelo y vimos a varios metros de distancia cómo la mujer se ponía un chaleco salvavidas desinflado y nos enseñaba a atarnos los cinturones que ya llevábamos puestos.

Mientras esperábamos a que despegaran los aviones que teníamos delante, Hudson me ofreció un periódico. Lo rechacé porque prefería ponerme los auriculares y tratar de calmarme; sin embargo, en cuanto cerré los ojos supe que no sería capaz. Ahora no dejaba de pensar en lo que me había dicho Hudson. Me consideraba una mujer fuerte y preciosa, dos cosas que no había pensado que me definieran desde hacía tiempo. ¿Y sabes qué? Tenía razón, al menos en lo de la fuerza. Últimamente, me había dado la sensación de pasar el día en las nubes debido a todo lo que habíamos conseguido. Antes me daba miedo aceptar inversionistas, pero había resultado ser la mejor decisión que había tomado hasta la fecha. Y también me aterraba aparecer en el programa de teletienda, que al final había resultado ser un éxito rotundo. ¿Por qué tener miedo de sacarme fotos y ser la imagen de la empresa? No debería sentirme así. Esa era la respuesta a la pregunta.

Tomé grandes bocanadas de aire y sentí que me relajaba. Solo faltaba escuchar algo de Vivaldi y hasta a lo mejor me convertía en una de esas personas que se dormían en los aviones. ¿Quién lo habría dicho?

Cuando empezó la música, miré al hombre sentado a mi lado. Hudson sintió mi mirada sobre él y puso una expresión adorable, medio sonriente y confusa, como si tratara de descubrir en qué pensaba, pero a la vez se alegrase de que lo mirara. Me quité el auricular de su lado y me incliné hacia él.

—Gracias —murmuré.

—¿Por qué?

—Por verme de esa forma. Sé que a veces lidiar conmigo no es fácil.

Hudson me contempló.

—No, no es fácil. Pero no te preocupes. —Me guiñó el ojo—. Me las arreglo perfectamente.

—Bienvenidos al Hotel Bel-Air. ¿Tienen reserva?

—Sí, apellido Rothschild —confirmó Hudson—. Debería haber dos reservas.

La chica de recepción tecleó con unas uñas larguísimas mientras yo admiraba el vestíbulo. Esperaba que nos quedásemos en algún hotel moderno del centro de Los Ángeles, pero este sitio era como un santuario escondido en mitad del bosque. El Hotel Bel-Air tenía un aire al Hollywood de antaño. Era ostentoso (con columnas y mostradores de mármol, suelo de caliza y el techo de madera natural), pero había algo que le confería un aire íntimo y tranquilo y que evitaba que resultase llamativo.

Hudson se percató de que me había quedado pasmada observándolo todo.

—El sitio es precioso. Uno hasta casi se olvida de que se encuentra en Los Ángeles. Yo solo me he hospedado una vez aquí, pero en esta ocasión ha sido el fotógrafo quien lo ha escogido personalmente. Haremos la sesión aquí.

—Vale, genial. Tengo muchas ganas de echar un vistazo a los alrededores.

La recepcionista nos ofreció dos tarjetas de plástico. Levantó una y dijo:

—Esta es la de la *suite* Stone Canyon. —Y levantó la otra—. Y esta la de la habitación *deluxe*.

Hudson agarró la tarjeta de la habitación y me dio la de la *suite*.

—Oye, yo no necesito ninguna *suite*. Quédatela tú.

—Mañana por la mañana vendrá el personal de peluquería y maquillaje, así que te hará falta el espacio, créeme. Además, el fotógrafo quiere sacar las fotos en el patio de tu *suite*; la pidió él específicamente.

—Ah. —Seguía sintiéndome mal por aceptarla, pero tenía sentido—. Vale.

Hudson me acompañó a la *suite* y entró con la maleta mientras yo iba directa a abrir las puertas del salón que daban al patio privado.

—Madre mía… Tiene chimenea y un *jacuzzi* enorme.

Hudson salió detrás de mí. Señaló una zona de asientos con plantas frondosas y vegetación de fondo.

—Creo que quiere montar todo el tinglado aquí. Me mandó un correo bien entrada la noche con bosquejos y los muebles que ha alquilado.

Señalé el *jacuzzi*.

—Sabía que me tenía que haber traído un bañador.

—El patio es privado; dudo que te haga falta. —Se encogió de hombros.

—Mira, mejor.

Había otro par de puertas que daban al dormitorio, así que fui a explorarlo también. Después, entré en el baño más lujoso que había visto en mi vida. A Hudson pareció divertirle mi entusiasmo.

—No quiero irme de esta habitación nunca —bromeé.

Echó un vistazo a la cama antes de volver a centrarse en mí.

—Ya somos dos.

Me reí, aunque me quedé con la vista fija en la cama. Cuando la desvié, descubrí a Hudson mirándome.

Carraspeó.

—Debería irme. Tengo que ponerme al día con el trabajo. El fotógrafo quiere que cenemos juntos esta noche, pero no sé si te apetece.

—Por mí bien.

Hudson asintió, serio.

—Le diré de quedar a las cinco, que serían las ocho en Nueva York para nosotros.

—Buena idea.

Se dirigió a la puerta.

—¿Piensas ir a algún lado? —me preguntó—. ¿Te doy las llaves del coche de alquiler?

—Pues… tengo algo de trabajo, pero tal vez vaya a comprarme un bañador. Hemos pasado por delante de un montón de *boutiques* bonitas que no quedan muy lejos.

—Ahora que lo pienso, no hace falta que trabaje —se corrigió Hudson—. Seguro que necesitas ayuda para elegir el bañador.

Me eché a reír.

—Creo que puedo hacerlo yo solita, gracias.

Sacó las llaves del bolsillo y me las ofreció.

—Qué pena. Bueno, cuando vuelvas, avísame si quieres compañía en el *jacuzzi*.

—¿Tú te has traído bañador?

Hudson sonrió.

—No.

Capítulo 20

Stella

Me había cambiado tres veces.

Así que cuando Hudson llamó a la puerta cinco minutos antes de la hora acordada, no estaba lista.

—Hola… —Abrí la puerta—. Vaya…, vas en vaqueros.

Él bajó la mirada.

—¿No debería?

Negué con la cabeza.

—No, no. No pasa nada. Es que no sabía muy bien qué ponerme. Me he puesto unos vaqueros, pero he pensado que a lo mejor iba demasiado informal, así que he bajado al restaurante para ver lo elegante que era. Parece bastante sofisticado, y, bueno, me he cambiado… dos veces.

Hudson me miró de arriba abajo. Al final, me había decantado por un sencillo vestidito de tirantes negro y unos tacones de color crema.

—No sé qué te habías puesto antes —dijo—, pero dudo mucho que sea mejor que lo que llevas ahora. Estás preciosa.

Sentí un cálido hormigueo en el vientre.

—Gracias. Tú tampoco estás mal. Te queda muy bien la barba, me gusta.

—Vale, pues después de cenar tiraré todas las cuchillas a la basura.

Me reí y me aparté para dejarlo entrar.

217

—Dame un minuto. Tengo que pintarme los labios y cambiarme las joyas.

Hudson tomó asiento en el sofá del salón mientras yo regresaba al baño para terminar de arreglarme.

—Me han llegado notificaciones de envío de un montón de productos más —grité mientras me perfilaba los labios—. Si todo sale bien, podríamos empezar a mandar cajas incluso antes de lo previsto.

—Entonces mejor que dejemos listo el tema de las fotos mañana —respondió desde la otra habitación.

Tras acabar con el pintalabios, me puse una gargantilla turquesa para añadir un toque de color, además de una pulsera grande a juego con el collar. Me pasé los dedos por el pelo una última vez, respiré hondo y me contemplé en el espejo. Estar cerca de Hudson ya me estresaba lo bastante como para encima tener que cenar con un fotógrafo acostumbrado a trabajar con famosas y modelos. No quería que cuando me mirara pensase: «Joder…, ¿cómo me las voy a arreglar para que esta tía salga bien en las fotos y venda perfumes femeninos?».

Pero qué le íbamos a hacer; arreglarme durante cinco minutos más no cambiaría nada. De camino al salón, cogí el bolso de la mesita. Metí algunas cosas en él y lo cerré.

—¿Has podido terminar lo que tenías pendiente del trabajo?

Hudson se levantó.

—Sí, ¿y tú?

—Casi todo. Pero no he podido resistirme a probar el *jacuzzi*.

—¿Te has comprado un bañador?

Negué con la cabeza y esbocé una sonrisa pícara.

—Me he metido desnuda.

Hudson me dio un repaso con la mirada.

—Deberíamos irnos —rezongó.

La frustración que denotaba me dio el subidón de autoestima que necesitaba en ese momento. No tardó en abrir la puerta de mi *suite,* lo que me hizo gracia, y nos dirigimos al restaurante del hotel.

—¿Sabes cómo es Phoenix? —me preguntó.

—No. Pensaba que sería bastante fácil de encontrar. Los fotógrafos suelen tener un aspecto muy peculiar y seguro que está solo.

Al preguntar por él en el restaurante, la camarera nos informó de que ya había llegado y que estaba tomando algo en el bar. Nos encaminamos hacia allí, pero vimos que había varios tipos sentados solos.

—¿Quién crees que será? —le pregunté.

Hudson miró a nuestro alrededor y señaló a un hombre en el extremo más alejado de la barra. Tenía el pelo desaliñado, vestía una camiseta colorida y unas pulseras le cubrían la mitad del antebrazo. Iba totalmente a la moda.

—Él —indicó.

Los otros dos hombres estaban de espaldas; uno tenía canas y llevaba una americana de *tweed* y el otro mostraba una espalda tan ancha como la de los jugadores de *rugby,* así que supuse que Hudson tenía razón. Dejé que fuera primero.

Se acercó y preguntó:

—¿Phoenix?

El tipo sacudió la cabeza.

—Creo que te has equivocado.

—Lo siento.

Hudson y yo miramos hacia los otros dos hombres, a los que ahora podíamos ver de frente y… madre mía, el tipo con espalda de jugador era guapísimo. Nos descubrió mirándolo y sonrió.

Alcé la barbilla.

—Creo que es ese.

—No parece fotógrafo —opinó Hudson.

—Ya, tiene más cuerpo de modelo.

El hombre se levantó y se acercó a nosotros.

—Supongo que sois los de Mi Esencia —adivinó.

—Sí. —Sonreí. No quise parecer ni demasiado entusiasta ni tampoco nerviosa, pero intuyo que no lo logré, porque Hudson me miró de forma rara cuando extendí la mano hacia él—. Stella Bardot. Encantada.

—Ah, mi musa. —Alzó mi mano y la besó—. Ya veo que este proyecto va a ser pan comido.

Hudson se presentó con gesto inexpresivo y estrechó la mano del guapo fotógrafo, pero vi que, por dentro, fruncía el ceño.

Pedimos mesa y yo fui en cabeza siguiendo a la camarera hasta nuestro sitio. Pillé a más de una mujer girándose para observar a los hombres que caminaban detrás de mí. No las culpaba; Hudson y Phoenix eran muy distintos, pero ambos eran guapísimos.

Hudson hizo amago de separarme la silla, pero Phoenix se le adelantó.

—Muchas gracias —murmuré.

En cuanto nos sentamos, Phoenix empezó la conversación.

—¿Cuánto tiempo llevas trabajando de modelo? —preguntó.

—No soy modelo, soy la creadora de Mi Esencia.

—Vaya, pues no lo parece.

Hudson cogió la carta de bebidas y gruñó:

—Supongo que no leíste los detalles que incluimos en el informe de *marketing* sobre a quién ibas a fotografiar.

Traté de rebajar el tono del comentario de Hudson.

—¿Cuánto tiempo llevas trabajando como fotógrafo?

—De manera profesional, cinco años. Fui modelo durante diez y así aprendí cómo iba el mundillo. Los modelos envejecemos muy rápido. Mientras trabajaba, tomé algunas clases para asegurarme el futuro cuando dejara el mundo de la moda.

—Me parece muy inteligente por tu parte.

—Entonces tú has creado el producto y vas a ser la modelo, ¿no? Tienes belleza e inteligencia. Tu marido es un hombre con suerte.

—Gracias —me sonrojé—, pero no estoy casada.

Phoenix sonrió y Hudson puso los ojos en blanco.

Me esforcé por incluir a Hudson en la conversación y que no hubiera más flirteos. A pesar de que me halagaba que Phoenix se hubiera fijado en mí y me resultaba divertido ver la mirada celosa del hombre sentado a mi izquierda, estábamos en una cena de negocios. Además, no importaba lo guapo que fuera Phoenix, no me interesaba.

No sé si fue por mis intentos o por las dos copas de *whisky* escocés con hielo que se tomó durante la cena, pero Hudson pareció relajarse. Hablamos de Mi Esencia; de cómo surgió y de las estrategias de *marketing* que había ideado Olivia.

Cuando la camarera preguntó si queríamos postre o café, Hudson dijo que no y yo respondí lo mismo.

—¿Os parece bien empezar a las nueve? —sugirió Phoenix—. Que peluquería y maquillaje se pongan contigo a las ocho. ¿Tienes el vestuario listo?

—Olivia me ha escrito y me ha dicho que el último paquete ha llegado al hotel hace un ratito —respondió Hudson.

—Perfecto. Creo que habremos terminado a primera hora de la tarde, así que podrás salir un poco y disfrutar del sol de California —comentó Phoenix.

Sonreí.

—Genial. Es la primera vez que vengo, así que me encantaría pasear por la ciudad.

—Yo he nacido y crecido en Los Ángeles, así que, si quieres, en cuanto termine la sesión te puedo llevar a algunos sitios.

Desvié la vista hacia Hudson. Notaba que estaba cabreado, pero no dijo nada.

Le ofrecí una sonrisa cordial a Phoenix.

—La verdad es que ya tengo planes, pero gracias por la oferta.

Volvimos al vestíbulo los tres juntos. Hudson se mostró silencioso y profesional al despedir a nuestro acompañante.

—Tengo que ir a recepción a por los paquetes que ha mandado Olivia —anunció Hudson en cuanto Phoenix se fue.

—Ah, vale. —Asentí.

No supe discernir si estaba cabreado conmigo o en general. Se mostró frío mientras le pedía el envío a la recepcionista del hotel.

Ella tecleó varias veces y miró la pantalla.

—Parece que lo han enviado a su habitación, la doscientos treinta y ocho.

—De acuerdo, muchas gracias.

Como esa era su habitación y yo tenía que probarme la ropa, le pregunté:

—¿Te importa si me la llevo ahora? Quiero preparar todo lo que pueda para no perder tiempo mañana por la mañana.

—Vale.

Volvió a quedarse callado mientras nos dirigíamos a su habitación. Abrió la puerta y la sostuvo para que pasara, pero en cuanto esta se cerró, el silencio se tornó ensordecedor y no pude contenerme más.

—¿Estás enfadado conmigo?

Hudson me miró.

—No.

—Vale. ¿Estás cansado, entonces? Ha sido un día largo con el viaje y demás.

Él negó con la cabeza.

—No estoy cansado.

Asentí y traté de dejarlo pasar, pero apenas aguanté medio minuto.

—Cuando antes he mencionado que no había estado nunca en Los Ángeles y quería ver la ciudad, no era mi intención darle a entender que me pidiera una cita. —Sacudí la cabeza—. Ni siquiera sé si me lo estaba pidiendo, no intentaba darle vía libre para que me enseñara la ciudad.

Hudson clavó los ojos en mí.

—No te equivoques, sí que te estaba pidiendo una cita.

—Pero yo…

—Tú te has mostrado cordial y profesional, no has hecho nada malo —me interrumpió.

Negué con la cabeza.

—Entonces, ¿por qué tengo la sensación de que crees que sí lo he hecho?

Hudson bajó la mirada durante un momento que se me antojó una eternidad. Al final, volvió a mirarme.

—Soy un gilipollas y estoy celoso. No quería pagarlo contigo, perdona.

Madre mía, no esperaba que fuera tan sincero. Le lancé una sonrisa triste.

—No pasa nada. Si te sirve de consuelo, si fuera al revés y una exmodelo preciosa se hubiese ofrecido a enseñarte la ciudad, yo también me pondría celosa.

La mirada de Hudson se volvió intensa.

—¿Sabes? Solo nos ponemos celosos por lo que deseamos.

—El problema no es el deseo. Es que... podrían salir mal tantísimas cosas...

—O bien. —Hudson se obligó a sonreír y asintió—. Pero te entiendo. —Miró en derredor y añadió—: No veo ninguna caja, así que voy a mirar en el dormitorio. ¿Tienes una lista de lo que te ha mandado?

—Sí. —Suspiré—. La tengo en el móvil.

Me senté en el sofá y saqué el teléfono del bolso. Empecé a trastear y vi que había algo que sobresalía de la esquina del sofá, entre los cojines. Parecía un libro. Sin pensármelo dos veces, lo saqué y lo dejé en la mesita para que no se le olvidara. Pero al leer el título de la cubierta, me detuve en seco.

El pájaro espino.

Hudson y yo habíamos hablado de este libro el otro día y me dijo que no lo había leído.

Agarré el volumen y empecé a hojear las páginas. A unos tres cuartos de lectura vi una tarjeta de Hudson haciendo de punto de libro.

—Ha mandado dos pa... —Hudson se quedó quieto y levantó la vista para mirarme a los ojos, pero no dijo nada.

—¿Lo estás leyendo?

Dejó los paquetes en la mesita, delante de mí.

—El otro día comentaste que te gustaba y suelo leer bastante cuando viajo.

El corazón me dio un vuelco y se me cortó la respiración. Negué con la cabeza.

—Sabías que me parecía romántico que Marco leyese los libros favoritos de Amalia.

Hudson no dijo nada durante un momento y, a continuación, señaló los paquetes.

—¿Cuántos tenían que entregar?

—Pues… —No había terminado de mirar la lista. Fui a la aplicación de correo electrónico y busqué el que Olivia me había mandado con la confirmación del envío—. Creo que esos dos eran los últimos. El atrezo lo entregará una empresa local mañana por la mañana.

Hudson hizo un gesto afirmativo.

—Te los llevo a la habitación.

Yo sacudí la cabeza.

—No hace falta. Solo son unos conjuntos, puedo llevarlos yo misma.

Hudson se metió las manos en los bolsillos y mantuvo la cabeza gacha. Esa postura tan tímida distaba mucho de su comportamiento natural.

Se me pasaron muchísimas cosas por la cabeza; me levanté sin saber qué decir, aunque tenía la sensación de que el tema del libro aún no se había zanjado. Al final, el momento se volvió incómodo, así que cogí los paquetes y supuse que debía marcharme.

—Gracias una vez más por la cena. Nos vemos mañana, ¿no?

—Iré a tu habitación a la hora de empezar.

—Vale, te lo agradezco.

Abrió la puerta y volvimos a mirarnos a los ojos. ¿Por qué me daba la sensación de que se me estaba rompiendo el corazón?

—Buenas noches, Hudson.

Me dirigí a mi *suite*, pero fui incapaz de entrar. Tenía dos paquetes en las manos y aun así lo único que hice fue quedarme observando la puerta.

«¿Qué estoy haciendo?».

Durante estas últimas semanas había estado leyendo un diario, deseando que el hombre consiguiera a la chica al final por todos los gestos bonitos que tenía con ella. Pero, en lo personal, tenía a un hombre que me escuchaba y que me había perdonado que me hubiese colado en la boda de su hermana y haberle dejado los dos ojos morados. Lo había llamado capullo más de una vez y él, en cambio, me había ayudado a empezar mi negocio y no se había apartado de mi lado en todo este tiempo. Además, adoraba a su hija, detalle que decía mucho de un hombre. Sin contar con que me atraía muchísimo.

«Entonces, ¿por qué no lo intentas?».

Me había convencido a mí misma de que mezclar los negocios con el placer no era buena idea, visto lo visto con Aiden. Sin embargo, el negocio ya había superado todas mis expectativas y aún ni siquiera habíamos lanzado la página web, así que no se trataba de eso. Recordé la conversación que había mantenido con Hudson hacía unos minutos.

«Podrían ir mal tantísimas cosas…», había dicho yo.

Pero tal vez su respuesta fuera la más importante.

«O bien».

Lo cierto era que me daba miedo intentarlo. Eso sí, ahora veía que, de no hacerlo, estaría dejando escapar algo tremendamente bonito.

Me empezaron a sudar las manos porque supe lo que tenía que hacer. Además, era consciente de que, si volvía a mi habitación y empezaba a comerme la cabeza, nunca lo haría, así que tenía que hacerlo ahora mismo.

Ya.

Dejé los paquetes frente a la puerta y volví corriendo a la habitación de Hudson. Me quedé plantada frente a su puerta. Lo primero que quise hacer fue parar y recomponerme un momento. De hacerlo, eso sí, perdería el arrojo, por lo que me obligué a llamar a pesar de todo; de la adrenalina y los nervios.

El toque sonó más bien como un golpetazo, fuerte y rápido.

Hudson abrió enseguida. Tenía pinta de estar cabreado pero, cuando me vio, se le activó el instinto protector.

—¿Qué pasa? ¿Estás bien? —Salió de la habitación e inspeccionó el pasillo, mirando hacia ambos lados—. ¿Ha pasado algo? ¿Va todo bien?

—Todo va bi…

Se me olvidó lo que estaba diciendo en mitad de la frase. Cuando abrió la puerta y me sobresaltó, solo pude fijarme en que estaba cabreado. Pero ahora…

Fui incapaz de quitarle los ojos de encima.

Dios santo.

Tenía la camisa desabrochada, el cinturón abierto y la cremallera bajada, que dejaba a la vista unos calzoncillos oscuros. Lo que me dejó sin habla no fue que se estuviera desvistiendo, sino lo que vi debajo de su ropa.

En una de nuestras conversaciones me había contado que hacía ejercicio, así que esperaba que estuviese en forma. Pero lo de Hudson iba más allá. Su cuerpo era… magnífico. Tenía la piel tersa y bronceada, unos abdominales marcados y con ocho onzas de puro músculo. Una fina línea de vello que bajaba desde su ombligo hacia la ropa interior me hizo salivar.

—Stella, ¿estás bien?

Al percibir la preocupación en su voz, parpadeé varias veces.

—Eh… sí, estoy bien. —«Aunque no tan bien como tú».

—Has llamado a la puerta como si hubiera un incendio o algo así.

—Lo siento. —Sacudí la cabeza—. Estaba nerviosa.

—¿Nerviosa por qué? ¿Por la sesión de fotos de mañana?

—No. Sí. No. Bueno, sí que estoy nerviosa por las fotos, pero no estaba nerviosa por eso cuando he llamado a la puerta.

Hudson seguía confuso.

Normal, estaba parloteando como una idiota. Así que tomé una gran bocanada de aire y me centré.

—Esto… ¿Querrías cenar conmigo mañana por la noche?

—¿Cenar?

Asentí y tragué saliva.

—Sí… ¿En plan cita?

La confusión y el cabreo se esfumaron de su rostro y sacudió la cabeza.

—Ya era hora.

Puse los ojos en blanco.

—No seas arrogante. ¿Quieres o no?

Hudson sonrió.

—Me encantaría salir contigo, Stella.

Sentí un vuelco en el estómago. Era como si estuviera en primaria y el chico más popular me hubiera respondido que yo también le gustaba. Bajé la mirada, nerviosa.

—Vale, ¿quedamos mañana, entonces? Después de las fotos. ¿Cenamos o algo?

Aquello pareció hacerle gracia a Hudson.

—Normalmente suele ser así, cenar o algo.

Esbocé una mueca.

—No me resulta fácil, que lo sepas. Y encima me lo estás poniendo más difícil comportándote como un capullo.

Le brillaron los ojos.

—Trataré de hacerlo mejor.

—Bien. —En mi vida le había pedido una cita a un hombre, así que no sabía qué hacer a continuación. Pero al descubrirme jugueteando con el anillo que siempre giraba cuando estaba nerviosa, supuse que lo mejor sería despedirme—. Bueno, hasta mañana.

Hice amago de marcharme, pero Hudson salió de la habitación y me agarró la mano.

—Espera un momento, se te olvida algo.

Fruncí el ceño.

—¿El qué?

227

Tiró de mi mano, por lo que tropecé y choqué con su pecho. Con un gesto, se agachó y me aupó para que apoyara la espalda contra la puerta de su habitación. Envolví las piernas en torno a su cintura y Hudson pegó su cuerpo al mío. Me acunó las mejillas y me miró a los ojos.

—Esto, nena. Se te ha olvidado esto.

Su boca cubrió la mía con fuerza. El jadeo que estuve a punto de soltar quedó en el olvido, junto con la timidez que había sentido hacía un momento. Hundí los dedos en su cabello espeso y tiré de él, quería que se acercara más aún.

Hudson gimió. Me ladeó la cabeza para profundizar el beso y que nuestras lenguas se batiesen en duelo. A continuación, perdimos el control. Hudson se frotó contra mí y llevó una de sus manos a la parte trasera de mi cabeza, aferrándome un puñado de pelo. La brusquedad del movimiento junto con la sensación de su cuerpo cálido contra el mío hizo que yo también gimiera.

—Joder —gruñó Hudson mientras deslizaba los labios hacia mi cuello. Succionó la piel en la zona del pulso antes de trazar un reguero de besos de nuevo hacia mis labios—. Hazlo otra vez. Haz ese ruidito.

No había sido conscientemente, así que no sabía si sería capaz de repetirlo. Sin embargo, en cuanto frotó su miembro entre mis piernas, no tuve ni que preocuparme por intentarlo, porque lo repetí.

Hudson volvió a gruñir.

—Sí, joder, sí.

No sabría decir cuánto tiempo nos pasamos así —agarrados, tirando del otro, frotándonos y tocándonos—, pero cuando por fin acabaron los besos, ambos terminamos jadeando. Me llevé una mano a los labios y los noté hinchados.

—Ostras.

Una sonrisa se extendió por el rostro de Hudson mientras pegaba nuestras frentes.

—Mira que has tardado.

Solté una carcajada.

—Cállate. Tenía una buena razón para que me diera miedo.

Hudson apartó un mechón de mi mejilla y suavizó la expresión.

—No lo tengas. No te haré daño. Aunque tal vez te muerda un poquito.

Oímos un ruido al otro lado del pasillo. Una pareja de ancianos se acercaba hacia nosotros.

—Mierda —exclamó Hudson mientras volvía a dejarme en el suelo. Me bajó el vestido de forma adorable y lo alisó.

Me reí y le señalé los pantalones.

—Oye, creo que no soy yo precisamente de quien tendrías que preocuparte.

Hudson frunció el ceño, bajó la mirada y vio que su erección sobresalía de los pantalones.

—Joder.

—No te preocupes, yo me encargo —dije. Me coloqué delante de él para ocultarlo hasta que la pareja pasó. Después, se subió la cremallera y se abrochó el cinturón a la mitad.

—Venga, te acompaño a tu *suite* —se ofreció.

—No hace falta.

—Me queda de camino.

—¿De camino a dónde?

—A recepción. Me he dejado la llave dentro.

Me eché a reír.

—Mira que eres sutil, Rothschild.

Su respuesta fue darme un cachete en el trasero.

—Pórtate bien o cuando lleguemos a la puerta de tu habitación me olvidaré de ser un caballero.

—Tal vez no quiera que lo seas.

Cuando empezamos a andar, posó un brazo sobre mis hombros.

—He dicho que sería un caballero cuando lleguemos a la puerta. Créeme, ahora que eres mía, eso solo pasará de puertas para fuera.

—Con que ahora soy tuya, ¿eh?

Al llegar a la *suite*, Hudson me dio un suave beso en los labios.

—Lo llevas siendo un tiempo, nena, aunque por fin lo has admitido.

Puse los ojos en blanco; era un arrogante, pero tenía razón.

Lo agarré de la camisa.

—¿Quieres… entrar?

Él me acarició la mejilla.

—Sí que quiero, pero no lo haré. Tienes que levantarte temprano. Además, te mereces una buena cita y pretendo que la tengas antes de que la cosa vaya a más. Si entro en tu habitación, trataré de conseguir que te desnudes. Eres irresistible. Créeme, lo he intentado.

Sonreí y me puse de puntillas para darle otro besito.

—Buenas noches, Hudson.

—Me alegro de que por fin hayas escuchado a esa voz en tu cabeza, nena.

—No me ha quedado otra; ya era como un grito.

Capítulo 21

Hudson

A la mañana siguiente, me presenté en la habitación de Stella a las siete y media.

Ella abrió la puerta envuelta en una toalla.

—Hola. Has venido temprano.

Repasé con la mirada toda esa piel cremosa y desnuda y negué con la cabeza.

—A mí me parece que he venido justo a tiempo.

Ella se rio por lo bajo y juro que el sonido me pareció hasta mejor que las vistas, que ya eran bastante espectaculares de por sí.

Stella se echó a un lado.

—Los de peluquería y maquillaje vienen a las ocho, así que me he duchado a última hora para tener el pelo todavía húmedo.

Estar dentro de su *suite* ahora se me antojaba completamente distinto al día anterior. Por ejemplo, ahora podía…

En cuanto la puerta se cerró, la estreché entre mis brazos y estampé mis labios contra los suyos. Anoche me había quedado dormido pensando en lo bien que sabía y esta mañana me había despertado hambriento. El gemidito que ayer casi me mata volvió a hacer acto de presencia; viajó de sus labios a los míos y se fue directo a mi entrepierna.

Joder.

Era probable que Stella no me detuviera si le quitaba la toalla, aunque eso solo empeoraría las cosas. Si un beso me hacía sentir como un animal, no quería ni imaginarme cómo sería verla completamente desnuda, así que separé nuestras haciendo un gran esfuerzo.

Stella levantó la mano y se tocó el labio inferior con dos dedos.

—Creo que nunca le había leído la mente a nadie solo con besarlo.

—¿A qué te refieres?

—Tus besos. Dicen mucho. Ya sea un besito o un morreo como el de ahora, sé en qué piensas cuando nuestros labios se tocan.

—Ah, ¿sí? —respondí—. ¿Y qué pensaba antes?

—Querías quitarme la toalla, pero sabías que no era buena idea porque los demás llegarán en cualquier momento.

Arqueé las cejas.

—¿Cómo cojones sabes eso?

Ella negó con la cabeza.

—Ni idea. Simplemente lo sé.

—Eso es peligroso… para mí.

Sonrió y volvió a ajustar la esquina de la toalla para que no se me cayera.

—Debería ir a vestirme antes de que lleguen.

Por mucho que prefiriera verla desnuda, ni de coña iba a compartir esas vistas con nadie y mucho menos con el imbécil del fotógrafo. Asentí.

—Ve.

Stella se alejó, pero cuando llegó a la puerta del dormitorio, gritó:

—¿Hudson?

—¿Sí?

Soltó la toalla y esta cayó al suelo.

Gemí. Hoy sería un día muy largo.

Antes de que Stella terminara de vestirse, llegó la primera persona. Dig (al menos eso es lo que juraría que había gruñido cuando se presentó) era estilista. Arrastraba un baúl con ruedas y miró a su alrededor en busca de dónde colocarse.

Un minuto después, la maquilladora llamó a la puerta, seguida de tres tipos que traían el atrezo alquilado, el servicio de habitaciones, un técnico de luces y otro tío con un acento tan marcado que no entendí una mierda de a qué había dicho que se dedicaba. Todos se abalanzaron sobre Stella en cuanto salió del cuarto de baño.

Después de cuarenta y cinco minutos rodeada de todo un equipo de personas acicalándola, se la veía un poquitín superada. Así que preparé un plato con frutas y un cruasán del bufet del desayuno y lo dejé frente a ella.

—¿Has comido ya?

Stella sacudió la cabeza.

Miré a la peluquera que acababa de colocarle los rulos en la cabeza y luego a los dos chicos que la flanqueaban por ambos lados.

—¿Podríais darle unos minutos, por favor?

—Ah… claro.

Señalé las bandejas de comida con la cabeza.

—¿Por qué no coméis algo? Hay una mesa fuera, en el patio.

En cuanto dejaron de toquetearla, Stella soltó un profundo suspiro.

—Gracias. ¿Cómo sabías que necesitaba un respiro?

Me encogí de hombros.

—Igual que tú sabías que antes he estado a dos segundos de arrancarte la toalla mientras nos besábamos.

Sonrió y cogió el plátano que le había servido en el plato. Cuando fue a pelarlo, se percató del mensaje que le había garabateado y lo leyó en voz alta.

—«Me muero por enseñarte mi plátano». Vaya… —Se rio—. Creo que ahora voy a disfrutar las notas mucho más.

Sonreí, pero señalé el plato.

—Come. En unos minutos volverán para maquillarte.

—Pensándolo mejor, voy a guardarme esto para luego. —Stella dejó el plátano y cogió una tajada de melón—. ¿Qué vamos a hacer esta noche en nuestra cita? Sé que ya te he pedido salir, pero es la primera vez que estoy en California.

—Supuse que iríamos a cenar y luego a ver Los Ángeles.

—Suena genial. —Mordió el melón y enseguida profirió un «Mmmm»—. Está buenísimo.

—Esta tarde a las cuatro tengo una llamada importante que no puedo posponer, pero si terminamos pronto, siempre puedo atenderla en el coche.

—Si estás muy ocupado para salir después… —Sonrió con superioridad—. Siempre puedo pedirle a Phoenix que me enseñe la ciudad.

Entrecerré los ojos. Stella fue a llevarse la tajada de melón a los labios para pegarle otro bocado, pero yo le agarré la muñeca y redirigí el movimiento hacia mi propia boca, y le di un mordisquito en los dedos.

—¡Au!

—Tienes suerte de que haya gente delante y no te pueda sentar en mis rodillas para darte una buena tunda en el trasero por ese comentario.

Stella se rio entre dientes.

—Siempre podemos irnos a la otra habitación…

—No me tientes, nena. —Bajé la mirada hasta sus labios—. No tengo problema en echarlos a todos de aquí si quieres jugar.

Los ojos de ella resplandecieron, como retándome a cumplir la amenaza. Pero un golpe en la puerta interrumpió nuestra pequeña charla.

Cuando vi a Phoenix al otro lado, tuve que controlarme para no fruncir el ceño. Aun así, lo saludé con un gesto de la cabeza.

—Buenos días.

El cabrón fue directamente hacia Stella sin siquiera devolverme el saludo.

—Yo también me alegro de verte —gruñí, cerrando la puerta detrás de él.

Decidí que probablemente no fuera buena idea actuar como un novio celoso sin haber tenido siquiera la primera cita, así que me encaminé afuera para ver cómo iba todo. Desde su llegada, los encargados del atrezo no habían dejado de trabajar en la terraza.

Habían transformado la pequeña zona exterior en una escena de *Bill, el científico* con estrógenos. Habían instalado una mesa de laboratorio con matraces y todo tipo de aparatejos, pero también había tarros con pétalos de rosa de un rojo intenso, arena y varias flores coloridas. En la parte delantera de la mesa habían colocado el logo de Mi Esencia y una bandeja de cristal exhibía los diversos tarritos en los que venía el perfume.

Dig se acercó y se limpió el sudor de la frente.

—¿Qué opinas?

—Está genial.

—Sí, no sabía muy bien cómo iba a quedar con la lista de cosas que teníamos que incluir. Era una combinación un tanto extraña. Pero ahora lo entiendo, y quedará genial cuando la modelo esté en el cuadro.

Sabía que mi hermana estaría despierta y agradecería ver el montaje, así que saqué unas cuantas fotos y se las envié.

OLIVIA: ¡Está increíble! Soy un genio.

Me reí y le contesté.

HUDSON: Y modesta, además.

OLIVIA: ¿Dónde está Stella? Quiero ver cómo la han dejado.

Miré al interior de la *suite* y vi a la peluquera quitarle los rulos mientras una mujer le aplicaba todavía más maquillaje.

HUDSON: Todavía están con ella.

OLIVIA: ¡Mándame fotos cuando empecéis! Seguro que lo borda.

«Pues claro». Volví a mirarla y nuestros ojos se encontraron. Stella curvó los labios en una sonrisa preciosa, una que había intentado contener pero que al final se le escapó. Lo sabía porque a mí me pasaba lo mismo desde que la conocía.

El resto de la mañana pasó volando, aunque con mucho caos. Stella estaba estupenda en las fotos. Si no, que le preguntasen al guapito de Phoenix, que se lo dijo un millón de veces. Entendía que los fotógrafos tuvieran que motivar a sus modelos con cumplidos y hacer que salieran del cascarón para la sesión, pero una cosa era decirle a alguien que lo estaba haciendo genial y que estaba guapísima, y otra muy distinta no dejar de repetir con admiración lo *sexy* que era, llamándola «cariño» y «nena». Cada vez que recolocaba el pelo de Stella o movía su collar, veía cómo el cabrón se la comía con los ojos.

Cuando paramos para comer, el estilista sugirió a Stella que se cambiara para no manchar la ropa. Ella entró en el cuarto de baño y salió vestida con unos shorts y una camiseta de tirantes anchos.

—¿Cómo lo he hecho? No es fácil sonreír durante tanto tiempo. Empezaba a sentirme como el Joker de Joaquin Phoenix.

—Qué va. Lo has hecho genial. Puede que un poco como el de Heath Ledger, pero no tanto como el de Joaquin.

Stella me pegó de forma juguetona en el abdomen. Estaba de espaldas a mí, así que no se había dado cuenta de que Phoenix se había sentado a la mesa plegable exterior, en la terraza, justo al otro lado de las puertas correderas de cristal. Pero yo sí, así que, tras agarrarla de la mano, tiré de ella hacia mí y le aparté un mechón de pelo de la cara.

—Lo estás haciendo fenomenal. Estás preciosa y los anuncios van a quedar perfectos.

—Eso lo dices porque quieres acostarte conmigo.

Deslicé dos dedos bajo su barbilla y le incliné la cabeza hacia atrás.

—Lo digo porque es la verdad. Aunque sí que quiero acostarme contigo. Anda, dame un beso.

Ella sonrió y se puso de puntillas antes de pegar sus labios a los míos. Habría preferido darle un morreo de los buenos, pero ya lo haría sin tener a un montón de trabajadores en la habitación de al lado y en el patio. Cuando levanté la mirada, mis ojos se toparon con los de Phoenix, que acababa de presenciar toda la escena. «Una cosa menos de la que ocuparse...».

La sesión vespertina transcurrió igual de bien que la matutina, solo que el fotógrafo se comportó de manera infinitamente más profesional. Saqué unas cuantas fotos de Stella con todo el atrezo y se las mandé a mi hermana. Aunque la que tomé cuando se agachó para oler unas flores moradas que colgaban de la valla cuando creía que nadie la estaba mirando me la guardé para mí.

A las tres, por fin, el fotógrafo dio por terminada la sesión. Todos empezaron a recoger y Stella se dirigió al cuarto de baño para volver a cambiarse.

Phoenix se encontraba desmontando la cámara y colocando las piezas en un maletín cuando levantó el mentón en mi dirección.

—Tengo muy buen material. Lo revisaré todo y retocaré las que crea que son las mejores. Pero también te enviaré las originales por si hay otra entre las que he seleccionado que te llame la atención. Sé que lo necesitáis cuanto antes, así que te lo tendré todo listo para el lunes.

Asentí.

—Gracias.

Cerró el maletín de la cámara.

—Y... te debo una disculpa. No sabía que Stella y tú...

Podría haberle dicho que era reciente o que anoche cuando cenamos aún no había accedido a salir conmigo. Podría haberle aligerado la culpa pero, en cambio, dije:

—No te preocupes.

—Gracias. —Extendió una mano—. Parece una chica estupenda.

Le estreché la mano con más fuerza de la que se consideraba socialmente aceptable.

—Mujer. Es una mujer estupenda.

Él levantó ambas manos.

—Lo pillo.

Para cuando se fueron todos, ya casi eran las cuatro y tenía que hacer la llamada. Pero necesitaba el portátil, que estaba en mi habitación.

Tomé una de las manos de Stella.

—¿Sigues con ganas de salir esta noche?

—Claro. Pero antes me gustaría darme una ducha rápida, si no te importa. Siento que tengo una máscara en la cara de todo el maquillaje y debo de tener como cinco kilos de laca en el pelo.

—Yo tengo que hacer la llamada que te he dicho a las cuatro. Así que, ¿por qué no vienes a mi habitación cuando estés lista?

—Vale.

Stella me acompañó hasta la puerta.

—¿A dónde vamos a ir esta noche? Para saber qué ponerme.

—Ponte algo *sexy*.

—Eh, vale. ¿Elegante, entonces?

—No hace falta. Yo solo quiero que te pongas algo *sexy*.

Ella se rio.

—Lo intentaré.

Me incliné y le di un beso en la mejilla.

—Tampoco tienes que esforzarte mucho.

—Madre mía. Qué preciosidad. —Stella tomó asiento en una de las sillas con vistas al océano. La había llevado a Geoffrey's en Malibú porque hacía una noche espectacular y cenar en su terraza era sinónimo de disfrutar de una vista panorámica inigualable del océano Pacífico. No, de hecho, lo que ella contemplaba ni siquiera se acercaba a lo que admiraba yo en este momento.

—Tú sí que eres una preciosidad.

Stella se ruborizó.

—Gracias.

Me encantaba que fuera tan humilde. No tenía ni idea de que todas las cabezas de los comensales se habían girado cuando cruzamos el restaurante.

—¿Habías venido aquí antes?

—Sí. Un cliente me trajo hace unos años. La mayoría de los sitios tienen unas vistas o una comida magníficas. Este es uno de los pocos lugares con ambas cosas.

Stella levantó la servilleta de tela de la mesa y se la colocó en el regazo.

—Pues lo cierto es que me muero de hambre.

Bajé la mirada hasta sus labios, que seguían pintados del mismo esmalte rojo pasión que había llevado durante la sesión de fotos de hoy. Supongo que debería sentirme agradecido de que normalmente llevara colores más sutiles, porque, si no, no podría avanzar nada en la oficina.

Alcé mi vaso de agua sin despegar los ojos de ella.

—Yo también me muero de hambre.

Stella captó el tono sugerente de mi voz y sus ojos parecieron adoptar un brillo juguetón.

—Ah, ¿sí? Dígame, señor Rothschild, ¿qué considera usted una buena comida?

Sentí cómo me endurecía bajo la mesa. Estar con ella me hacía parecer un adolescente virgen y cachondo. ¿Y que me llamara señor Rothschild? Nunca me habían gustado mucho los juegos de rol, pero ahora visualizaba una escena entre jefe y empleada para un futuro muy cercano.

Carraspeé.

—Será mejor que cambiemos de tema.

Ella me miró con una expresión de verdadera inocencia.

—¿Por qué?

Miré a nuestro alrededor. Las mesas estaban cerca unas de otras, así que me incliné hacia adelante y bajé la voz.

—Porque me he puesto cachondo pensando en lo que realmente quiero comer.

Ella se sonrojó.

—Ah.

La camarera vino a tomarnos nota de la bebida. Stella leyó detenidamente la carta de vinos mientras yo pude, por fin, tomarme un minuto para recuperar la compostura. Parecía que esta noche no podía pensar en otra cosa y tampoco quería que tuviera la impresión de que el sexo era lo único que me interesaba; aunque, últimamente, eso era lo que parecía. Era nuestra primera cita, así que probablemente debería contenerme y no decirle que cada vez que se ruborizaba, no podía evitar preguntarme de qué color se le pondría la piel cuando se corriera.

Cuando la camarera desapareció para traernos el vino, dirigí la conversación a territorio seguro.

—Bueno, ¿y qué vas a hacer ahora que Mi Esencia está ya casi lista para su lanzamiento?

Stella se reclinó en la silla.

—¿Sabes? Robyn me preguntó eso mismo durante uno de los descansos en plató hace un par de semanas. Me preguntó si tenía planes para sacar otros productos complementarios, como colonia para hombres o alguna otra cosa relacionada con la belleza.

—¿Eso es lo que te gustaría hacer?

Se encogió de hombros.

—Tal vez. Pero no tengo prisa. Me gustaría asegurarme un tiempo de que todo va bien con Mi Esencia. Dediqué tantísimo esfuerzo al proyecto mientras trabajaba a jornada completa… Y luego, cuando dejé el trabajo, incluso más. —Stella permaneció en silencio un momento y admiró el océano. Sonriendo, concluyó—: Creo que ahora lo que me gustaría hacer es encontrar la felicidad.

La camarera nos trajo el vino. Stella hundió la nariz en la copa y sonrió; así supe que sería bueno. Después, la camarera llenó las copas y nos dijo que volvería en unos minutos para tomarnos nota de la comida.

—¿Con eso quieres decir que tu técnica de la felicidad no está dando resultados? —bromeé.

—No, para nada. Es solo que… trabajar catorce horas al día puede brindar satisfacción económica, pero eso no es lo único que importa.

Escruté su rostro.

—Sí, yo también empiezo a darme cuenta de eso.

Sonrió y ladeó la cabeza.

—¿Eres feliz?

—Ahora mismo, mucho.

Se rio.

—Me alegro. Pero me refiero a tu vida en general.

Bebí un sorbo de vino y lo pensé durante un momento.

—Esa es una pregunta muy difícil. Supongo que hay cosas en mi vida que me hacen muy feliz: mi trabajo, mi estabilidad económica, mis amigos, mi familia, mi situación sentimental actual. —Le guiñé un ojo—. Pero también hay cosas que no, como el no ver a mi hija todas las noches cuando vuelvo a casa. Volver a una casa vacía…

Stella asintió.

—Creo que gran parte de la razón por la que no he conseguido ser feliz durante este último año o dos ha sido que mi vida no ha resultado ser como me la había imaginado en un principio. Necesitaba alejarme de lo que creía que debía ser mi vida para poder escribir una nueva historia.

Y pensar que, cuando conocí a esta mujer, creía que era una cabeza loca. Unos cuantos meses después, me doy cuenta de que tiene muy claro qué hacer con su vida y de que soy yo al que aún le queda mucho por aprender. Y, además, espero que cuando decida escribir esa nueva historia, yo forme parte de ella.

Capítulo 22

Hudson

No pude más y la besé.

Después de todo un día observándola sin apenas tocarla, me había empezado a sentir como si fuera un hombre que llevara varios días sin comer y ella, un chuletón jugoso. Por lo que, cuando el joven aparcacoches fue a por nuestro coche de alquiler, tiré de la mano de Stella y la conduje hasta el lateral del edificio.

—¿Qué haces?

—Comerte la cara.

Ella soltó una carcajada.

—¿Comértela? No suena muy romántico, que digamos.

—Hazme caso. —Envolví un brazo en torno a su cintura y la atraje hacia mi cuerpo mientras que con la otra le agarraba la nuca y ladeaba su cabeza justo hacia donde quería—. Ya te conquistaré: te susurraré al oído y te escribiré mensajes para que sepas que estoy pensando en ti. Aunque yo que tú escondería el móvil antes de abrir los mensajes cuando estés con gente.

Stella se mordió el labio inferior y yo proferí un gruñido.

—Dame eso.

Mi boca cubrió la suya y me sorprendió que fuera ella la que se hiciera con mi labio y lo mordiera.

Echó levemente la cabeza hacia atrás con mi labio entre los dientes y esbozó una sonrisa malévola.

—Puede que sea yo la que te coma la cara primero.

Seguíamos riéndonos cuando volví a pegar nuestros labios para darle un buen morreo. No di rienda suelta a mis manos fuera del restaurante porque había una pareja cerca.

Volvimos a la zona del aparcacoches y, cuando el chico se detuvo en la entrada con nuestro vehículo, le hice un gesto con la mano cuando fue a abrirle la puerta a Stella y le di una propina mientras ella se subía al coche.

Me venía genial que el trayecto para enseñarle los sitios más emblemáticos fuera largo porque necesitaba un poco de tiempo para recobrar la compostura tras aquel beso.

Me metí en el coche y me puse el cinturón.

—He pensado que podríamos ir a ver el cartel de Hollywood y después dar un paseo por Hollywood Boulevard —sugerí—. Allí está el Paseo de la Fama. Mañana tal vez podríamos ir al muelle de Santa Mónica, a Venice Beach y otros cuantos sitios más.

—¿Te importa si hacemos un pequeño cambio de planes? —respondió—. Quizá podríamos volver al hotel.

Aunque no me gustaba nada ir de turismo, sí que tenía ganas de enseñarle varios lugares. No quería acabar la cita, pero era cierto que ella había tenido un día bastante movidito, así que traté de no parecer decepcionado.

—Claro, lo entiendo, debes de estar agotada. No lo he tenido en cuenta.

—La verdad es que… —Estiró la mano y la apoyó sobre mi muslo—… no estoy cansada.

No dejaba de sorprenderme. Giré la cabeza y nos miramos.

—¿Estás segura?

Asintió con timidez.

—¿Cuánto se tarda en volver? No me he fijado al venir.

—Unos treinta minutos. —Arranqué el coche—. Pero trataré de que solo sean veinte.

No dejé de repetirme una y otra vez las palabras de Stella cuando me había dicho que quería regresar al hotel mientras infringía una decena de normas de tráfico. Había sido clara: quería que nos quedásemos a solas, pero tampoco quise suponer que pretendiera que nos acostáramos. Me lo tendría que grabar a fuego en la mente, porque cada vez que mis labios rozaban los suyos, tendía a pasar de cero a cien.

Como planeábamos ir de turismo luego, habíamos cenado pronto, así que no eran ni las ocho cuando llegamos al hotel.

—¿Quieres que nos tomemos algo en el bar? —pregunté.

—Aún no he estrenado la barra de mi *suite* y mira que tiene cosas.

Sonreí.

—Vamos a tu habitación, entonces.

Nada más entrar, se quitó los zapatos mientras yo me ponía detrás de la barra para ver qué había. No había exagerado en absoluto; tenía muchas más cosas que en otros hoteles en los que había estado.

Levanté una botella de merlot y otra grande de ginebra.

—¿Te apetece vino u otra cosa?

Stella rebuscaba algo en el bolso. Suspiró exasperada y lo lanzó al sofá.

—¿Tienes condones?

Vale. «Parece que otra cosa».

Dejé las botellas en la barra y salí de detrás de ella, aunque mantuve algo de distancia entre nosotros.

—Sí.

—¿Pero encima?

Me reí.

—Que sí.

Ella tragó saliva.

—Hace unas semanas empecé a tomarme la píldora otra vez, pero hasta que no pasa un mes entero, no hace efecto al cien por cien.

Di un paso hacia ella.

—No pasa nada.

—¿Cuántos tienes?

Arqueé las cejas.

—Tienes grandes planes para esta noche, ¿eh?

Ella esbozó una sonrisa de oreja a oreja.

—Para mí ha pasado mucho tiempo. Y créeme cuando digo mucho.

Correspondí su sonrisa y acorté la distancia entre nosotros. Le aparté el pelo del hombro y me incliné para besarle la piel.

—Tengo dos aquí, pero en la maleta he traído más.

—Vale. —Desvió la vista un momento y vi que estaba pensando en algo con mucho ahínco.

—¿Quieres hablar de alg...?

Antes de terminar siquiera, Stella se echó encima de mí. No me lo esperaba, así que me tambaleé hacia atrás con ella entre mis brazos. Ya había oído antes la expresión de «trepar como un gato», pero no la había vivido en carne propia hasta ese momento. De golpe, dio un salto y se encaramó a mí, envolviéndome la cintura con las piernas y colocando los brazos en torno a mi cuello mientras sus labios presionaban los míos.

—Me pones mucho —murmuró con su boca pegada a la mía.

Pues menos mal que antes no quería hacerme ilusiones. Su arrojo me tomó por sorpresa, pero me encantó. Yo habría ido despacio, me habría tomado mi tiempo, pero esto era infinitamente mejor. Ya tendríamos el resto de la noche para ir despacio. Atravesé el salón dando zancadas con ella en brazos y entramos en el dormitorio. Stella se pegó a mí y se frotó contra mi miembro duro.

Solté un gruñido.

—Y yo que pensaba que querías que te conquistaran.

—Creo que prefiero que me comas la cara, fíjate.

La dejé en la cama y me puse de rodillas.

—Nena, eso no es lo que te voy a comer...

Deseaba enterrar la cara entre sus piernas, así que, sin cuidado, le arranqué el tanga. Ella soltó un jadeo que casi hizo que me corriera, y ni siquiera me había puesto un dedo encima.

Di un empujoncito a una de sus piernas para que la abriera y me coloqué la otra sobre el hombro. Su sexo estaba húmedo, brillante, y se me hizo la boca agua. Fui incapaz de esperar. Aplané la lengua y lo recorrí de una punta a otra. Al llegar a su clítoris, me lo llevé a la boca para succionarlo.

—Ahhh… —Stella se arqueó sobre la cama.

Aquel ruidito me volvió loco. Tenía tantas ganas de ella que darle placer con la lengua no me resultó suficiente, así que enterré la cara en su sexo húmedo y lo usé todo: la nariz, las mejillas, la mandíbula, los dientes y la lengua. Paré un momento para olerla. A ver si luego me acordaba de convencerla para que creara un perfume íntimo, solo para mi colección personal, con su olor.

Sacudió las caderas mientras yo la chupaba y la lamía. Cuando gritó mi nombre, supe que estaba a punto de correrse, así que introduje dos dedos en su interior. Los músculos de Stella se contrajeron mientras yo la masturbaba.

En cuanto volvió a arquear la espalda, hice presión para que mantuviera las caderas pegadas a la cama para poder seguir degustándola.

Stella gimió.

—Voy… voy…

Me empezó a preocupar llegar al orgasmo al mismo tiempo que ella. De ser así, me iba a correr como un puñetero adolescente dentro de unos pantalones de trescientos pavos. Pero bueno, esos ruiditos que hacía me gustaban tanto que, si al final pasaba, hasta me daría igual, porque no pensaba parar por nada del mundo.

Stella clavó las uñas en mi cuero cabelludo y me tiró del pelo mientras sus gemidos subían de volumen y, entonces, de repente, se soltó y supe que había llegado al éxtasis.

—Dios, ahhhhhh.

Seguí masturbándola hasta que dejó de temblar. Después, me limpié la cara con el dorso de la mano, me subí a la cama y me coloqué sobre ella.

Stella había cerrado los ojos con fuerza y en los labios tenía la sonrisa más grande que le había visto nunca. Se tapó los ojos con un brazo.

—Madre mía, qué vergüenza.

—¿Por qué?

—Porque me he abalanzado sobre ti toda desesperada.

—Es lo mejor que me ha pasado en mucho tiempo. —Le aparté el brazo de la cara y ella abrió un ojo—. Hazlo cuando te apetezca.

Ella se mordió el labio.

—Lo has hecho muy bien.

Sonreí.

—Hago muy bien muchas cosas. La noche no ha hecho más que empezar, cariño.

Abrió el otro ojo y suavizó la expresión.

—Me has llamado «cariño». Me gusta.

—Bien. —Tras darle un besito en los labios, me levanté de la cama.

Stella se apoyó sobre los codos y me observó mientras me calzaba.

—¿A dónde vas?

—A mi habitación.

—¿Para qué?

Me volví a acercar a ella y la besé en la frente.

—Para coger los condones. Con dos no tenemos ni para empezar.

Capítulo 23

Stella

Nunca me había quedado dormida hasta tan tarde.

Volví a dejar el móvil en la mesilla y recordé los muchos motivos por los que me había levantado casi al mediodía. ¿Cuántas veces lo habíamos hecho Hudson y yo? Llevaba años sin hacerlo más de una vez en menos de veinticuatro horas. Incluso al principio de la relación con Aiden, apenas recordaba más de un puñado de ocasiones en las que hubiésemos tenido sexo dos veces en un día y nunca pasaba de ahí. Ensanché la sonrisa al acordarme de la noche anterior y la madrugada del día de hoy.

Hudson era insaciable. La verdad es que lo habíamos sido ambos. Lo habíamos hecho con él encima, yo encima, él detrás de mí… Pero mi favorita había sido temprano, ambos tumbados de lado y charlando. Jamás olvidaré la conexión que habíamos sentido mientras él se deslizaba dentro y fuera de mí, mirándonos a los ojos. Tal vez fuera lo más íntimo que hubiese vivido nunca. Acordarme siquiera me dejaba sin aire.

Sin dejar de sonreír, pensé en despertar a míster dormilón con la boca. Me volví esperando encontrarlo dormido, pero su lado de la cama estaba vacío.

Me apoyé en un codo y lo llamé.

—¿Hudson?

No recibí respuesta.

Aunque ahora que estaba despierta necesitaba ir al baño. Cuando me levanté de la cama, sentí que me dolía todo el cuerpo. Sufriría encantada dolores y tirones cualquier día de la semana a cambio de las horas tan placenteras que habíamos pasado.

Una vez terminé, decidí buscar el móvil para ver si Hudson me había escrito, pero, cuando rodeé el pie de la cama encontré algo sobre su almohada: una caja blanca con un lazo rojo y un *post-it*.

TENÍA UNA VIDEOCONFERENCIA A LAS ONCE Y MEDIA. NO QUERÍA DESPERTARTE. VOLVERÉ CUANDO ACABE. NO TE VISTAS.

H

P. D. EMPIEZA A ESCRIBIRLA.

«¿Empieza a escribirla?».

¿A qué se refería?

No tenía ni idea, pero ensanché la sonrisa mientras desataba el lazo rojo y levantaba la tapa. En el interior encontré una libreta forrada en cuero. Tardé un minuto en reparar en su significado, pero en cuanto lo entendí, se me humedecieron los ojos.

«Empieza a escribirla». Anoche, durante la cena, le había dicho a Hudson que me había costado ser feliz porque las cosas no me habían ido como yo quería y que necesitaba dejar atrás el pasado y escribir una historia nueva.

Madre mía. Primero había tenido la experiencia sexual más bonita de mi vida y ahora había recibido un regalo precioso. Una bien podría acostumbrarse a esto.

Durante la siguiente media hora, me duché y me preparé sintiéndome como en una nube. Justo cuando empecé a maquillarme, oí que la puerta de mi *suite* se abría y se cerraba.

—¿Hudson?

—¿Stella?

Me reí.

—Estoy arreglándome en el baño.

Hudson llegó con dos bolsas. Levantó una y le habló a mi reflejo:

—El desayuno. —Levantó la otra y añadió—: La comida. No sabía qué te apetecería más.

—Si hay café en una de las bolsas, seré tu mejor amiga para siempre.

Abrió una de las bolsas y sacó un vaso cerrado.

—Supongo que Jack ya no me hace falta. Se lo tendré que explicar.

Sonreí, me giré y acepté el café que me tendía.

—Muchísimas gracias por el diario. Es precioso y el detalle significa mucho para mí.

Hudson asintió. Sacó otro café de la bolsa y levantó la tapa de plástico.

—También tenían diarios escritos, pero no sabía si preferías escribir o leer el de otra persona.

—Nunca he escrito un diario. Tiene su gracia porque compré el primero con intención de hacerlo, pero me llevó por un camino totalmente distinto.

—Y que lo digas, sí.

Me reí.

—Calla, anda. ¿Cuándo lo has comprado? Has debido de madrugar muchísimo para ir a la tienda y dejarlo aquí antes de que me despertara.

—Esta mañana, después de salir a correr.

—¿Has ido a correr? Y yo doy gracias por haber conseguido llegar hasta la ducha.

Hudson soltó una carcajada.

—Bueno, pues acaba, ven y come algo para reponer energías. Quiero enseñarte algunos sitios y volver al hotel pronto.

—Vale. Solo me queda secarme el pelo, así que tardaré unos diez minutos. De hecho, mejor que sean quince. Me encanta este baño.

Hudson frunció el ceño.

—¿Te encanta?

—Pues claro. —Moví los brazos a los lados pensando que sería evidente—. Es como diez veces el de mi casa y tiene bañera, y mira qué iluminación.

Hudson esbozó una sonrisa.

—Entonces creo que mi casa te va a gustar.

—¿Tú también tienes un baño grande con bañera? Él asintió.

—Pues sí, decidido: eres mi nuevo mejor amigo.

Íbamos andando de la mano.

No me lo habría imaginado nunca.

Le sonreí y Hudson me miró con recelo.

—¿Qué?

—Nada. —Me encogí de hombros—. Que me has cogido de la mano.

—¿No debería haberlo hecho o qué?

—No, si me encanta, pero no te imaginaba de esos.

Hudson sacudió la cabeza.

—No sé si es un cumplido o si debería ofenderme.

Llevábamos media hora caminando por Hollywood Boulevard mientras leíamos los nombres de los famosos. Habíamos ido a Muscle Beach Venice (que yo pensaba que sería más sofisticado, pero las pesas hasta estaban oxidadas); al cartel de Hollywood (me engañó para que escalásemos… uf); y al muelle de Santa Mónica. Nota mental: los tíos prefieren subirse a una noria destartalada antes que admitir que les dan miedo las alturas. Hudson se había puesto un poco blanco.

—Es lo que hacen las parejas.

—¿Y?

—No sé. —Me encogí de hombros—. ¿Lo somos?

Hudson se detuvo abruptamente.

—¿Me lo dices en serio?

—¿Qué? No quería suponer nada después de lo de anoche.

Hudson frunció el ceño.

—Pues te lo aclaro: sí.

Me fue imposible ocultar una sonrisa.

—Vale, señor novio.

Él negó con la cabeza y seguimos andando.

Tras otra hora de caminata y unas doce calles después, entramos al hotel Roosevelt y para cenar nos dirigimos a un sitio con pinta elegante que servía hamburguesas y patatas trufadas.

—¿Cuál es tu comida preferida? —le pregunté meneando una patata frita.

—Los macarrones con queso.

—¿En serio?

—Sí, Charlie y yo hemos probado… Creo que hemos probado cuarenta y dos tipos distintos de los precocinados.

Me eché a reír.

—No sabía ni que hubiera cuarenta y dos.

—Casi todos los fines de semana que se queda conmigo probamos unos diferentes. Ya hemos comido todos los de los supermercados, así que ahora los compramos por internet. Ella hasta lleva una tabla con las valoraciones sobre cada uno.

—Parece divertido.

Hudson dio un trago a su cerveza.

—¿Y tú?

—Estas patatas trufadas se acercan al primer puesto, pero confieso que son los *tortellini* a la carbonara; con guisantes y trocitos de *prosciutto*.

—¿Los preparas tú misma?

Fruncí el ceño.

—No, me los hacía mi madre. Le salían unos macarrones con queso al horno increíbles. No tengo ninguna de las recetas.

Bajé la mirada y unté la patata en el kétchup. Acordarme del tiempo que hacía que no hablaba con ella me entristecía.

Hudson debió de percatarse de que me había quedado extrañamente callada.

—Me comentaste que no te hablas con tu padre —dijo—. ¿Tu madre y tú tampoco os lleváis bien?

Suspiré.

—Llevamos sin hablar más de un año. Antes teníamos muy buena relación.

Hudson se quedó en silencio durante un momento.

—¿Quieres hablar de ello?

Sacudí la cabeza.

—La verdad es que no.

Él asintió.

Traté de seguir comiendo y no fastidiar el día. Odiaba recordar lo sucedido y más aún hablar de ello; sin embargo, ahora que había salido el tema, sabía que no debía dejar pasar la oportunidad. Contarle a Hudson parte de lo que me pasó con Aiden y mi familia tal vez lo ayudase a entender un poco más por qué me costaba tanto confiar en la gente, así que tomé aire y empecé:

—Ya te conté que mi ex me había sido infiel, pero no te dije que mis padres también me traicionaron.

Hudson dejó la hamburguesa en el plato y me dedicó toda su atención.

—Vaya…

Bajé la mirada.

—Ellos sabían lo de la infidelidad de Aiden.

—¿Y no te lo contaron?

Volví a bajar la mirada, avergonzada.

—No me dijeron nada. Fue un desastre.

No fui capaz de contarle el resto; era demasiado sórdido.

Hudson sacudió la cabeza.

—Joder, lo siento.

Asentí.

—Gracias. La verdad es que, en retrospectiva, me costó pasar página no por lo de Aiden, sino por perder también a mi familia. —Fruncí el ceño—. Echo de menos hablar con mi madre.

Hudson se pasó la mano por el pelo.

—¿Crees que en algún momento podrás perdonarla y seguir con tu vida?

Aquel último año había pensado que no sería capaz. Me sentía tan resentida y triste que quizás llegara a pensar que mis padres eran tan culpables como Aiden. Puede que solo necesitara sentirme feliz por primera vez en mucho tiempo, porque ahora ya no albergaba tanto resentimiento. Por eso no sabía si debía guardarle rencor a mi familia para siempre.

Negué con la cabeza.

—No sé si seré capaz de perdonarlos, pero quizá sí debería intentar olvidarlo. Si estuvieras en mi lugar, ¿podrías fingir que no ha pasado nada?

—La verdad es que no me he visto nunca en una situación así, pero como he perdido a mis padres, te diría que no querría arrepentirme de nada cuando ellos ya no estén. No creo que perdonarlos signifique exculparlos, sino dejar de permitir que esto te afecte.

Sus palabras me calaron muy hondo.

—¿De dónde has salido, Hudson Rothschild? Qué profundo y maduro ha sonado eso. Normalmente los hombres que se me acercan son inmaduros y superficiales.

Él esbozó una sonrisa pícara.

—Creo recordar que me conociste en una boda en la que te colaste.

—Sí, cierto. Bueno, al menos uno de los dos es maduro.

Durante las siguientes horas, disfrutamos del atardecer de Malibú, de una buena comida, un buen vino y de la compañía. Ahora que había cedido a mis sentimientos, parecía como si en vez de regarlos con mimo, les hubiera dado un remedio milagroso. Estaba feliz y contenta. Y aquello duró durante toda la tarde y el trayecto de vuelta a la *suite* del hotel.

Me tumbé en la cama y me deleité con cómo se desvestía Hudson. Una vez se desabotonó la camisa y la lanzó a una silla cercana, no supe dónde mirar primero: si a sus pectorales firmes, a su deliciosa tableta de chocolate, o a la uve marcada que me hacía la boca agua. Se desató el cinturón y se bajó la cremallera del pantalón, y permitió que mis ojos vagaran por otra de mis partes favoritas de su cuerpo: el caminito de vello *sexy* que descendía por su vientre. Aquel hombre ofrecía tal espectáculo para la vista que pensé que debería quedarse quieto un rato, completamente desnudo.

Se agachó para quitarse los pantalones y descubrí un tatuaje que le subía por el costado. Lo había visto anoche, pero por aquel entonces, estábamos demasiado ocupados perdiéndonos el uno en el otro como para preguntarle.

Levanté la barbilla y señalé su tatuaje.

—¿El pulso de alguien?

Hudson asintió. Se giró y levantó el brazo para que lo viera mejor.

—Mi padre tenía un gran sentido del humor y una risa muy contagiosa. Era como si le saliera de dentro. Cualquiera que lo conociera la reconocía, y siempre hacía que la gente a su alrededor sonriera, hasta los desconocidos. Pasó su última semana en el hospital. Un día estuve de visita mientras le hacían un electrocardiograma en la misma cama. Soltó algún chiste malo y se empezó a reír. El chiste no tenía ni gracia, pero el sonido de sus carcajadas hizo que los tres, la enfermera, mi padre y yo, nos partiéramos de risa. No podíamos parar. La enfermera tuvo que repetirlo porque había muchos altibajos. Los electrodos captaron el corazón de mi padre riéndose. Le pedí a la enfermera que me diera el resultado impreso si ella lo iba a tirar y me hice el tatuaje unos días después de que muriera.

—Es un gesto muy bonito.

Hudson sonrió con tristeza.

—Era un hombre muy bueno.

—Y dime, ¿dónde tienes la cicatriz?

—¿Qué cicatriz?

—La semana pasada, cuando dije que nunca había salido con un hombre con tatuajes y cicatrices, me contestaste que tú tenías ambos.

—Ah. —Se volvió hacia el otro lado y levantó el brazo para enseñarme una línea irregular de unos ocho centímetros—. Tengo varias, pero creo que esta es la peor.

—¿Cómo te la hiciste?

—En una fiesta de la fraternidad. Había bebido mucho y me tiré por un tobogán de agua casero sin ver el palo oculto bajo el toldo.

—Ay.

—No fue un buen momento. Al principio no fue para tanto. Jack me ayudó a vendar la herida, pero la empeoré porque seguí jugando en el tobogán.

—¿Por qué no paraste cuando te la hiciste?

Él se encogió de hombros.

—Habíamos hecho una apuesta.

Negué con la cabeza.

—¿Ganaste al menos?

La sonrisa de Hudson fue adorable.

—Pues sí.

Terminó de desvestirse y yo seguí admirando aquel cuerpo tonificado.

Me volvió a pillar observándolo y entrecerró los ojos.

—¿En qué estás pensando?

Respondí mirando su cuerpo; no quería desviar la vista todavía.

—He desperdiciado meses durmiendo solita cuando podía haber pasado todo este tiempo tocando ese cuerpo. ¿Oye, te importaría quedarte ahí de pie mientras te miro largo y tendido? Un par de horas o tres. Con eso yo creo que bastaría.

Él soltó una carcajada y se metió en la cama, cerniéndose sobre mí. Se llevó uno de mis dedos a los labios y yo los recorrí, delineándolos. Me agarró la mano y la levantó para darme un besito en ella.

—¿Por qué te has resistido tanto tiempo? Y no me ofendas diciendo que fue porque he invertido en tu negocio. Ambos sabemos que eso es una chorrada.

—Tampoco me insististe mucho.

Hudson puso una mueca que decía: «Eso no te lo crees ni tú».

—Da lo mismo. Sabías que me interesabas desde el principio. Dejé la pelota en tu tejado y encima fui bastante claro demostrándote mi interés.

Suspiré.

—Ya. Supongo que estaba asustada.

—¿De qué?

Negué con la cabeza.

—Me costó pasar página de mi anterior relación y lo que sucedió después. Tengo miedo de que me vuelvan a hacer daño… Me das miedo.

—¿Yo?

—Sí. Me pones nerviosa en muchos sentidos. Incluso ahora, Hudson. En el pasado, muchas cosas de mi vida pudieron parecer geniales desde fuera: el matrimonio de mis padres, tener prometido… Soy de las que creen en los finales felices y en los cuentos de hadas. A veces eso me ciega y me oculta lo que no quiero ver. Creía ser una soñadora, pero después de lo que me hizo mi ex, me doy cuenta de que más bien fui una idiota. Además, eres básicamente el Príncipe Encantador: eres guapo, tienes un cuerpazo, te va bien, eres amable cuando quieres serlo, también eres maduro e independiente… —Me encogí de hombros—. Es casi demasiado bonito como para ser verdad, y supongo que tengo miedo de volver a enamorarme de un cuento de hadas. ¿Sabes? Fisher y yo te llamábamos así.

Hudson frunció el ceño.

—¿Me llamabais cómo?

—Príncipe Encantador.

Desvió la vista apenas un momento antes de mirarme a los ojos.

—Cariño, no soy el Príncipe Encantador, pero sí me gustas mucho.

—¿Por qué?

—¿Que por qué me gustas?

Asentí.

—Por muchas razones. Me gusta que cuando te di el micrófono en la boda de Olivia, aceptaste el reto y me llamaste capullo con los ojos llenos de rabia. No te acobardas. Eres valiente, aunque pienses lo contrario. Y me encanta que no dejes que te arrastren los momentos de mierda que has vivido. En lugar de permitir que lo malo te carcoma, has pensado en una técnica para ser feliz. Me encanta que cuando ves a una vagabunda, le des una barrita Hershey's porque sabes que ayudará a que alguna sustancia química de su cerebro la haga sentirse mejor, aunque solo sea durante un momento. Me encanta que seas creativa, que hayas inventado un producto y creado un algoritmo que yo no sabría ni cómo empezar a desarrollar. Y me encanta que seas terca y no des tu brazo a torcer.

Me miró de arriba abajo, después tardó un poquito en analizar mi expresión y acabó negando con la cabeza.

—Eso sin contar con tu cuerpo. La pregunta más bien es: ¿por qué no deberías gustarme?

Se me empezaron a humedecer los ojos. Hudson se inclinó hacia mí y rozó mis labios con los suyos.

—¿Tienes miedo ahora mismo? —susurró.

Tenía el pulso por las nubes.

—Más que nunca.

Él sonrió.

—Bien.

—¿Cómo que bien? ¿Quieres que te tenga miedo?

—No, pero al menos no soy el único que se siente así. Solo tememos aquello que más nos importa.

Le acuné la mejilla.

—Gracias por esperarme.

—Sabía que valdría la pena.

Hudson cubrió mi boca con la suya en un beso arrollador. Nos habíamos pasado la mayor parte del día anterior en la cama besándonos, pero este beso fue distinto; estuvo cargado de emoción. Acunó mi cara y yo envolví los brazos en torno a su cuello. Sin embargo, lo que empezó despacio pronto se volvió frenético. Nuestro beso se tornó incontrolable y feroz mientras nos deshicimos de las prendas restantes.

Noté un aire de frenesí en el ambiente. Hubo algo en los ojos de Hudson que me decía que era consciente de que seguía sintiéndome vulnerable en muchos aspectos. No apartamos la mirada el uno del otro cuando se colocó para penetrarme. Tenía un miembro grueso y yo llevaba más de un año sin practicar sexo, sin contar la noche anterior, así que se tomó su tiempo y se internó en mí despacio, cada vez más y más adentro. En cuanto se enterró en mí por completo, giró las caderas y sentí su pelvis contra mi clítoris. Era una sensación increíble, fabulosa. Me provocaba tal sentimiento de plenitud que se asemejaba al estado de mi cuerpo y me resultó casi imposible controlar las emociones. Se me anegaron los ojos en lágrimas y los cerré para aguantármelas.

—Abre los ojos, cariño —profirió Hudson con voz ronca.

Le hice caso y lo miré. Lo que vi hizo de detonante y ya no pude reprimirlas más. Sus ojos rebosaban tanta emoción como los míos. Nos quedamos así, conectados de todas las formas posibles, mientras la sensación de éxtasis no hacía más que aumentar. No quería que el momento se acabase, por lo que traté de contenerme mientras sus embestidas se volvían más rápidas y bruscas. Los ruidos de la habitación fueron mi perdición; el sonido de nuestros cuerpos sudados chocando el uno contra el otro mientras se enterraba en mí en cuerpo y alma.

—Hudson…

Apretó la mandíbula y mantuvo el ritmo.

—Córrete.

Y lo hice. Grité y mi cuerpo se hizo con el control mientras me estremecía de placer. Justo cuando empecé a serenarme,

Hudson llegó al éxtasis y acabó en mi interior, haciéndome temblar.

Después, no supe ni cómo seguía siendo capaz de aguantar el peso de la cabeza, mucho menos semierecto mientras entraba y salía de mi sexo.

—Madre mía… Eso ha sido…

Hudson sonrió y me dio un besito.

—Demasiado bonito como para ser verdad —suspiró.

Le devolví la sonrisa y una chispita de esperanza brotó en mi interior.

Tal vez, y solo tal vez, él fuera el hombre que jamás me decepcionaría.

Capítulo 24

Stella

Hace dieciséis meses

—¿Sabes qué es Drummond Hospitality? —pregunté.

Aiden estaba sentado en el salón de su apartamento corrigiendo trabajos mientras yo revisaba correos sentada a la mesa de la cocina.

—¿Qué?

—Sale en un recibo de ciento noventa y dos dólares de tu tarjeta de crédito. El otro recibo me suena.

Aiden entrecerró los ojos.

—¿Cómo es que tienes mis recibos del banco?

—Ahora me lo mandan al correo. ¿Te acuerdas de cuando te dije que me había llegado un aviso de que el Banco de América iba a dejar de mandar los recibos en papel y que tendrías que rellenar una cláusula especial si los querías en físico a partir de entonces? Me pediste que los redirigieran a mi correo porque cuando usas el tuyo del trabajo todo te llega como correo no deseado.

—Pensaba que te referías a los recibos de nuestra cuenta conjunta.

Negué con la cabeza.

—No, de la tuya.

—¿Cuánto hace que te los mandan?

Me encogí de hombros.

—Unos dos meses. La mitad de las veces no hay actividad porque no usas mucho la tarjeta. El mes pasado estaba a cero.

La mirada de Aiden me preocupó.

—¿Te molesta? —pregunté—. ¿No quieres que vea lo que tienes o algo?

Soltó el boli encima de la pila de papeles y desvió la mirada.

—Claro que no. Es que no sabía que ya no mandaban los recibos en papel.

—Vale… Entonces, ¿sabes qué recibo es este? ¿El de Drummond Hospitality?

—Ni idea. Lo único que pagué con tarjeta fue la cena en Alfredo's de hace unas semanas. Debe de tratarse de un error. Me meteré en la cuenta y lo devolveré.

—¿Quieres que lo haga yo ahora?

—No, tranquila, ya lo hago yo.

Había algo que me olía a chamusquina, pero lo dejé pasar porque Aiden y yo habíamos discutido mucho sobre mis paranoias estos últimos meses. Como aquella vez que le vi un mensaje raro en el móvil, o cuando dijo que se iba al despacho de la universidad un sábado por la mañana para poner notas, lo que solía hacer en casa. Decidí darle una sorpresa y llevarle la comida porque había estado trabajando bastante, pero no lo encontré allí. Y hacía poco había vuelto a casa oliendo a perfume. Se puso a la defensiva cuando le pregunté el motivo y gritó que si nuestro apartamento no oliera continuamente a muestras de perfume para un negocio inexistente, su ropa no apestaría a nada.

Como siempre, le resumía lo que pasaba en los diarios que leía. Sabía que la mujer cuyo diario estaba leyendo le estaba siendo infiel a su marido y me convenció de que estaba viendo cosas donde no las había por lo mucho que me enfrascaba en las historias de la gente. Incluso a estas alturas me preguntaba si no tendría razón. La semana pasada leí una entrada en la que Alexandria escribió que su marido le había preguntado por un recibo de su cuenta conjunta. Ella había reservado una *suite* de hotel para una de sus citas con Jasper que él pagó luego en efectivo, pero el hotel se equivocó y se la cobraron dos veces.

Achaqué mi paranoia a la advertencia de Aiden. Era como ver una peli de terror y luego mirar debajo de la cama antes de dormir. El estrés al que sometemos a la mente hace que no dejemos de rumiar cosas que normalmente no pensaríamos.

—Vale —respondí—. Entonces solo hay que pagar el recibo de la cena. De todas formas, supera el mínimo.

—De acuerdo. —Aiden se puso a corregir de nuevo, pero, al minuto, añadió—: Creo que daré de baja los recibos electrónicos y pediré que me los vuelvan a mandar en papel. Me gusta guardar copias por escrito para el tema de los impuestos y a veces compro cosas del trabajo.

¿Por qué me volvió a sonar a gato encerrado? Su explicación tenía sentido. Sí que estaba viendo cosas donde no había nada y tenía que parar.

—Me parece bien.

Al mes siguiente, yo ya me había olvidado de los recibos de la tarjeta. Aiden y yo volvimos de tomarnos algo con uno de sus amigos y me quedé en su casa. De camino, cogí el correo del buzón. En la pila estaban los extractos bancarios de su tarjeta del Banco de América.

Dejé el correo encima de la mesa, aunque me quedé con ese sobre en la mano.

—¿Qué pasó con aquel recibo del banco?

Los ojos de Aiden se desviaron hasta el sobre y me lo quitó de las manos.

—Todo bien, lo devolvieron. —Se guardó la carta en el bolsillo de la chaqueta deportiva.

Y una vez más, me olió a chamusquina que me quitase el recibo de las manos. No sabía por qué, pero así fue.

Aiden se dirigió a su cuarto.

—Voy a darme una ducha rápida.

—Vale.

Mientras se duchaba, me eché una copa de merlot y traté de no pensar en ello. Sin embargo, esta semana había leído una entrada sobre lo idiota y confiado que era el marido de Alexandria. Parecía como si le gustara estar a punto de que la descubriera y luego mentir para salvar el pellejo...

Seguro que estaba siendo una paranoica, pero el mes pasado no pegué ojo una noche entera dándole vueltas a lo de la tarjeta de crédito. Aiden no tendría por qué enterarse de que me había metido a mirar sus recibos en internet. Y en cuanto lo hiciese, podría olvidarme del tema de una vez por todas.

Pero... abusaría de su confianza, aunque él no se enterara. Así pues, mientras trataba de convencerme a mí misma de no hacer caso a aquel impulso, fui al cuarto a cambiarme. Abrí el armario de Aiden para coger una de sus camisetas viejas y dejé los vaqueros y la blusa en la silla de la esquina. De camino al salón, la chaqueta deportiva de Aiden me llamó la atención desde el armario abierto. Seguía escuchando el grifo de la ducha abierto, así que me acerqué y la cogí. Solo que, en lugar de coger el extracto bancario, me la llevé a la nariz y aspiré. Me asaltó el aroma inconfundible del jazmín, que no tenía en casa para las muestras de Mi Esencia. Ni tampoco había trabajado últimamente con él.

La habitación se sumió en el silencio y tardé un minuto en darme cuenta de que el agua de la ducha había dejado de correr. Mierda. Colgué deprisa la chaqueta en el armario y salí de la habitación. El pánico me embargó. No sería capaz de dormir así, ni de tumbarme junto a Aiden y fingir que todo iba bien. La cuestión ya no era si debía abusar de su confianza mirando la cuenta por internet. Tenía que hacerlo para evitar volverme loca.

Me temblaban los dedos mientras escribía la dirección de la página web en el móvil. Tardó una eternidad en cargarse. Cada dos segundos miraba la puerta medio cerrada del cuarto. Cuando por fin aparecieron las cantidades, me dirigí a los recibos del mes. Me alivió comprobar que no había extracto alguno. Hice amago de desconectarme sintiéndome muy culpable, pero entonces vi que en la sección de pagos había uno de doscientos sesenta y un dólares. Suponía que se trataría de un error, pero como no me quedé tranquila, lo pulsé para comprobarlo.

Me quedé alucinada al ver que era un pago de hace semanas desde una cuenta que acababa en 588. Palidecí. Era la cuenta corriente de Aiden.

Tenía que ser un error. Pinché en la pestaña de disputas. Ninguna en los últimos noventa días. Alterada y bloqueada, cerré la web e hice algo que debería haber hecho el mes pasado. Busqué Drummond Hospitality en Google.

Los resultados hicieron que se me cayera el alma a los pies.

«Drummond Hospitality es propietaria de cuatro hoteles boutique en Nueva York».

Capítulo 25

Stella

—Bien podría acostumbrarme a esto…

Me había despertado para encontrar a Hudson en la cocina, vestido con solo unos *shorts* y una gorra de béisbol al revés. Su espalda esculpida era de lo más musculosa y bronceada. Lo abracé por la espalda antes de darle un beso en el hombro.

—Acabo de volver de correr y ni me he duchado todavía. Probablemente estés besando sudor seco.

—No creo que mi piel esté muy distinta después de lo de anoche…

Hudson se giró y también me rodeó la cintura con los brazos. La sonrisa pícara de sus labios me decía que se acordaba de lo mucho que habíamos sudado ambos.

—Rompiste la cama…

Me eché hacia atrás.

—¿Yo? Pero si fuiste tú.

—Estoy segurísimo de que eras tú quien estaba encima cuando cedió el somier.

—Puede, pero yo no era la única que se movía. Encima o debajo… ¿A ti qué más te da?

Hudson se rio.

—¿A qué te refieres?

—Tal vez parezca que me dejas tomar el control, pero en realidad nunca lo haces.

A él se le cambió la cara. Ahora parecía un poco preocupado.

—¿Y no te gusta?

Sonreí.

—No, si me encanta. Pero eso implica que tú también has contribuido a romper la cama.

Hudson correspondió a la sonrisa y me dio un cachete en el culo.

—Anda, ve y siéntate. Las tortitas ya casi están.

—Vale.

La semana después del viaje a California había transcurrido en un estado de pura felicidad. Hudson y yo éramos inseparables. Nos quedábamos trabajando hasta tarde para dejarlo todo listo para Mi Esencia y nos turnábamos entre dormir en su casa en Brooklyn y en mi apartamento en Manhattan. Probablemente debería haberme preocupado que pasáramos tantísimo tiempo juntos, pero estaba tan contenta que no quería que nada lo echara a perder.

Hudson dejó un plato delante de mí.

Me reí.

—Qué adorable.

Había preparado una tortita gigante y la había decorado como un sol sonriente con fresas partidas por la mitad para que simularan rayos, mientras que otros trozos de plátano y fresa formaban los ojos y la sonrisa.

—Así es como le gustan a Charlie. Pero no te emociones mucho. Es lo único que sé preparar aparte de los macarrones con queso. No quiero que te hagas ilusiones.

—Tranquilo, no lo haré.

A Hudson podría dársele mal casi todo lo demás y yo seguiría loquita por sus huesos solo por lo considerado que era… además de sus habilidades en la cama. Decir que me estaba enamorando de este hombre sería quedarse corta. Ya me había descubierto varias veces esta semana sonriendo sin motivo aparente frente al escritorio. Ni siquiera pensaba en nada en particular. Era solo que me sentía… feliz.

—Y por si con eso no tienes bastante… —Hudson dejó un kiwi junto al plato.

Estaba a punto de decirle que nunca había comido tortitas con un kiwi cuando distinguí la nota sobre la cáscara marrón: «Kiwi-na estás, nena».

Cuando levanté la mirada, Hudson me guiñó el ojo y regresó a los fogones como si no acabara de derretirme completamente las entrañas.

Miró por encima del hombro y señaló mi plato con la espátula.

—Come. No me esperes o se te va a enfriar.

Justo cuando iba a meterme el primer trozo de tortita en la boca, se abrió la puerta principal de mi apartamento.

—¡Cariño, ya estoy en casa!

Mierda. Fisher. Desde que se mudó al piso de al lado, siempre había estado soltera.

Hudson se giró y cuando Fisher lo vio, se quedó de piedra.

—Mierda. Lo siento, tío.

—No es nada. Pasa.

Fisher me miró y yo asentí, así que se adentró en la cocina. Hudson extendió la mano.

—Hudson Rothschild. Creo que no nos han presentado formalmente.

Fisher le estrechó la mano.

—Supongo que la boda no cuenta. Fisher Underwood.

Hudson señaló la mesa con la espátula.

—Siéntate. Stella ya me ha comentado que darte de comer es indispensable para estar con ella.

Fisher sonrió. Metió la mano en el paquete de arándanos junto a la hornilla y se llevó varios a la boca.

—Tienes mi bendición si quieres casarte con él.

Hudson y yo nos reímos.

Preparó para Fisher un plato de tortitas con fruta de acompañamiento, pero sin el sol sonriente que me había hecho a mí. Por sorprendente que pareciera, el desayuno no fue para nada incómodo en cuanto los tres nos sentamos a la mesa.

Fisher engulló de un bocado casi la mitad de una tortita.

—Bueno… ¿Qué vais a hacer este finde?

—Hudson tiene a su hija. Y yo tengo que hacer unos cuantos recados, pero aparte de eso, estoy libre. ¿Estarás por aquí?

—Estaba pensando en ir al mercadillo —dijo Fisher—. La semana que viene es el cumpleaños de mi pasante y le encantaron las tazas de cerámica hechas a mano que elegiste para ella el año pasado, así que supuse que sería buena idea volver a ver qué tienen.

—Ay, genial. A lo mejor te acompaño.

Hudson frunció el ceño.

—¿No íbamos a llevar a Charlie al parque? Dijiste de ir a uno… ¿Cómo se llamaba?

Retrocedí hasta la conversación que habíamos tenido antes.

—Tú dijiste que estabas pensando en llevar a Charlie a Central Park y yo te pregunté si ya la habías llevado al Ancient Playground. No sabía que querías que yo también fuera.

—Supongo que supuse que vendrías…

—Bueno, a mí me encantaría pasar tiempo con Charlie y contigo, si no te parece demasiado pronto.

Hudson negó con la cabeza.

—No creo que esté preparada para verte en mi cama, pero tiene que empezar a pasar tiempo con los dos para poder llegar a eso, ¿no?

«Vaya». Sentía mariposas en el estómago solo de pensar que no era la única que veía un futuro para ambos. Estiré el brazo y le di un apretón en la mano.

—Suena genial.

—¿Sabéis qué? Tengo que pasar por casa antes de recogerla a las dos. ¿Por qué no vais vosotros al mercadillo y nos vemos después en el parque?

Miré a Fisher y él se encogió de hombros.

—Me parece un buen plan.

Después de desayunar, Fisher se marchó y Hudson se dio una ducha antes de vestirse con la ropa que había llevado ayer al trabajo. Lo observé desde la puerta del dormitorio mientras se ponía uno de los calcetines usados. Él debió de percibir mi presencia porque habló sin siquiera levantar la mirada.

—¿Qué te parece si dejamos algo de ropa en la casa del otro? Así al menos me evito el paseo de la vergüenza hasta mi casa los sábados por la mañana.

Sonreí y me recorrió una sensación de calidez.

—Me encantaría.

Unos minutos después, Hudson se despidió de mí con un beso.

—¿Tienes algún plan para cenar con Charlie? —pregunté.

—Normalmente pedimos algo a domicilio si pasamos el día fuera.

—¿Crees que sería demasiado si os preparo yo algo? Puedo comprar lo que me haga falta de camino allí.

—Me parece genial. Yo me encargo de comprar lo que te haga falta. Tú solo mándame la lista.

—De eso nada. Quiero que sea una sorpresa.

Hudson sonrió y me dio un beso en la frente.

—Qué ganas.

—Hudson y tú parecéis muy unidos.

Fisher y yo recorrimos los pasillos del mercadillo de lado a lado. Suspiré.

—Es increíble.

Él meneó las cejas.

—Lo sé. Esta mañana no me ha pasado desapercibido ese pecho tan musculoso que tiene.

Me reí.

—No me refería a eso. Pero sí, tiene un cuerpazo.

—Tal vez no debería decírtelo, pero no me dijo expresamente que no lo hiciera y ya sabes que yo no sirvo para guardar secretos, y menos a ti…

—¿Qué?

—Ha llamado a mi puerta esta mañana antes de irse.

—¿Para qué?

—Me ha preguntado si iba a estar en casa mañana por la mañana. Al parecer, va a enviarte algo.

—¿Te ha dicho el qué?

Fisher negó con la cabeza.

—No, pero le he dado mi número para que lo tuviera por si acaso. Espero no tirarle los tejos cuando lleve unas cuantas copas de más. Su número está justo encima de Hughes.

—¿El chico con el que quedas a veces?

—Sí, y no para hablar precisamente. Creo que la última vez que me tomé unas copas le mandé un mensaje diciendo «¿Quieres follar?» y me respondió con su ubicación.

Me reí.

—Vale. Bueno, yo también espero que no lo hagas. ¿No tienes ni idea de lo que quiere enviarme?

—Qué va. Ojalá sea gomaespuma.

—¿Gomaespuma?

Fisher asintió.

—Para ponerla detrás del cabecero. Anoche os oí haciéndolo.

—Ay, no… Por favor, dime que es coña.

—Tu cama comparte pared con mi tele en el salón. ¿Sabes el estante donde tengo el decodificador y unos cuantos libros? Bueno, pues tiraste a Stephen King al suelo.

Me cubrí el rostro con las manos.

—Dios, yo no querría oírte a ti haciéndolo con nadie. De hecho, anoche rompimos el somier. Lo separaré de la pared.

—Qué bien. Yo una vez rompí la silla de un dentista cuando me acosté con él, pero nunca he roto una cama.

Arrugué la nariz.

—Gracias por la información. Ahora cada vez que vaya al dentista, no podré evitar preguntarme quién lo habrá hecho allí.

—De nada. —Fisher me guiñó el ojo—. Pero, en serio, ¿sonaría muy dramático si te digo que estabas radiante? Hay algo en ti que ha cambiado, pero no sabría decir qué es.

—Probablemente sea porque, después de un año, ya no estoy de sequía. A lo mejor lo que has notado son los músculos de la cara relajándose por primera vez en mucho tiempo.

—Ummm… —Me evaluó—. No, eso lo tenías esta mañana. Que, por cierto, ese pelo de recién follada te quedaba bien. Pero yo me refiero a otra cosa… No sé, pareces como más ligera.

Nadie en el mundo me analizaba mejor que Fisher, lo cual hablaba mucho de cómo había sido mi relación anterior. Aiden jamás me había prestado tanta atención como para percatarse de si algo me molestaba.

Estiré el brazo y agarré la mano de Fisher. Entrelacé los dedos con los suyos y se la apreté.

—Eres tan buen amigo… No iba a decir nada porque no quiero darle más importancia de la que tiene, pero hoy he llamado a mi madre. De hecho, justo antes de ir hacia el metro.

Fisher elevó ambas cejas.

—¿Y qué te ha llevado a hacerlo?

—He pensado mucho en el perdón… y en tratar de pasar página. —Me encogí de hombros—. Quiero prepararle a Hudson algo que ella siempre cocinaba para mí y que me encantaba, así que he pensado que sería buen momento para empezar.

—Ha debido de alegrarse mucho de oír tu voz.

Fruncí el ceño.

—Sí. Aunque no hemos hablado mucho. Le he preguntado si podía darme la receta y luego si estaban bien. Se la oía un poco titubeante. Me ha dado la sensación de que tenía miedo de decir algo que no debía. Hemos estado al teléfono unos cinco minutos, más o menos. Cuando nos hemos despedido, me ha preguntado si la volvería a llamar pronto y yo le he dicho que lo intentaría.

Esta vez fue Fisher el que me apretó la mano a mí.

—Muy bien. Creo ya es hora, Stella Bella.

Cuando terminamos de comprar, Fisher y yo cogimos el metro de vuelta al centro de Nueva York. Íbamos en direcciones opuestas, así que nos despedimos en la estación de Grand Central.

Me besó en la cabeza y me achuchó con fuerza.

—Me alegro mucho por ti —me dijo—. Tengo buenas vibraciones sobre lo tuyo con el Adonis. Preveo un futuro brillante.

Temerosa de gafarlo, como siempre, le respondí con un «gracias» en vez de decirle que yo también. Pero en el fondo yo también preveía un futuro brillante para ambos.

Lo que no me había esperado era que ese brillo procediera de una gigantesca explosión.

Capítulo 26

Hudson

—¿Qué tramáis las dos ahí dentro?

Charlie levantó la mano.

—No puedes entrar, papi.

—¿Por qué no?

—¡Porque estamos preparando una sorpresa!

—Pero ¿soy yo el único que se va a sorprender? Si las dos estáis en el ajo, no tiene gracia.

Mi hija se rio.

—Las sorpresas pueden ser para una persona, papá.

Miré a Stella y le guiñé el ojo.

—¿Y si pongo algo de música mientras trabajáis en la cocina? A lo mejor algo de Katy Perry o Taylor Swift…

Tal y como esperaba, Charlie empezó a dar saltitos. Juntó las manos en señal de súplica; vaya, como si no estuviera dispuesto a saltar por un acantilado si con ello consiguiera hacerla feliz.

—¿Puedes poner a Dolly?

Me reí entre dientes.

—Pues claro.

Encendí la música, me senté en el salón y apoyé los pies en la mesilla auxiliar. Agarré el mando de la tele, puse el canal ESPN con subtítulos y empecé a leer la parte inferior de la pantalla. Estaban entrevistando a un nuevo jugador que habían fichado los Giants para la próxima temporada. Mi equipo eran los Big Blue, así que me interesaba mucho; aun así, parecía que no podía concentrarme. Cada pocos minutos, desviaba los ojos hacia la cocina. Veía a Stella y a Charlie ajetreadas con lo que fuera que estuvieran cocinando. Stella se encontraba de pie mientras que mi hija se había sentado en la encimera y estaba mezclando algo. Era imposible oír lo que decían, pero vi a mi hija llevarse una mano a la boca y reírse por lo bajo. La sonrisa en el rostro de Stella también era una puta fantasía.

No quería sonar patético, pero sentía tal plenitud en el pecho que apenas me cabía dentro. Joder... ¿a quién pretendía engañar? Me importaba una mierda sonar patético o no. Me sentía feliz... muy feliz. Habían pasado años desde la última vez que había sentido que tenía una familia de verdad; y aunque solo conocía a Stella de hacía unos meses y esta era la primera vez que los tres pasábamos tiempo juntos, en aquel momento sentía mi casa como un verdadero hogar.

Había estado mirando hacia la cocina, pero debí de abstraerme en los pensamientos, porque cuando volví a enfocar la vista, Stella me contemplaba con los ojos entrecerrados. Me sonrió con satisfacción, como diciendo: «¿En qué piensas?».

Probablemente pensaría que me la estaba imaginando desnuda en la cocina o recordando todos los lugares en los que nos habíamos acostado en mi casa durante la última semana en vez de soñar despierto con pasar las noches con mis dos chicas, jugando a juegos de mesa o incluso encendiendo en invierno un fuego para ellas en la chimenea que nunca había usado.

Media hora después, la mesa estaba puesta y por fin me permitieron ver lo que habían estado urdiendo.

Stella colocó una cacerola cubierta por un trapo en la mesa y Charlie se inclinó y miró a Stella, que asintió.

—¡Tachán! —Mi hija levantó el trapo.

—¿Macarrones con queso? ¿Habéis encontrado una marca nueva que probar?

Charlie negó con la cabeza.

—¡Lo hemos hecho desde celo!

Stella sonrió.

—Se dice «desde cero», cielo. Lo hemos hecho desde cero.

—Tiene muy buena pinta. —Miré a la mesa con exagerada teatralidad—. Pero ¿y los vuestros? Esto es solo para mí, ¿no?

Charlie soltó una risita.

—Tenemos que compartirlo, papá. Hay suficiente para todos.

Salivé mientras Stella nos servía a cada uno un plato de mi comida favorita. Me moría de ganas de probarlo.

—Está buenísimo —dije unos momentos después.

—Gracias. Hoy… he llamado a mi madre para que me diera la receta.

No esperaba que dijera eso y tampoco quería mencionar nada de ese tema delante de Charlie, así que intenté hablar de forma críptica.

—¿Y qué tal?

Stella se encogió de hombros.

—Bien, supongo.

Asentí.

—Bueno, gracias. Está muy bueno.

Sonrió.

—Ya era hora.

Ajena a nuestra importante conversación, mi hija habló con la boca llena.

—Papi, ¿después de cenar podemos comer helado y jugar a los secretos?

Señalé su plato con el tenedor.

—¿No llevas ni la mitad y ya estás pensando en el postre? A lo mejor luego estás muy llena y no te cabe el helado.

Charlie se rio como si le acabara de contar un chiste.

—Siempre hay hueco para el helado, papá. Se derrite cuando está en la barriga, así que ni siquiera puede considerarse comida.

—¿Qué es eso de jugar a los secretos? —preguntó Stella—. Creo que no he jugado nunca.

—No es un juego como tal. Solo comemos helado y nos contamos secretos por turnos. —No quería explicar delante de Charlie que era algo que mi padre había hecho con mi hermana y conmigo cuando a nuestra madre le diagnosticaron el cáncer. Fue su manera de enseñarnos que siempre podíamos confiar en él, que podíamos confiarle nuestros secretos y que él nos confiaría los suyos.

—¿Puede ser cualquiera? —preguntó Stella.

—Lo que quieras —respondí.

Sonrió.

—Me apunto.

Los macarrones con queso nos dejaron llenísimos, así que nos trasladamos al sofá después de cenar para ver una película. Charlie apoyó la cabeza en mi regazo y se tumbó hacia la izquierda, mientras que Stella se sentó a mi derecha. A mitad de la película *Del revés*, Charlie empezó a roncar. No la culpaba. Después de comer, una cabezadita siempre sentaba genial y ya habíamos visto la película unas cincuenta veces, por lo menos.

En un momento dado, Stella se levantó para ir al baño, así que me moví de debajo de mi hija y le apoyé con cuidado la cabeza en el sofá. Luego esperé en el pasillo. Cuando Stella abrió la puerta, le agarré el brazo y tiré de ella hasta el dormitorio de invitados contiguo.

Ella se rio y yo le cubrí la boca con una mano.

—Shhh… tiene un oído finísimo. —Stella asintió, así que la aparté.

—¿Qué haces? —susurró ella.

—Quería darte las gracias por la cena.

—Ya lo has hecho.

—Me refiero a hacerlo apropiadamente.

Coloqué una mano en su nuca y apreté los labios sobre los suyos.

—Siempre hueles tan bien… —gemí.

Ella me succionó la lengua.

—Y tú siempre sabes tan bien…

277

«Joder». Probablemente fuera una malísima idea. Empezaba a ponerme nervioso, pero no había tenido ni un minuto con ella a solas desde que había llegado y lo necesitaba. La empujé contra la puerta y me abalancé sobre su boca. Cuando acabé, a ambos nos costaba respirar.

—Has llamado a tu madre —dije mientras le secaba el labio inferior con el dedo.

Ella suavizó la expresión.

—Sí. No creo que vaya a ir a cenar con ellos en un futuro cercano, pero lo que me dijiste me hizo reflexionar. La vida es corta y nunca se sabe lo que pasará mañana. No quiero tener que arrepentirme de nada luego. Ya estoy lista para pasar página.

La miré a los ojos y le acuné la mejilla.

—Me alegro.

Giró la cabeza y me besó la palma de la mano.

—¿Crees que Charlie ya no se despertará hasta mañana? A lo mejor debería marcharme.

—Qué va. Cuando menos te lo esperes, se levantará y empezará a exigir el helado.

Stella sonrió.

—Y entonces podré enterarme de uno de tus secretos. La verdad es que tenía muchas ganas.

—Ah, ¿sí?

Asintió.

—Bueno, pues deja que te cuente uno ahora. —Doblé el dedo para indicarle que se aproximara. En cuanto lo hizo, acerqué la boca a su oído y susurré—: Estoy loquito por ti, cariño.

Ella me miró y sonrió.

—Yo también estoy loca por ti.

Como no podía ser de otra manera, Charlie se despertó unos diez minutos antes de que acabara la película. Estiró los brazos por encima de la cabeza.

—¿Ya podemos comer helado?

Me reí entre dientes.

—Te acabas de despertar.

—Lo suficiente para comer helado.

—Está bien. ¿Por qué no te sientas a la mesa y yo preparo los cuencos? ¿Lo quieres con todo?

Charlie asintió frenéticamente sonriendo de oreja a oreja.

Levanté la barbilla hacia Stella.

—¿Y tú?

—¿Qué lleva?

—Nata montada, virutas, frutos secos, trocitos de plátano y sirope de chocolate.

Se relamió.

—Pues que sean dos.

En la cocina, serví los tres cuencos.

—Muy bien. ¿Quién quiere empezar? —pregunté mientras los dejaba en la mesa.

Charlie señaló a Stella.

—¡Stella! Quiero saber su secreto.

—Ay, madre… —exclamó Stella—. Dame un minuto para que piense en uno.

Engullimos el helado hasta que Stella por fin levantó la mano.

—¡Ya lo tengo! —Se inclinó sobre la mesa hacia Charlie y bajó la voz—. Nadie lo sabe. ¿Seguro que podrás guardar el secreto?

Los ojos de mi hija rebosaban de júbilo y volvió a asentir frenéticamente.

—Vale. Bueno, cuando tenía unos ocho o nueve años, no mucho mayor que tú, encontré una tortuga en el parque. Era más o menos así de grande. —Stella ahuecó las manos y formó un círculo con ellas del tamaño de una pelota de golf—. La llevé a casa y les pregunté a mis padres si me la podía quedar, pero ellos me dijeron que no porque pensaban que su hogar estaba en el exterior. Así que al día siguiente, volví al parque y traté de liberarla. La puse en la zona de césped donde la había encontrado, pero se camuflaba tan bien que por lo menos cinco o seis niños casi la aplastan mientras correteaban por allí, jugando. Sabía que, si la dejaba allí, acabaría herida. Así que esa noche volví a llevármela a casa y la escondí en un cajón de mi habitación. Una semana después, mi madre la encontró cuando estaba cogiendo la ropa sucia para poner la lavadora. Me obligó a soltarla otra vez. Lo hice, pero cada vez que podía, iba a ver cómo estaba. Traté de dejarla en un rincón del parque que era más seguro, pero ella siempre se las arreglaba para volver a las zonas donde los niños correteaban. Me preocupaba mucho por ella. Unas semanas después, toda mi familia nos íbamos de vacaciones a Florida: a Disney y SeaWorld. Así que guardé la tortuga en mi mochila, la colé dentro de SeaWorld y la solté junto a las demás tortugas. Me imaginé que allí estaría más segura.

Enarqué una ceja.

—¿Colaste un animal en SeaWorld?

Stella asintió.

—Yo prefiero pensar que fue más bien un rescate, pero sí.

—Papi, ¿podemos ir a SeaWorld? A lo mejor vemos la tortuga que salvó Stella.

No tuve corazón para decirle que probablemente el animal ya llevase mucho tiempo muerto.

—Puede que algún día.

Charlie se llevó una cucharada de helado a la boca.

—Te toca, papi.

Admití que nunca había estado en SeaWorld y luego le cedí el turno a mi hija.

Ella se dio golpecitos con el dedo índice en los labios mientras los engranajes de su cabecita giraban y giraban.

—¿El mío puede ser un secreto que solo Stella no sepa? No se me ocurre nada que tú no sepas, papi.

—Claro.

Charlie se inclinó hacia Stella, imitando el mismo movimiento que ella había hecho antes. Colocó las manos a ambos lados de la boca y susurró:

—Mi nombre de verdad no es Charlie.

—Anda. No me digas. Menudo secreto. No tenía ni idea. —Stella desvió los ojos hacia los míos y yo asentí a modo de confirmación antes de que volviera a prestarle atención a mi hija.

—¿Charlie es el diminutivo de algo? —inquirió.

Mi hija negó con la cabeza.

—Me pusieron el nombre por mis abuelas. Mi segundo nombre es Charlotte, como la madre de papá.

—Así que Charlie es el diminutivo de Charlotte, que es tu segundo nombre, ¿no? Pero, entonces, ¿cuál es el primero?

—El nombre de la mamá de mi madre: Laken.

—¿Laken? —Stella frunció el ceño—. ¿Entonces te llamas Laken Charlotte?

Charlie asintió.

—Papá, ¿puedo echarle más nata al helado? —Ladeó el cuenco hacia mí y arrugó el ceño—. Ya no me queda.

—Eso es porque te la has comido. Pero supongo que sí. Ve y coge el bote de la nevera, ¿vale?

Dando por terminado el juego de los secretos, Charlie se bajó de la silla y pasó a otra cosa, pero Stella parecía confundida.

—¿Su nombre completo es Laken Charlotte? Esa combinación no puede ser muy común.

Me encogí de hombros.

—Probablemente no. La madre de mi exmujer falleció unos meses antes de que Charlie naciera. Ella quería que se llamara como su madre, así que al final combinamos los de ambas para honrarlas a las dos. Pero cuando Charlie nació, Lexi sufrió un poco de depresión postparto y cada vez que llamaba al bebé Laken, se ponía sensible y sentimental. Así que empezamos a llamarla por su segundo nombre: Charlotte, aunque lo acortamos a Charlie. Al final, así se quedó. Para cuando cumplió uno o dos meses, Charlie ya era Charlie y llamarla de otra manera no tenía sentido.

—Laken Charlotte —repitió Stella. Parecía como si le molestase por algún motivo.

—No es algo en lo que piense mucho, porque para mí es Charlie, sin más. ¿Te molesta que no te lo haya dicho?

Stella negó con la cabeza.

—No… no es eso. Es que…

Esperé a que continuara hablando, pero se quedó mirando al infinito, con la cabeza en otra parte.

—¿Y Lexi es el diminutivo de algo?

Arrugué el ceño.

—¿Lexi, mi exmujer?

Stella asintió.

—Su nombre completo es Alexandria, pero todos la llaman Lexi. ¿Por qué?

Stella palideció y abrió los ojos todavía más. Parecía a punto de sufrir una crisis nerviosa.

—¿Te pasa algo?

Negó con la cabeza.

—No. No, es solo que… me duele la cabeza.

—¿Sí? —Fruncí aún más el ceño—. ¿Desde cuándo?

—Eh… justo ahora.

Mi instinto me decía que era una trola como una casa, pero Charlie había vuelto a la mesa con el bote de nata montada y me colocó su cuenco delante. Le serví más de lo que debería y volví a tendérselo antes de devolver mi atención a Stella.

—¿Quieres un paracetamol?

—No. De hecho, creo que voy a irme.

Era evidente que pasaba algo.

—Ni siquiera te has acabado el helado.

—Lo sé. Lo siento. —Se puso de pie y llevó el cuenco a la cocina.

La seguí y hablé en voz baja para que Charlie no pudiera oírme.

—¿Qué te pasa? ¿Por qué tengo la sensación de que hemos hecho algo que te ha molestado?

Stella sonrió, pero fue de manera forzada.

—No, no es eso. Es solo que… necesito descansar, creo.

La miré a los ojos y asentí.

—Vale. Bueno, deja que te pida un Uber.

—Puedo ir en metro.

—No, te llamo a un Uber. No te encuentras bien. —Saqué el teléfono del bolsillo y abrí la aplicación. Tecleé la dirección de Stella y en la pantalla salió que el conductor llegaría enseguida. Giré el teléfono y se lo mostré—. Cuatro minutos.

—Vale. Gracias.

Stella se pasó un minuto recogiendo sus cosas y le dio las buenas noches a Charlie, que la abrazó con mucha fuerza.

—Volveré en un segundo —avisé a mi hija—. Termínate el helado mientras yo acompaño a Stella.

—Vale, papi.

Entorné la puerta principal y salí con Stella.

—¿Seguro que estás bien?

—Sí, de verdad. —Bajó la mirada—. A veces los dolores de cabeza me dan náuseas, así que creo que es mejor que me vaya a casa.

Seguía sin tragármelo, pero asentí igualmente.

—Está bien.

Un coche que coincidía con la descripción del Uber se detuvo junto a la acera, así que acuné el rostro de Stella y le di un beso en los labios.

—Mira la matrícula antes de entrar. Debería terminar en seis-F-E. Y mándame un mensaje cuando llegues a casa.

Asintió.

—Buenas noches.

Vi a Stella bordear el coche, fijarse en la matrícula y luego acomodarse en los asientos de atrás. Habló con el conductor y esperé a que echara la vista atrás para despedirse con la mano una última vez, pero no lo hizo. El coche se alejó de la acera sin más.

Le pasaba algo y mi instinto me decía que no tenía nada que ver con que le doliese la cabeza.

Capítulo 27

Hudson

Stella no se encontraba en su despacho cuando llegué el lunes por la mañana. Pasé por delante de su puerta tres veces antes de mi reunión de las nueve. Al ver que no aparecía, le mandé un mensaje.

Hudson: ¿Va todo bien?

No recibir respuesta me distrajo más que si el móvil hubiera sonado durante la presentación a la que se suponía que debía prestar atención. No era capaz de concentrarme. La otra noche, después de que Stella se fuera, me convencí de que estaba paranoico; solo le dolía la cabeza, todo volvería a la normalidad el domingo por la mañana. Pero, obviamente, no había sido así.

Eran casi las once cuando terminó la reunión y seguía sin tener noticias de ella. La puerta de su despacho estaba cerrada con llave y la recepcionista me dijo que no la había visto en lo que llevaba de día, así que fui a preguntarle a mi hermana.

—Oye, ¿has hablado hoy con Stella? Todavía no ha venido.

Olivia dejó de escribir y alzó la vista.

—Buenos días, Hudson, a mí también me alegra verte esta maravillosa mañana. Estoy bien, gracias por preguntar.

—No estoy de humor...

Ella frunció el ceño.

—¿Qué mosca te ha picado?

—¿Me puedes decir si has hablado con Stella o no?

Olivia suspiró.

—Sí, dos veces. Hoy va a teletrabajar, ¿no te lo ha dicho?

Negué con la cabeza.

—¿Está bien?

Mi hermana adoptó una expresión de preocupación.

—Me ha dicho que lleva dos noches en vela por una migraña, pero que empezaba a sentirse mejor. ¿Vosotros estáis bien?

Me pasé una mano por el pelo.

—Eso creo.

Mi hermana me miró de arriba abajo y puso una mueca.

—¿Cómo que «eso crees»? Entonces no estás seguro. ¿Qué has hecho?

—¿Yo? ¿Por qué crees que he sido yo el que ha hecho algo?

—Normalmente, cuando un hombre no está seguro de si ha hecho algo malo, suele significar que sí.

Me encogí de hombros.

—Lo que tú digas.

Al volver a mi despacho, el móvil por fin vibró después de haber estado más de dos horas esperando a que lo hiciera.

STELLA: **Todo va bien, hoy teletrabajo.**

Me alivió que no pasara del todo de mí, pero seguía sintiendo cierta inquietud en la boca del estómago, así que le respondí:

HUDSON: **¿Se te ha quitado el dolor de cabeza?**

La pregunta parecía simple, pero vi que los puntitos (señal de que estaba escribiendo) se movían, paraban, volvían a moverse y se detenían de nuevo. Contestó diez minutos después.

STELLA: **Sí, gracias por preocuparte.**

«Gracias por preocuparte» sonaba igual que «déjame en paz».

En fin, tenía que ponerme a trabajar así que, en lugar de analizar cada detalle, dejé el móvil en la mesa. Tal vez solo fuera que no entendía a las mujeres.

La mañana siguiente, me alegró ver una luz proveniente del despacho de Stella cuando llegué a las siete.

—Hola. Has venido…

Stella estaba enfrascada en el portátil. Levantó la vista y sonrió, pero la sonrisa no le llegó a los ojos.

—Sí, siento no haber podido venir ayer.

—No tienes de qué disculparte. No trabajas para mí. Este sitio es para que lo uses cuando lo necesites. Solo me preocupaba que te pasara algo más aparte del dolor de cabeza.

Stella revolvió algunos papeles de su escritorio y evitó mirarme a la cara.

—No, no me pasa nada. Solo es migraña, me dan a veces.

Hacía unos días había entrado en su despacho, había cerrado la puerta detrás de mí y le había dado un morreo que me había dejado con una erección de infarto. Sin embargo, en ese momento sentía que debía quedarme en la puerta. O, dicho de otro modo: que no era solo migraña. Pero Stella estaba trabajando y yo también tenía que preparar unas cosas para una reunión, así que no iba a volver a sacarle el tema.

Señalé mi despacho con la cabeza.

—Tengo una reunión en la que me pasaré casi toda la mañana —le dije—. ¿Quedamos esta tarde y miramos lo de los envíos que todavía no han llegado? Podemos hablar de qué otras cosas urgentes quieres que me encargue.

—Ya miré lo de los envíos ayer. Vamos según lo planeado y creo que, por ahora, lo tengo todo controlado. Dentro de un ratito me sentaré con Olivia para revisar las pruebas finales de lo de *marketing*.

—Ah… vale. —Me encogí de hombros—. Entonces podríamos comer luego, ¿no?

—Estaré trabajando con Olivia a la hora de comer y esta tarde tengo una reunión en el bufete de Fisher, a las afueras de la ciudad.

—¿Y eso?

—No es por nada de Mi Esencia.

Era evidente que me estaba dando largas, pero a tozudo no me ganaba nadie.

—¿Cenamos?

Ella frunció el ceño.

—Seguramente pique algo con Fisher cuando acabemos.

Por mucho que lo intentara, no fui capaz de sonreír y fingir que todo iba bien. Lo que me salió fue asentir, como si lo entendiera.

—Avísame si me necesitas para algo.

—Gracias, Hudson.

Capítulo 28

Stella

Hace tres noches

Tenía que ser una coincidencia.

Aunque sabía que no lo era, me lo repetí una y otra vez mientras el Uber se alejaba de la acera. Si no, corría el riesgo de vomitar en el asiento trasero del pobre conductor. Estaba de los nervios.

En cuanto llegamos a mi bloque, salí pitando hacia el ascensor. Al ver que no llegaba enseguida, decidí que prefería distraerme subiendo ocho pisos por las escaleras en lugar de esperar, porque era como si tuviera una bomba de relojería en el pecho.

En cuanto entré a mi piso, me dirigí al cuarto y me arrodillé para sacar las cajas de plástico que guardaba bajo la cama. Como estaba hecha un manojo de nervios, no recordaba cómo era la cubierta del diario o en qué caja había metido los más recientes, así que cogí la primera y empecé a sacarlos uno por uno.

En esa primera caja había por lo menos treinta diarios distintos que había ido coleccionando a lo largo de los años, pero ninguno reciente. No me detuve a ponerlos de nuevo en su sitio y le quité la tapa a la siguiente. Tras mirar unos pocos, levanté un diario forrado de cuero rojo que me transmitió una corriente por todo el cuerpo. Si me lo hubieran preguntado hacía diez segundos, no lo habría podido identificar, pero en cuanto lo tuve en las manos, lo supe. Supe que era ese.

A diferencia de cómo había hojeado el resto, este no lo abrí al momento para ponerme a leer, sino que tomé una gran bocanada de aire y me armé de valor mientras la gravedad del asunto me caía encima como una losa. Si lo que sospechaba era cierto…

«Dios, sé que lo es».

Sentí náuseas y un tembleque en las manos mientras abría la libreta y empezaba a leer.

Querido diario:

Esta es la primera hoja de uno nuevo, lo que me parece bastante apropiado aquí sentada, mientras escribo. Sé que hace mucho tiempo desde que escribí por última vez, pero llené todas las hojas del antiguo y no me pasó nada lo bastante destacable como para empezar a escribir en otro.

Por suerte, eso ha cambiado hace poco. El verano ha sido de todo menos aburrido. De hecho, creo que este ha sido de esos de los que inspiran a los músicos. Verás, he conocido al amor de mi vida. Es dulce y amable y, a la vez, taciturno y fuerte. En mayo, al volver de la uni, mis padres me llevaron a un muermo de fiesta que había organizado uno de sus amigos. Yo no quería ir, pero me alegro de haberlo hecho porque, gracias a eso, conocí al hombre con el que me casaré algún día. Pronto te cuento más.

A.

Me paré a analizar cada detalle. Hudson no me había especificado cómo había conocido a su ex, pero sí dijo que sus familias eran amigas y que formaban parte del mismo círculo social. No se me había ocurrido que H se refiriera a Hudson.

Cuando resolví las piezas del puzle, todo encajó.

Mi antigua compañera de piso, Evelyn, me había regalado este diario por mi cumpleaños. Evelyn y la exmujer de Hudson habían sido amigas. Tal vez Alexandria se lo hubiera dado para que lo guardase; o, quién sabe, tal vez Evelyn se lo hubiese robado. Dios sabía que le encantaba llevarse cosas de la gente.

Alexandria se había casado en la Biblioteca Pública de Nueva York, de eso estaba segura. Había leído acerca de todos los preparativos. Hudson también se había casado allí, al igual que sus padres antes que él.

Estaba segura al 99,99 % de que la niña de la que había hecho referencia Alexandria se llamaba Laken Charlotte. Me acordaba porque era la única vez que la propietaria del diario había escrito un nombre que no era el suyo. Para los demás solo usaba iniciales, pero el día en que nació su hija escribió su nombre completo: Laken Charlotte.

No era un nombre muy común y corriente, pero necesitaba llegar a ese cien por cien de certeza y necesitaba hacerlo ya. No podía ponerme a leer desde el principio hasta llegar a esa parte, por lo que, atacada, pasé las páginas hasta encontrar la entrada que recordaba.

Querido diario:

Hoy he sido madre.
Soy madre.
He tenido que volverlo a escribir porque todavía no me lo creo.
El parto ha sido peor de lo que me esperaba, pero, en cuanto he sostenido a mi bebé en brazos, se me ha olvidado todo el dolor que he sentido al dar a luz. Es perfecta.
A las 2:42 de hoy mi vida ha cambiado. La he mirado a los ojos y sé desde lo más profundo de mi alma que necesito ser mejor. Más fuerte. Más altruista. Sincera. Estoy tan orgullosa de ser la madre de mi pequeña; hoy hago la promesa de convertirme en alguien de quien pueda sentirse orgullosa.
Bienvenida, Laken Charlotte.

A.

Dejé la libreta en el regazo y cerré los ojos.

La exmujer de Hudson era la madre de Laken Charlotte, de Charlie. Por desgracia, eso era todo cuanto podía confirmar. Porque, según otras entradas en su diario, eso era lo único que podía decir Alexandria con seguridad. Le había ocultado un enorme secreto a su marido... Uno demasiado grande.

Esta vez no pude reprimir las náuseas. Fui corriendo al baño y vomité.

Capítulo 29

Stella

Hace quince meses

—Hueles a perfume, Aiden. —Después de darnos un abrazo, me separé de él.

Él suspiró.

—No empieces otra vez. Tienes muestras en ambos pisos, es normal que se me pegue a la ropa.

Se giró y volvió a su habitación. Yo fui tras él.

—Hueles a jazmín. No tengo ese aroma ni aquí ni en tu piso.

—Seguramente sea una mezcla de todo lo que tienes desperdigado, tú misma sabes que cuando se combinan olores se crean otros nuevos. Mi abrigo de lana huele a esa combinación.

—¿Dónde has estado esta noche?

—Corrigiendo los exámenes de mitad del trimestre en mi despacho. ¿Quieres que te traiga un justificante del vigilante de seguridad con el que me cruzo al salir? Mejor dicho, la pregunta debería ser: ¿dónde estabas tú? Todavía tienes los zapatos puestos y las mejillas rojas del frío, así que deduzco que has estado trabajando hasta tarde.

—He estado en el laboratorio, trabajando en el algoritmo.

Aiden puso los ojos en blanco.

—El algoritmo… Ya. Creía que habíamos dejado eso en el olvido. Vamos a comprar una casa con ese dinero.

—Que hayamos acordado usar nuestros ahorros para comprar una casa no significa que tenga que dejar de desarrollar mi producto.

—No, pero ¿cómo sé que has estado allí de verdad?

—No lo sabes. Pero no soy yo la que huele a perfume femenino y ha pagado una habitación de hotel con la tarjeta de crédito.

—Paso de volver a ese tema, Stella. —Aiden colocó los brazos en jarras—. Lo del hotel era una reserva para mis padres, que venían de visita a la ciudad. La hice hace tiempo y se me olvidó anularla cuando ellos cancelaron el viaje a Nueva York. Se me pasó cuando me preguntaste. Me acordé una semana después, así que la pagué. No creía que tuviera que darte explicaciones.

Lo que me había contado tenía sentido, pero nunca me dijo que sus padres fueran a venir y otras veces se habían quedado en el hotel cerca de su piso, no en uno en la otra punta de la ciudad.

Últimamente siempre pasaba lo mismo, tenía una explicación para todo: el cobro del hotel, oler a perfume femenino, que mi amigo lo viera salir de un restaurante con una mujer de pelo castaño en actitud cómplice o que recibiera un mensaje sospechoso. No se trataba solo de algo aislado, sino de un puñado de detalles que se amontonaban y formaban una bola enorme.

—Mira. —Aiden vino hacia mí y me puso las manos en los hombros—. Esos diarios estúpidos te están sorbiendo el cerebro.

Quería creerlo, de verdad, pero no podía olvidarme de todas las similitudes que tenía con Alexandria en la forma de tratar a su marido ni de cómo estaban las cosas entre Aiden y yo últimamente. Alexandria llegaba a casa e iba directa a la ducha para quitarse el olor de su amante, lo mismo que Aiden había empezado a hacer desde hacía varios meses si me encontraba en casa cuando volvía. Alexandria era muy cautelosa con el móvil. Aiden ya hasta se lo llevaba al baño cuando se duchaba, excepto aquella vez que estaba en la ducha cuando llegué. Lo vi cargándose en la mesilla de noche e intenté echar un vistazo a sus mensajes mientras el grifo seguía abierto, pero me percaté de que había cambiado la contraseña que llevaba usando toda la vida.

Lo miré a los ojos.

—¿Me lo prometes? Prométeme que no tienes nada con nadie. No me puedo quitar de encima esta sensación, Aiden.

Él se inclinó hacia mí y me miró a los ojos.

—Confía en mí.

Asentí, aunque no me reconfortó en absoluto.

Aquella noche nos fuimos a dormir igual que las últimas veces: con un beso rápido en los labios y sin hacer el amor. Otra cosa más que había cambiado a lo largo de los últimos seis meses y que no hacía más que aumentar mis sospechas.

La semana siguiente todo había vuelto casi a la normalidad hasta que Fisher me llamó una mañana mientras me preparaba una tostada.

—Oye, me dijiste que Aiden no estaba en la ciudad, ¿no? Por eso cambiaste la noche de cine del domingo al viernes.

—Sí. Va a una conferencia en el norte del estado sobre el uso de la tecnología en la universidad. ¿Por?

—Me he encontrado a ese compañero suyo tan raro, Simon, el que tiene la raya del pelo en medio y se lo peina hacia los lados. Hace unos años me tocó hablar con él en tu fiesta de Navidad y se pasó media hora explicándome que los globos de helio son perjudiciales para el ecosistema marino.

—Me acuerdo de Simon. ¿Qué pasa con él?

—Bueno, pues vamos al mismo gimnasio. Lo veo de vez en cuando e intento evitarlo. Sin embargo, esta mañana la única cinta de correr que había libre era junto a la suya, así que he tenido que correr a su lado. Ha visto mi botella de agua y me ha empezado a echar la bronca sobre lo dañino que es el plástico para la Tierra. He intentado cambiar de tema y por eso le he preguntado si él también iba a la conferencia.

—Vale.

—Me ha dicho que fue la semana pasada.

—¿Qué? —Dejé de untar la mantequilla en la tostada—. A lo mejor son varios fines de semana.

—Eso he supuesto yo. Sé que últimamente te cuesta confiar en Aiden, y no te lo iba a contar, pero no estaba tranquilo, así que he buscado la conferencia por internet. Fue solo el fin de semana pasado, Stella.

Después de un rato, al ver que no le contestaba, me preguntó con preocupación:

—¿Estás bien?

Por raro que sonase, me sentía como entumecida; ni atacada ni histérica como cuando había empezado a sospechar de él. Tal vez en el fondo lo hubiese sabido todo este tiempo, pero estaba segura de que Aiden jamás lo admitiría.

—Sí.

—¿Qué vas a hacer?

—¿Podrías volver a pedirle el coche a tu amigo?

—Creo que sí, ¿por?

—¿Puedes hacerlo y venir a las cuatro?

—Creía que nuestra noche de cine empezaba a las seis.

—Sí, pero hay un cambio de planes. Aiden se va a las cuatro y vamos a seguirlo.

—Ahí está. —Señalé a Aiden mientras salía del edificio por la puerta principal con una maleta de ruedas. Fisher y yo habíamos aparcado a cuatro coches de distancia, a la espera de verlo aparecer.

Me agaché en el asiento a pesar de que Aiden había girado a la izquierda, la dirección opuesta a donde nos encontrábamos nosotros. Tenía el coche aparcado en un *parking* a dos calles de allí.

—¿Lo seguimos? —preguntó Fisher.

Sacudí la cabeza.

—Aún tiene que bajar al *parking* y el aparcacoches tardará unos diez minutos en entregarle el suyo. Creo que deberíamos esperar hasta que entre para que no nos vea.

—Vale.

Seguir a alguien no era tan fácil como lo vendían en la tele, sobre todo en Nueva York. Como los semáforos cambiaban tan rápido, me ponía de los nervios cada vez que nos distanciábamos un poco. Estuvimos varios coches por detrás del suyo en la autovía FDR Drive y después lo seguimos por la I-87.

—Parece que va al norte —indicó Fisher—, pero he llamado al sitio donde se celebró la conferencia a la que te dijo que iba y me han confirmado que solo se celebró el fin de semana pasado.

Negué con la cabeza.

—No sé qué pensar. Tal vez haya quedado con una mujer en el mismo sitio de la conferencia, así tendría sentido el cargo del hotel.

—Puede. Aunque ya te has encarado con él por cosas de las que sabe que sospechas.

Condujimos durante un rato, lo suficiente como para ver que Aiden seguía sin cambiar el rumbo e intuimos que así sería durante bastante tiempo. Pero cuando nos acercamos a la salida cerca de donde Fisher y yo crecimos de niños, Aiden puso el intermitente y se cambió al carril de la derecha.

—Conoce la zona, así que seguramente necesite ir al baño o echar gasolina y por eso para aquí.

Fisher redujo la velocidad y dejó que algunos coches más se interpusieran entre nosotros para no estar justo detrás de él cuando parase en el semáforo del carril de salida.

—Se te da sorprendentemente bien esto de seguir a la gente, Fisher.

Él sonrió.

—No es la primera vez que lo hago, cariño. Los gais no somos monógamos durante mucho tiempo. Por desgracia, ya tengo experiencia en el tema.

—¿Sin mí?

Fisher se encogió de hombros.

—Suponía que me echarías la bronca por seguir a una persona.

Seguramente tuviera razón. Hacía un año, le habría dicho que, si sentía que hacía falta llegar a seguir a alguien, era porque no confiaba en esa persona y que la relación estaba abocada al fracaso. Y, sin embargo, ahí estábamos… Un recordatorio de que no se podía juzgar a los demás a menos que se hubiese pasado por su misma situación.

—¿A dónde diablos va? —preguntó Fisher.

Aiden había pasado todas las tiendas y la gasolinera junto a la autovía. Se dirigía al barrio donde habíamos crecido Fisher y yo, en el que aún vivían mis padres y el padre de Fisher.

Cuando Aiden giró a la izquierda justo en dirección a la urbanización donde vivían mis padres, tuvimos que rezagarnos mucho porque ya no había coches entre nosotros. Volví a agacharme en el asiento.

—¿Va a casa de mis padres? ¿Para qué leches va?

Fisher movió las cejas en un gesto sugerente.

—Tal vez sea uno de los invitados de abajo de tu madre.

—Puaj, no seas asqueroso.

Lo había dicho de broma, pero Aiden giró hacia la izquierda y se dirigió a la calle de mis padres.

—No gires —le indiqué—. Si va a casa de mis padres, seguramente lo veamos desde aquí. ¿Puedes parar en la esquina?

Fisher aparcó justo donde la señal de stop y nos inclinamos hacia delante para mirar a la calle. El Prius redujo la velocidad y aparcó en el acceso de coches de mis padres.

—¿Qué coño hace? ¿Por qué no me ha dicho que venía? El otro día hablé con mi madre y ella no mencionó nada sobre que fuese a venir.

Fisher se encogió de hombros.

—Tal vez estén preparándote una fiesta sorpresa o algo.

—Mi cumpleaños es dentro de nueve meses.

En cuanto Aiden salió del coche y entró en casa de mis padres, Fisher y yo decidimos conducir hacia un poco más adelante en la calle. Aparcamos a varias casas de distancia y nos agachamos en los asientos.

Durante la siguiente hora, recordé todos los detalles que me habían hecho sospechar de Aiden. Al final, suspiré.

—Tal vez Aiden tenga razón y el diario que estoy leyendo me esté volviendo paranoica y me haga ver cosas donde no las hay.

—Antes de empezar a leer este ya sospechabas —me recordó Fisher.

—Ya, pero… —Sacudí la cabeza—. No sé. Me he obsesionado con la idea de que me está siendo infiel y creo que lo que estoy leyendo tiene mucha culpa de ello. Me refiero a que es la tercera vez que leo el maldito diario y cuando me siento en las escaleras de la biblioteca me pregunto si es posible que la gente de por allí sean Alexandria o su marido. No entiendo cómo le puede poner los cuernos y encima ocultarle que la niña que han tenido tal vez no sea suya.

—Y el tío a quien se está tirando es el amigo de su marido, ¿no?

Asentí.

—Es horrible. Que tu mujer y tu mejor amigo se acuesten es la peor traición de la historia.

—Sí que es una mierda, sí —convino Fisher—. Hay pocas cosas que lo superen.

La puerta de la casa de mis padres se abrió y el corazón me dio un vuelco.

—Sale alguien.

Fisher y yo nos agachamos tanto como pudimos a la vez que seguíamos mirando por la ventanilla. Mis padres y mi hermana salieron y se quedaron en el escalón de la entrada hablando con Aiden durante unos minutos. Al final, mis padres se despidieron y entraron, aunque mi hermana acompañó a Aiden al coche. Al llegar al Prius, ambos se dirigieron al lado del copiloto y Aiden le abrió la puerta a Cecelia para que se sentase. Cuando se dispuso a ello, él la tomó de la mano. Lo demás me pareció que pasaba a cámara lenta.

Aiden la atrajo hacia sí y la acorraló contra el coche. Una brisa hizo volar su pelo largo y oscuro y él se lo apartó de la cara... justo antes de inclinarse para besarla. Flipando y aún incapaz de creerme lo que estaba viendo, esperaba que mi hermana lo empujara, como si aquella hubiese sido la primera vez que pasaba. Seguro que le daría un sopapo y lo apartaría.

Pero no lo hizo. Mi hermana envolvió los brazos en torno al cuello de mi prometido y le devolvió el beso. Los dos se estaban comiendo la boca... en el acceso de coches de mis padres.

No pude decir nada. Me quedé con la boca abierta por la sorpresa. Me había olvidado de que Fisher estaba conmigo hasta que habló.

—Retiro lo dicho. Hay cosas peores que tu mujer y tu mejor amigo follando, como en el diario que estás leyendo. —Negó con la cabeza, incrédulo, mientras los observaba igual que yo—. Esa es la peor traición de la historia.

Capítulo 30

Stella

—¿Me estás vacilando? —Fisher negó con la cabeza—. ¿Cómo va a ser eso posible?

No había pensado contarle nada a mi amigo (mucho menos la historia entera), pero eso era justo lo que había hecho. Le había contado a Fisher que Hudson podría no ser el padre de Charlie antes que al propio Hudson y me sentía culpable por haber violado su privacidad. Fisher llevaba toda la semana notándome algo rara. Esta noche, cuando ha entrado y me ha visto vestida con un pijama arrugado, el pelo sin peinar desde hacía dos días y los ojos hinchados… No me ha quedado más remedio.

Suspiré.

—Estoy segura de que tengo razón. Todos los datos coinciden; además, ese diario me lo regaló Evelyn.

—¿Y cómo lo consiguió ella?

—No tengo ni idea. —Me encogí de hombros—. Olivia mencionó que Evelyn y la exmujer de Hudson se pelearon porque Evelyn le había robado algo. A lo mejor fue el diario.

—Vale. —Puso los brazos en jarras y se quedó pensando un momento—. Esto es lo que vamos a hacer: vas a peinarte y a lavarte la cara, y yo voy a ir a mi casa a por un bloc de notas y a por dos botellas de vino. Cuando vuelva, me cuentas todos los detalles y a ver si llego a la misma conclusión. En ese caso, ya veremos qué hacemos.

Me hundí aún más en el sofá.

—No quiero hacer nada.

Fisher me agarró de las manos y tiró de mí hasta ponerme en pie.

—Me da igual. Cuando empezaste a sospechar que Aiden te engañaba, yo no te hice caso. Debería haberme sentado contigo, haberte escuchado y trazado algún plan para llegar al fondo del asunto. No lo hice y te pasaste meses estresada y sufriendo. Eso no va a volver a pasar. Tenemos que ser resolutivos. —Fisher le echó una miradita a mi pelo—. Además, creo que has empezado a criar ratas ahí, así que ve a peinarte. Volveré en cinco minutos.

Me enfurruñé, así que Fisher me llevó hasta mi dormitorio. Me besó en la frente y me empujó hacia la puerta del baño.

—Venga.

Diez minutos después, nos sentamos en el sofá. Fisher asintió hacia un envoltorio vacío.

—¿Te has comido todo el chocolate que enviaron?

Fruncí el ceño. La mañana después de haber huido de casa de Hudson, me entregaron un ramo precioso de flores exóticas junto con una gigantesca barrita de chocolate Hershey's de dos kilos. La nota de Hudson decía: «Me haces sentir mejor que todo el chocolate del mundo». Me la había comido entera durante estos últimos días a la vez que meditaba si esas palabras seguirían siendo ciertas. Ni con anandamida había forma de animarme.

—No me lo recuerdes —dije—. Me siento fatal. Hudson debe de estar histérico perdido sin saber por qué he desaparecido o por qué evito sus llamadas y mensajes, pero no puedo mirarlo a los ojos sabiendo lo que sé. No puedo, Fisher. Estoy loca por él. Por mucho daño que le esté haciendo ahora, será mucho peor cuando se lo diga.

Fisher me apretó la mano.

—Muy bien, cielo. Recuerda que has hecho lo correcto. Esto no es algo que se deba airear a la ligera, sin estar segura. Y cuando lo estés, tienes que pensar en cómo decírselo con tacto.

—Fisher… —Negué con la cabeza—. Ni con tacto. Estamos hablando de su hija.

—Vale, pero tienes que relajarte un poco para que podamos discutir todos los detalles. Anda, bebamos vino. Parecías menos nerviosa en la boda de una mujer a la que no habías visto en tu vida mientras les contabas a cuatrocientos invitados cómo conociste a dicha novia. —Fisher sirvió dos copas de merlot hasta arriba y se irguió, bolígrafo en mano. Se había puesto en modo abogado—. Empecemos. ¿Cuándo te dio Evelyn este diario?

—Fue un regalo de cumpleaños, más o menos hace dieciocho meses. Recuerdo que me sorprendió que me hiciera un regalo, porque no creía que supiera cuándo era mi cumpleaños. —Retrocedí en el tiempo—. Tú me habías mandado flores. Cuando Evelyn las vio, me preguntó que para qué eran. Le dije que era mi cumpleaños. Luego entró en su cuarto y salió con el diario. No estaba envuelto ni nada.

—¿Se menciona alguna fecha en el diario? No sé, ¿algún programa de televisión que echaran en cierto momento o algo?

Negué con la cabeza.

—Lo he leído más de diez veces de pe a pa estos últimos días. No he encontrado ninguna.

—Vale. —Fisher garabateó «dieciocho meses» en el bloc de notas y lo subrayó con dos rayas—. ¿Y cuándo se divorciaron Hudson y su ex?

—Me dijo que Charlie tenía unos dos años, así que hace cuatro.

—¿Entonces el diario podría haberse escrito entre hace año y medio o cien?

Me encogí de hombros.

—Supongo. Pero las páginas no están amarillas ni nada, así que no creo que sea muy antiguo.

—Vale… la línea temporal cuadra, pero también podría cuadrar para un millón de otras personas. Pasemos a los nombres. El nombre de la mujer era Alexandria. ¿Conocemos el nombre de la exmujer de Hudson a ciencia cierta?

Asentí.

—Hudson siempre se refería a ella como Lexi, pero la otra noche, cuando Charlie mencionó su nombre completo, pregunté cómo se llamaba su madre. Era Alexandria, y, por cierto, ella también escribía un diario. Hudson me lo dijo de pasada.

—Vale, dos nombres en común. ¿Qué hay de Hudson? ¿Sale su nombre en el diario?

Sacudí la cabeza.

—Solo se refiere a él como H, que en su día pensaba que sería por otro nombre. Pero, obviamente, podría ser Hudson perfectamente. Y el tío con quien tenía la aventura es el mejor amigo del marido y ella lo llama J. El mejor amigo de Hudson es un tal Jack.

Fisher garabateó más notas.

—Hay cientos de personas llamadas Jack. Es un nombre muy común. Seguro que pasa lo mismo con Alexandria. De nuevo, todo es absolutamente circunstancial.

—Pero escribió el nombre de su hija el día que nació: Laken Charlotte.

Fisher elevó las cejas.

—¿Y así se llama la hija de Hudson? ¿Al cien por cien?

Asentí.

—Bueno, esa combinación ya no es tan común. Nunca he conocido a nadie que se llame Laken, pero seguro que hay varias en Nueva York. Y aquí viven más de ocho millones de personas.

—Según la Oficina del Censo, en Estados Unidos hay mil seiscientas sesenta y dos personas llamadas Laken que tengan menos de trece años. Lo he buscado.

—Joder. Vale. Bueno, siguen siendo más de mil seiscientas personas.

—Pero cuando puse el primer nombre y el apellido, Laken Rothschild, salía que en teoría solo hay una.

—¿En teoría? ¿La Oficina del Censo no lo sabe seguro?

—Ellos se basan en información antigua. Se preocupan más de la estadística que de llevar la cuenta. Pero, básicamente, no es una combinación de nombres muy popular.

—Vale, ¿qué más?

—Alexandria se casó en la Biblioteca Pública de Nueva York. Igual que Hudson y Lexi.

—Uf. Esto no tiene muy buena pinta.

—Alexandria y H también vivían en el Upper West Side, igual que Lexi y Hudson.

Fisher soltó un profundo suspiro.

—Vaya, que hay un montón de coincidencias. Pero una vez leí sobre unos gemelos separados al nacer. Sus respectivos padres adoptivos los llamaron James y los dos se hicieron polis y se casaron con mujeres con el mismo nombre. También tuvieron hijos con el mismo nombre, y luego se divorciaron y se volvieron a casar con mujeres con el mismo nombre otra vez. No se dieron cuenta de nada de eso hasta que se conocieron más adelante. A veces se dan coincidencias muy raras.

Yo también suspiré.

—Supongo. Pero ¿qué hago? ¿Le digo: «Ah, por cierto, creo que cabe la posibilidad de que tu hija no sea realmente tuya; de hecho, puede que sea de tu mejor amigo, Jack, que podría haberse estado tirando a tu exmujer en secreto»?

Fisher negó con la cabeza.

—Dios… —Apuró la copa de vino—. Creo que no te queda otra alternativa.

—Podría quemar el diario y fingir que nunca lo he leído.

—¿Y entonces qué? ¿No le vas a decir que su hija podría no ser suya? Te conozco, Stella. Eso te remordería la conciencia.

Miré a Fisher a los ojos.

—Ella es la luz de su vida. Creo que preferiría que me remordiera la conciencia antes que romperle el corazón.

—Pero ni siquiera eres capaz de actuar con normalidad. No has tenido una conversación real con él desde que encajaste las piezas. No serás capaz de ocultárselo a menos que dejes de formar parte de su vida por completo. —Fisher frunció el ceño—. Dios, si es cierto… Piensa en cuántas vidas ha arruinado ese diario. Puede que nunca te hubieses enterado de lo de Aiden de no haberlo leído. Y ahora esto. Es una locura. —Se quedó en silencio un momento a la vez que sacudía la cabeza—. Pero tienes que decírselo, cielo. Tiene derecho a saberlo.

Sentía como si tuviera una pelota de golf atascada en la garganta. Tragué saliva.

—Lo sé.

Después de nuestra charla, Fisher y yo procedimos a ventilarnos las dos botellas de vino. Yo intentaba ahogar mi cerebro en alcohol con la esperanza de que eso me permitiera dejar de pensar en lo que tendría que hacer, aunque fuera durante unos minutos. Sin embargo, lo único que conseguí fue sentirme más triste.

Las lágrimas amenazaron con asomarse.

—No quiero perderlo, Fisher. Lo echo muchísimo de menos y llevo sin verlo menos de una semana.

Fisher me acarició el pelo.

—He visto cómo te mira. Ese hombre también está loco por ti. No vas a perderlo, pero tienes que hablar con él. Ya no puedes posponerlo más.

Suspiré.

—Lo sé. Es solo que me he sentido paralizada estos días.

Acompañé a Fisher a la puerta a eso de las diez.

—Traeré el desayuno por la mañana, cuando estés sobria, para hablar de cómo se lo vas a decir —me dijo.

Volví a suspirar.

—Vale. Gracias.

Me levantó la barbilla.

—¿Estarás bien?

—Sí. Muy bien. Te veo mañana.

Después de cerrar la puerta, lavé las copas de vino y tiré las botellas vacías a la basura. Cuando fui a apagar las luces de la cocina, vi que Fisher se había dejado la llave de mi piso en la encimera. Supuse que se daría cuenta cuando viniera con el desayuno por la mañana, así que apagué la luz y decidí darme por fin una ducha.

En el cuarto de baño, me desvestí mientras dejaba que el vapor llenara la estancia. Justo cuando puse un pie en la ducha, sonó el timbre.

Suspiré. «Fisher se ha dado cuenta de que se ha dejado la llave».

Me envolví en una toalla y cogí la llave de camino a la puerta principal. Quizá el alcohol me hubiera desinhibido, porque no se me ocurrió que pudiera ser otra persona. Así que abrí la puerta sin mirar.

—Lo sé, lo sé. Se te ha olvidado la... —Me quedé helada en el sitio. El hombre que encontré al otro lado de la puerta definitivamente no era Fisher.

Hudson frunció el ceño.

—¿Esperabas a otro?

—Eh... Esto... Fisher se ha dejado la llave, así que suponía que sería él.

Hudson y yo nos quedamos ahí plantados, mirándonos. Estaba tan nerviosa después de haber hablado durante horas sobre él que no sabía qué decir o hacer. Joder, llevaba una semana sin saber qué decir o hacer.

Al final, él suspiró.

—¿Puedo entrar?

—Ah... sí, claro. Lo siento.

Cerré la puerta detrás de él y traté de recuperar la compostura, pero estaba tan nerviosa que no sabía cómo actuar con normalidad. De nuevo, nos quedamos mirando como dos pasmarotes.

Hudson tuvo que romper el silencio.

—Siento haber venido sin avisar.

Ajusté la toalla a mi alrededor.

—No pasa nada.

—¿Seguro? No he llamado porque me imaginé que, si te preguntaba, dirías que no, y ahora mismo siento que no debería estar aquí.

Odiaba hacerlo sentir así de incómodo.

—Perdona. No te esperaba. Fisher ha estado aquí y hemos estado bebiendo vino. Justo iba a darme una ducha antes de meterme en la cama.

Frunció el ceño.

—Puedo marcharme…

—No, no… —Sacudí la cabeza—. No tienes por qué.

Hudson me miró a los ojos.

—Esperaba que pudiéramos hablar.

Asentí y señalé el dormitorio con el pulgar.

—Claro. Voy a cerrar el grifo y a vestirme.

—No, dúchate si quieres. Te espero.

Sí que necesitaba unos minutos para reorganizarme las ideas. Había planeado darle vueltas durante al menos unos días a la mejor manera de decirle lo que había descubierto. Ahora solo contaba con el tiempo que tardara en ducharme.

—Si no te importa, me vendría genial. Gracias. —Le señalé el sofá—. Ponte cómodo.

En la ducha tenía la cabeza hecha un auténtico lío y hasta me mareé un poco, pero no tenía tiempo de venirme abajo, así que me metí bajo el agua, cerré los ojos y respiré hondo varias veces hasta que el mundo dejó de girar tan rápido.

No había forma fácil de empezar la conversación que debía tener con él. Ya no podía escudarme en las dudas que me habían surgido y que eran inexistentes. Todo encajaba; hasta Fisher estaba convencido. Así que tal vez debería empezar por el principio. Hudson ya sabía que leía diarios y estaba bastante segura de que le había hablado sobre el de la mujer que también se había casado en la Biblioteca Pública de Nueva York. Imaginé que debería abordar el tema con un «Hace tiempo leí un diario…». Pero entonces, ¿qué? ¿Le decía: «Ah, por cierto, ¿alguna vez sospechaste que tu mujer tuviera una aventura?». Eso me hizo hiperventilar.

«¿Y si me equivoco?».

«¿Y si tengo razón?».

«¿Y si decírselo le quita lo más bonito que tiene en la vida?».

«¿Voy a arruinarle la vida a esa niña pequeña?».

«¿Querría yo saber si mi padre no es mi padre en realidad?».

Madre mía. Aquello hizo que la cabeza me diera más vueltas todavía. A juzgar por la vida sexual de mis padres, era perfectamente posible que mi padre no fuese mi padre.

Ay, Señor. «¿A quién le importa mi familia?». Ojalá esto me estuviera pasando a mí y no a Hudson y a su preciosa hija.

Durante el resto de la ducha, se me pasaron por la cabeza mil pensamientos sin orden ni concierto y alternaba entre intentar seguirles el ritmo y tranquilizarme respirando hondo. «¿Moriría si escapo por la ventana del dormitorio?». Cuando las manos se me empezaron a arrugar, supe que tenía que echarle valor.

Cerré el grifo, me sequé, me peiné y me vestí con unos pantalones cómodos y una camiseta antes de secar el vapor del espejo para darme una pequeña charla motivadora.

«Todo va a salir bien. Pase lo que pase, al final todo caerá por su propio peso y se solucionará. Puede que el camino esté lleno de baches, pero si un diario sobre el hombre del que estoy locamente enamorada acabó en mis manos antes siquiera de conocerlo, tiene que ser por alguna razón. Dios quiso que yo lo tuviera y, al final, todo se solucionará».

Respiré hondo una última vez y me susurré:

—Ahora todo está en manos del destino.

Luego, abrí la puerta del dormitorio y reparé en que, en realidad, no estaba en manos del destino.

Sino en las de Hudson.

Porque había dejado el diario en la mesita y ahora mismo lo estaba leyendo.

Levantó la mirada.

—¿Qué demonios haces tú con el diario de mi exmujer?

Capítulo 31

Hudson

—No lo entiendo. ¿Por qué iba a vender Lexi su diario en eBay y cómo narices has acabado tú con él?

Stella negó con la cabeza.

—Yo no compré ese diario por eBay. Evelyn me lo regaló por mi cumpleaños.

—¿Evelyn? ¿Evelyn Whitley?

—Sí.

—¿Y cómo lo consiguió ella?

—No tengo ni la más remota idea.

—¿Cuándo te lo regaló?

—El año pasado, por mi cumpleaños. Hace unos dieciocho meses, más o menos.

No sabía muy bien qué demonios pasaba, pero lo que sí sabía era que Evelyn y Lexi ya no se hablaban. Recordaba un día hacía un par de años cuando fui a recoger a Charlie en el que mi exmujer había estado de bastante mal humor. Ella me preguntó si seguía en contacto con Evelyn. Y, por supuesto, no era el caso. Evelyn era amiga de mi hermana, y, a decir verdad, tampoco es que la tuviera en muy buena estima.

—Acabo de leer la primera página. Empieza el día que nos conocimos.

Stella estaba pálida.

—Lo sé.

Me froté la nuca, sintiéndome entre desorientado y enfadado, pero traté de mantenerme sereno.

—¿Resulta que te regalaron el diario de mi exmujer? Y para más inri, ¿te lo dio la mujer por la que te hiciste pasar la noche que nos conocimos?

—Suena muy rebuscado, lo sé. Pero, sí, eso es lo que pasó. No tenía ni idea de que era de tu exmujer hasta la otra noche.

—¿La otra noche? ¿En mi casa, cuando dijiste que te dolía la cabeza y saliste corriendo?

Asintió.

—Ahí fue cuando todas las piezas encajaron.

Había repasado esa noche en mi cabeza más de una docena de veces en un intento de dilucidar qué cojones había pasado. Un momento nos reíamos y estábamos bien y, en un parpadeo, salió por la puerta. Sacudí la cabeza.

—No lo entiendo, Stella.

Ella suspiró.

—¿Podemos sentarnos y hablar?

Me pasé una mano por el pelo.

—Siéntate tú. Yo necesito estar de pie.

Vacilante, se dirigió a la silla y se sentó. Yo empecé a deambular por el salón.

—¿Qué pasó en mi casa la otra noche?

Stella bajó la mirada y habló con la vista fija en las manos.

—Charlie dijo su nombre completo y yo lo recordaba de un diario que había leído hacía un tiempo. ¿Recuerdas que te dije que había leído un diario de una mujer que se había casado en la biblioteca? ¿Y que solía sentarme en las escaleras y buscar a las personas sobre las que leía?

Ahora mismo estaba confundidísimo.

—¿Nos buscabas a Lexi y a mí?

Stella asintió.

—Por aquel entonces no lo sabía, pero sí… supongo que sí.

Me parecía insólito que el diario de mi exmujer hubiese terminado en las manos de mi novia por pura casualidad. Pero incluso si era verdad, seguía sin entender por qué Stella se puso como se puso el otro día.

Levanté el diario.

—¿Entonces por esto me has estado evitando? ¿Porque te habías dado cuenta de que habías leído el diario de mi ex?

Ella seguía sin mirarme a los ojos.

—Sí.

Seguí paseando por el salón en un intento por recomponer el rompecabezas en mi cabeza, pero me faltaban algunas piezas.

—¿Por qué? Si todo ha sido una enorme coincidencia, ¿por qué no me lo has contado sin más?

Stella permaneció callada durante un buen rato y eso me acojonó vivo.

—Respóndeme, Stella.

Levantó la mirada por primera vez. Tenía los ojos anegados en lágrimas y parecía absolutamente hecha polvo. Me sentía dividido entre querer abrazarla y pedirle a gritos que lo soltara de una vez.

Por desgracia, lo último ganó y ladré:

—¡Joder, Stella! ¡Respóndeme!

Ella pegó un bote y las lágrimas comenzaron a resbalar por sus mejillas.

—Porque hay… ciertas cosas… escritas en el diario.

—¿Qué cosas?

Lexi y yo no habíamos tenido muy buena relación, sobre todo al final. Pero yo nunca fui cruel con ella. No le había hecho nada malo que pudiera haber escrito en el diario y asustara a Stella. Stella empezó a llorar con más ganas.

—No quiero hacerte daño.

Verla así era superior a mí, así que me acerqué y me arrodillé frente a ella. Le aparté los mechones de pelo húmedo de la cara y le hablé en voz baja:

—Tranquila. Deja de llorar. Nada que haya podido escribir Lexi en ese diario va a hacerme daño. Esto, verte así, sí que me hace daño. ¿Qué pasa, cariño?

311

Los intentos por tranquilizarla solo parecieron alterarla más. No dejó de sollozar y de sacudir los hombros, así que la estreché entre mis brazos y la abracé hasta que pareció calmarse un poco. En cuanto lo hizo, le levanté la barbilla para que nuestros ojos se encontraran.

—Cuéntamelo. ¿Qué te pasa?

Nos quedamos mirándonos un rato, aunque para mí fue semejante a contemplar cómo se le partía el corazón en mil pedazos.

—Lexi... —Se sorbió la nariz—. Habla de que tuvo una aventura.

Parpadeé varias veces.

—Vale... Bueno, no sabía que tuviese ninguna. Pero no puedo decir que me sorprenda. A lo largo de los años le pillé muchas mentirijillas y, llegados a un punto, hasta sospeché que pudiera estar viéndose con alguien, aunque ella siempre lo negó. Lexi es muy egoísta e hizo cosas bastante sospechosas. Incluso escondió dinero y desapareció hasta bien entrada la noche. ¿Eso era lo que te carcomía por dentro? ¿Creías que enterarme de eso me dolería? Hombre, no me hace gracia, pero esa parte de mi vida es agua pasada.

Stella cerró los ojos y negó con la cabeza.

—Hay más.

—Vale... ¿El qué? ¿Qué más dice?

—El hombre con el que se acostaba. Escribió que era tu mejor amigo.

Arrugué la expresión.

—¿Jack?

—Nunca menciona su nombre, pero se refiere a él como J. Y... —Stella tragó saliva una vez más y respiró hondo—. Lexi no sabe quién es el padre.

Tenía que estar muy ciego, porque no tenía ni idea de lo que decía.

—¿El padre de quién? ¿A qué te refieres?

A Stella le tembló el labio.

—Charlie. No sabe quién es el padre de Charlie. Se acostaba con los dos cuando se quedó embarazada.

Hasta hacía una semana, sentía que tenía el mundo cogido por los huevos. Recordaba ver a mi niña prepararme la cena con la mujer que me volvía loco (mientras las dos se reían y sonreían) y pensar que por fin todo parecía volver a su cauce. Y ahora… ahora sentía como si el mundo me tuviera cogido por los huevos a mí.

Al principio no me lo creí. No porque Lexi no fuera capaz de hacerme algo así, sino por mi mejor amigo. Como mínimo, esa parte no podía ser verdad. Había miles de nombres que empezaran por J; era imposible que Jack me hubiese traicionado de esa manera.

Pero cuando llevaba el tercer *whisky* sentado en el bar donde había quedado con mi colega incontables veces, recordé un día de San Valentín de hacía unos años. Yo me había tenido que ir a Boston unos días por negocios. Mi vuelo de regreso a casa salía por la tarde. Yo le había dicho a Lexi que la llevaría a cenar cuando volviera, pero terminé antes de lo previsto y decidí coger otro vuelo al mediodía y darle una sorpresa. Cuando entré en casa, Jack estaba allí. Recuerdo haber tenido un mal presentimiento, pero entonces Jack me explicó que le había pedido a Lexi que lo acompañara a comprarle un regalo de San Valentín a su nueva novia (ahora su mujer). Me dijo que a ella le encantaban las esmeraldas y que había recordado que Lexi tenía un collar con una, así que supuso que le sería de ayuda a la hora de elegir una de calidad para un anillo. La verdad es que yo no le di más importancia; estábamos hablando de mi mujer y de mi mejor amigo, joder.

Unos cuantos años después, me senté frente a Lexi en el despacho de mi abogado. Ella tenía las manos entrelazadas sobre la mesa de juntas y yo reparé en un enorme anillo de esmeralda que llevaba en el dedo. Para entonces, nuestras negociaciones se habían vuelto contenciosas, así que solté un comentario sobre su ridículo afán de despilfarro y le señalé el anillo. Ella me dedicó una sonrisa pícara y me dijo que lo tenía desde hacía años, que había sido un regalo de un hombre que la apreciaba de verdad. Hasta ese día, yo nunca había visto el anillo pero, bueno, Lexi tenía un montón de joyas, así que lo achaqué a que solo quería sacarme de mis casillas.

Mientras removía los cubitos de hielo que apenas habían tenido oportunidad de derretirse en el vaso, decidí hacer una llamada. Me importaba una mierda que fueran las dos y media de la madrugada.

La voz de una mujer adormilada respondió al tercer tono.

—¿Sí?

—¿Tienes un anillo de esmeralda?

—¿Hudson? ¿Eres tú?

Oí a un hombre gruñir de fondo, pero no llegué a entender lo que había dicho.

—Sí, soy Hudson, Alana.

—Es de madrugada.

—¿Puedes decirme solamente si tienes un anillo de esmeralda?

—No lo entiendo…

Levanté la voz.

—Tú solo responde a la puta pregunta. ¿Tienes o no un anillo de esmeralda que te regaló tu marido?

—No. Pero ¿qué pasa, Hudson? ¿Va todo bien?

Alana debió de cubrir el teléfono porque oí voces amortiguadas. Entonces, unos segundos después, mi supuesto mejor amigo se puso al habla.

—¿Hudson? ¿Qué cojones pasa?

—Tu mujer no tiene un puto anillo de esmeralda.

—¿Estás borracho?

Hice caso omiso de él. Que estuviera borracho no cambiaba nada.

—¿Sabes quién sí tiene un puto anillo de esmeralda?

—¿De qué hablas?

—Mi exmujer. Ella tiene el puto anillo de esmeralda. El que me dijiste que fuiste a comprar para tu nueva novia cuando llegué de Boston antes de tiempo.

La línea se quedó en silencio durante un momento. Al final, Jack se aclaró la garganta.

—¿Dónde estás?

—En el bar de la esquina de tu casa. O vienes o me presento en tu puto piso en diez minutos. —Sin esperar respuesta, colgué y tiré el móvil sobre la barra. A continuación, levanté la copa vacía en dirección al barman—. Ponme otra.

Jack no dijo nada mientras se sentaba en el taburete junto al mío.

Ni siquiera pude mirarlo a la cara. Mi voz sonó extrañamente serena a la vez que contemplaba fijamente la copa entre mis manos.

—¿Cómo has podido?

Él no respondió de inmediato. Por un momento, pensé que iba a hacerse el tonto o peor, negarlo, pero al menos no me faltó el respeto de esa manera.

—Ojalá tuviera la respuesta a esa pregunta —respondió—, aparte de que soy un auténtico cabronazo.

Resoplé y me llevé la copa a los labios.

—Seguramente eso sea lo más sincero que hayas soltado en años por esa boca.

Jack levantó la mano para llamar al barman y pidió un *whisky* doble. Esperamos a que le sirvieran antes de continuar.

—¿Cuánto tiempo? —pregunté.

Él se tragó la mitad de la copa y la volvió a dejar sobre la barra.

—Un año, más o menos.

—¿La querías, al menos?

Jack negó con la cabeza.

—No. Solo era sexo.

—Genial —dije con desprecio—. Veinticinco años de amistad a la basura por un poco de sexo. Y Lexi ni siquiera la chupaba bien; usaba demasiado los dientes.

De soslayo, vi a Jack agachar la cabeza. La sacudió durante un buen rato.

—Creo que fue porque quería ganarte en algo —dijo—. Tú siempre eras el más listo, el más fuerte, el más alto, el más popular… Y todas las tías se te lanzaban encima. Después de llevar saliendo unas cuantas semanas, Alana admitió que la noche que la conocimos en aquel bar, ella y su amiga se acercaron a hablar con nosotros después de haberte echado el ojo. Hasta mi mujer te habría elegido a ti de haber tenido la oportunidad. —Negó con la cabeza de nuevo—. La primera vez que pasó, los dos estábamos borrachos, si te sirve de consuelo.

—Pues no, no me sirve una mierda.

Nos quedamos allí sentados, en silencio, el uno al lado del otro durante diez minutos. Apuré mi cuarto *whisky* mientras mi fiel amigo se tragaba el suyo doble. No solía beber muy a menudo, así que el alcohol me había afectado bastante. Tenía la visión borrosa y la cabeza había empezado a darme vueltas.

Respiré hondo y me giré hacia Jack por primera vez. Él hizo lo mismo y me miró a los ojos mientras soltaba un suspiro entrecortado.

—¿Es tuya? —El mero hecho de preguntar aquello me provocó un dolor físico en el corazón. Se me quebró la voz cuando volví a hablar—: ¿Mi hija es tuya?

Jack tragó saliva.

—Lexi nunca estuvo segura. Por lo que tengo entendido, sigue sin saberlo.

Saqué la cartera. Solté dos billetes de cien sobre la barra y levanté la mano para llamar al barman.

—Cien por las bebidas. Los otros cien por no ayudarlo.

El barman parecía confuso, así que mientras me ponía de pie y trataba de mantener el equilibrio, señalé al hijo de puta

316

que había considerado mi mejor amigo durante más de dos décadas.

—Se estuvo tirando a mi mujer mientras estábamos casados.

El barman arqueó las cejas y nos miró a ambos de forma intermitente.

—Date la vuelta —murmuré a mi supuesto mejor amigo.

Jack se giró hacia mí en el taburete. Tuve que cerrar uno de los ojos para no verlo doble, pero él ni siquiera se protegió con las manos cuando cogí impulso y le asesté un gancho en toda la cara. Era lo mínimo que podía hacer: aguantarlo como un hombre.

—Ni se te ocurra decirle a la cabrona de mi exmujer que lo sé —le advertí antes de voltearme hacia la puerta. Ni me molesté en comprobar si el barman lo ayudó al final o no.

Capítulo 32

Stella

Había pasado casi una semana y aún no había visto a Hudson, aunque suponía que él tenía más derecho a desaparecer que yo.

Sospechaba que le había contado algo a su hermana, porque Olivia no lo mencionó en ningún momento. Habían llegado las últimas muestras de Mi Esencia, se había dado el visto bueno a la sesión de California para las cajas y aquel día, jueves, el almacén había empezado a enviar los pedidos del canal de teletienda. Era un día excepcional; el sueño que había tenido durante años se había hecho realidad. Y, sin embargo, lo único que me apetecía era irme a casa y meterme en la cama.

No obstante, Fisher no pensaba permitir que dejase de celebrar el momento por mucho que le hubiese dicho que no me apetecía, así que quedé con él para cenar después de irme del almacén. Cuando llegué, él ya estaba sentado en un reservado.

Tomé asiento frente a él.

—Vale, ahora sé que las cosas no van bien. Te he observado al entrar. La camarera tiene un jarrón enorme con flores en la entrada y ni siquiera has hecho amago de olerlas.

Traté de sonreír.

—No creo que sea un día para oler flores.

—Ahí te equivocas. Hoy precisamente deberías pararte y hacerlo, Stella Bella. Lo has dado todo en tu negocio y hoy mismo han empezado a enviar los pedidos. —Levantó una botella de champán de la cubitera y llenó la copa frente a mí antes de hacer lo mismo con la suya—. Incluso nos vamos a dar un buen capricho.

Aunque tuviese la mejor de las intenciones, ver la etiqueta dorada en la botella de champán (la etiqueta de las botellas que nos habíamos llevado de la boda de Olivia hacía meses) para mí era como cerrar una etapa. Hudson y yo habíamos empezado y terminado con estas botellas. Sentí una opresión en el pecho.

Fisher alzó la copa para brindar.

—Por mi cerebrito. Has trabajado contra viento y marea durante años y por fin lo has conseguido.

Sonreí.

—Gracias, Fisher.

El camarero vino a tomarnos nota. No me apetecía comer, pero sentí que debía poner de mi parte porque Fisher estaba intentando animarme.

—Supongo que no sabes nada de Hudson.

Suspiré, alicaída.

—No ha ido a la oficina. A veces me llegan correos suyos sobre la empresa, pero los manda muy temprano, a las cuatro de la mañana. Sigue teletrabajando y no menciona nada personal.

Fisher dio un sorbito a su copa de champán.

—Entonces no sabes siquiera si ha hablado con su mujer, ¿no? Si le ha comentado lo del diario y lo que contiene.

Negué con la cabeza.

—Se lo llevó consigo, pero no sé qué ha hecho con él ni con quién ha hablado del tema.

—No te lo puede echar en cara, no es culpa tuya.

—Tal vez no crea que recibiera el diario por casualidad.

—¿Por qué no?

—Piénsalo. Aparecí de la nada en la boda de su hermana, una mujer a la que no conocía, después de leer el diario de su exmujer.

—Pero tú no sabías que era su ex.

Me encogí de hombros.

—Ya, pero… qué oportuno, ¿no?

—¿Y qué se cree? ¿Que lo has estado acosando o algo? ¿Que leíste el diario de su ex, descubriste que hablaba de él y te propusiste enamorarlo? Menuda trama de venganza. Poco más y parece una peli de Glenn Close.

Sacudí la cabeza.

—No sé.

—¿Quieres que te diga lo que creo yo?

—¿Puedo elegir?

—Claro que no, tonta. —Fisher estiró el brazo sobre la mesa y me dio un apretón en la mano—. No creo que todo sea una coincidencia. Creo que la vida es un conjunto de caminos empedrados que llevan a sitios distintos. No sabemos cuál escoger, así que tendemos a ir en línea recta y seguir las piedras más grandes, porque eso es lo fácil. Las casualidades son las piedras pequeñas que te llevan por un camino diferente. Si eres lo bastante valiente y las sigues, acabarás justo donde se supone que debes estar.

Esbocé una sonrisa triste.

—Qué bonito. ¿Desde cuándo eres tan sabio?

—Desde hace unos diez minutos, cuando estaba sentado a la mesa y ha venido el camarero. La de la entrada me ha preguntado si quería un reservado o una mesa presidencial. He respondido que una presidencial, pero me ha traído a este reservado de todas formas. Le podía haber dicho que no era lo que había pedido, pero en lugar de eso, he seguido una de esas piedrecitas que te llevan por una senda nueva y mira a dónde me ha traído.

Arrugué la frente.

—Me he perdido. ¿A dónde te ha traído?

Nuestro camarero se acercó con el entrante. Lo dejó en medio de la mesa y le dedicó una sonrisa deslumbrante a Fisher.

—¿Quieren algo más?

—Por ahora, no. Aunque tal vez luego sí.

Los ojos del camarero centellearon.

—Por supuesto.

Una vez se marchó, Fisher cogió un palito de mozzarella y me guiñó el ojo.

—Él. El camino me ha traído hasta él y creo que es exactamente con quien debería estar dentro de unas horas.

El viernes por la tarde me fui del trabajo a las siete. Mi Esencia estaba enviando los pedidos sin el menor contratiempo y a partir de la semana siguiente se podrían realizar pedidos a través de la web. Olivia había conseguido que apareciera en varios programas de actualidad para promocionar el producto (en segmentos protagonizados por mujeres emprendedoras) y hasta algunas revistas habían accedido a entrevistarme. Todo lo que siempre había soñado se estaba haciendo realidad, pero no lo estaba disfrutando.

Esa mañana me había dado un bajón y le había mandado un mensaje a Hudson con un: «Te echo de menos». Vi que lo leyó, pero no respondió. Estaba destrozada. Una vez, de pequeña, mientras saltaba entre las olas, una me tumbó con fuerza. Me vi arrastrada debajo del agua y no dejé de dar vueltas cual muñeca hasta perder el norte. Así me sentía si no hablaba con Hudson. Me levantaba cada mañana sin ganas de ir a trabajar.

Ahora ya había llegado el fin de semana y, por algún motivo, no me apetecía nada volver a casa. Se me fue la cabeza mientras cogía el metro en dirección a la parte norte de la ciudad. En un momento dado, levanté la vista cuando estábamos a punto de llegar a una estación y al reducir la velocidad el nombre de la parada me llamó la atención:

Bryant Park—Calle 42

Me levanté. El metro estaba a reventar, así que me abrí camino a empujones hasta la puerta entre la docena de personas que también querían bajarse allí. La Biblioteca Pública de Nueva York estaba justo al doblar la esquina. No debería sentarme en sus escalones porque me acordaría de la noche en la que Hudson y yo bailamos juntos por primera vez, pero ni intentándolo me habría podido contener.

Era otoño y los días ya habían empezado a acortarse, así que poco después de sentarme en el mismo sitio que un centenar de veces antes, el sol empezó a ponerse por el horizonte. El cielo se tiñó de tonos morados y anaranjados y yo aspiré profundamente, cerré los ojos durante un minuto y dejé que la belleza de la naturaleza me subiese el ánimo. Cuando los volví a abrir, bajé la mirada y me quedé observando a un hombre que no me quitaba ojo desde la base de las escaleras.

Parpadeé varias veces y supuse que mi imaginación solo me estaba jugando una mala pasada.

Pero no.

Sentí que me daba un vuelco el corazón cuando vi a Hudson subir las escaleras hasta mí.

—¿Te importa si me siento contigo? —preguntó con expresión indescifrable.

—Claro que no.

Hudson tomó asiento a mi lado, en el escalón de mármol. Abrió las piernas, entrelazó los dedos entre las rodillas y se los quedó mirando durante un buen rato. Aquello me brindó la oportunidad de contemplarlo. Apenas llevaba una semana sin verlo, pero se notaba que había adelgazado. Estaba demacrado, tenía ojeras, y su piel (que normalmente lucía morena y resplandeciente) se veía cetrina y apagada.

Se me pasaron tantas preguntas por la cabeza: ¿habría venido a buscarme o a pensar un rato a solas? ¿Estaría bien? ¿Qué habría pasado durante la última semana? A juzgar por el rictus de su cara, no parecía que las cosas hubiesen ido muy bien, pero me daba la sensación de que quería decirme algo; fuera lo que fuera, no le resultaba fácil, así que rebusqué en el bolso hasta encontrar la barrita de Hershey's y se la ofrecí.

Él esbozó una sonrisa triste.

—Parece que a ti también te hace falta. ¿La compartimos?

Durante los siguientes diez minutos, permanecimos allí sentados en silencio. En el lugar donde se había casado, donde nos habíamos conocido y donde sus padres (cuya relación Hudson adoraba) también habían contraído matrimonio. Y compartimos una barrita de chocolate mientras observábamos el atardecer.

Al final, Hudson carraspeó.

—¿Estás bien?

—No estoy en mi mejor momento, ¿y tú?

Volvió a esbozar otra sonrisa triste.

—Igual.

Volvimos a quedarnos callados durante un rato.

—Siento haber desaparecido estos días —se disculpó al final—. Necesitaba tiempo para asimilar las cosas.

Me giré hacia él, aunque siguió con la vista al frente.

—¿Y lo has hecho? —inquirí.

Él se encogió de hombros.

—Supongo que he hecho lo que he podido.

Asentí.

Hudson se quedó mirando el atardecer y se le anegaron los ojos en lágrimas. Tragó saliva antes de hablar.

—Jack lo ha confesado.

Me dolió escucharlo. Ya no tenía ni idea de qué éramos, pero me compadecí de él igualmente. Le agarré la mano y se la sujeté con fuerza.

—Lo siento, Hudson. Lo siento mucho.

—He decidido no hablar del tema con Lexi.

Vaya, supuse que eso sería lo primero que haría.

—Vale…

—Si se lo digo, la única satisfacción que obtendría sería la de gritarle. No nos beneficiaría ni a mí ni a Charlie. Aún no estoy listo para lidiar con las consecuencias. En lo que a mí respecta, Lexi es el enemigo. No es buena idea ir corriendo a revelarle mis cartas. Antes de enfrentarme a ella, tengo que enterarme de qué puedo hacer y, por si acaso, de cuáles son mis derechos. —Hudson volvió a tragar saliva y siguió hablando con voz ronca—: Charlie es mi hija. Eso no cambiará, aunque… aunque… —Ni siquiera fue capaz de decirlo.

Se me llenaron los ojos de lágrimas.

—Tienes razón. Eres un padre maravilloso y un hombre más maravilloso que sigue anteponiendo el bienestar de Charlie en un momento en el que actuar sin pensar sería lo más fácil.

—He pedido la prueba de ADN, eso sí. Recogí una muestra mientras dormía y la llevé al laboratorio ayer junto con la mía. No sé si quiero saber el resultado, pero, de no hacerlo, siento que sería un irresponsable. Ojalá no haga falta, pero es por si pasa cualquier cosa y necesita sangre o algo. —Hizo una pausa y esta vez fue incapaz de reprimirse. Se le quebró la voz—: Lo sabré la semana que viene.

No había dejado entrever nada sobre si las cosas entre nosotros estaban bien, pero me dio igual. Estaba destrozado. No podía quedarme allí plantada viéndolo desmoronarse, por lo que lo envolví entre mis brazos.

—Lo siento. Siento que tengas que pasar por esto, Hudson.

Sentí cómo le temblaban los hombros mientras lo abrazaba. No hizo ningún ruido, pero supe que estaba llorando por la humedad que noté en el cuello, en la zona donde había enterrado la cabeza. Pensé que tal vez se sintiera mejor si se desahogaba; llorando se daba rienda suelta al dolor. Sin embargo, sabía qué clase de hombre era. Se guardaría una parte de ese dolor para torturarse luego en soledad porque, en el fondo, sentía que en cierto modo todo era culpa suya. Se culparía por haber trabajado demasiado y no haberle prestado la suficiente atención a su mujer, o por no haberle llevado flores sin razón aparente. Ese sentimiento de culpa no tenía nada que ver con él, pero era tan honrado que seguro que no lo veía igual.

Al final, Hudson se apartó y me miró a los ojos por primera vez.

—Siento haber necesitado algo de espacio.

Sacudí la cabeza.

—No hace falta que te disculpes, lo entiendo. Yo también te evité durante unos días. Pero que sepas que en ningún momento quise ocultártelo. No até cabos hasta aquella noche en tu casa. Y entonces… no supe cómo contártelo. No quería.

—Ahora lo sé. Fueron demasiadas casualidades que asimilar. Me ha hecho falta tiempo para digerirlo y para darme cuenta de que al final nada de todo esto ha sido casualidad.

Me separé de él.

—¿A qué te refieres?

Hudson me apartó un mechón de pelo de la cara.

—¿Por qué has venido?

—¿Te refieres a por qué estoy en la biblioteca?

Él asintió.

—No sé. —Sacudí la cabeza—. Iba de camino a casa, levanté la vista y vi la parada. Hubo algo en mí que me instó a bajarme.

—¿Sabes por qué estoy aquí yo?

—¿Por qué?

—También iba en el metro, pero hacia tu piso. Levanté la vista durante un segundo y, a través del vagón repleto de gente, te vi bajarte en Bryant Park. Mi vagón se había parado justo frente al tuyo. Intenté bajarme en la parada, pero el metro reanudó la marcha antes de poder salir, así que me he bajado en la siguiente y he venido corriendo.

Abrí mucho los ojos.

—¿Me estás diciendo que has levantado la vista y por casualidad me has visto bajar del metro, aunque no fuera mi parada?

—Antes no estaba seguro, pero ahora sí. —Me acunó la cara y me miró a los ojos—. No es pura coincidencia, cariño; el universo quiere que estemos juntos. Desde el principio, antes de conocernos siquiera.

Y con eso se me volvieron a anegar los ojos de lágrimas. El vacío que había sentido en el pecho durante una semana empezó a llenarse de esperanza. Pensé en todo el dolor que habíamos sentido ambos; Hudson más que yo, por supuesto. Ese maldito diario había sido el causante de todo, pero tenía razón. Habían sido algo más que coincidencias. Ahí arriba había alguien que quería que estuviésemos juntos.

Sonreí y me incliné para acariciar su nariz con la mía.

—¿Sabes? Creo que deberíamos ceder y ya está. Si el mundo conspira para que estemos juntos, no tenemos nada que hacer.

—Cariño, desde el primer momento en que te vi, yo no tuve nada que hacer.

Capítulo 33

Hudson

La semana pasada había sido agotadora.

Sin embargo, la mañana del día anterior fue incluso peor. Se suponía que me iban a dar los resultados de la prueba de ADN a las nueve, pero el laboratorio iba con retraso. Stella se había quedado conmigo para estar a mi lado cuando me enterase, aunque a la hora de comer tenía una reunión con un vendedor de la que no podía escaquearse. Me había venido incluso mejor, porque lloré como una magdalena cuando por fin me llamaron al mediodía y me confirmaron que mi pequeña... no era mía en realidad.

Para cuando Stella volvió por la tarde, yo ya ni sentía ni padecía, y estaba más borracho que una cuba. Me dormí a las nueve, razón por la que llevaba despierto desde las tres de la mañana sin dejar de mirar al techo.

¿Cómo coño iba a mirar a Charlie a los ojos sabiendo que no era mi hija? Me sentiría como una mierda mintiéndole. Solo tenía seis años, pero siempre había sido sincero con ella. Quería que confiase en mí, igual que yo había confiado en mi padre. Y eso ahora se iba a ir al traste. No hacía más que recordar una conversación que habíamos tenido hacía unos meses. Me dijo que ella no había roto el tirador de un cajón de la cocina, uno que a menudo la había visto usar como punto de apoyo para llegar a la encimera.

Por la forma en que el tornillo estaba doblado, supe que me estaba mintiendo, así que nos sentamos y le expliqué que, sin importar la gravedad de la situación, mentir siempre era peor que lo que se intentara ocultar. Aquella noche me lo confesó y me dijo que le dolía la tripa. Estaba bastante seguro de que se sentía tan culpable que se le había formado un enorme nudo en el estómago. La mentira que ahora iba a ocultarle yo era tan grande que seguro que a mí me saldría una úlcera.

El sol empezó a colarse por la ventana del dormitorio a las seis de la mañana. Un rayo iluminó el precioso rostro de Stella y yo me tumbé de costado para observarla dormir. Verla tan tranquila me brindó cierto consuelo, puesto que las últimas semanas habían sido igual de estresantes para ambos. No me imaginaba cómo se habría sentido ella cuando ató todos los cabos; seguramente igual que yo ahora: como si hubiera dejado de pisar suelo firme y fuese incapaz de mantenerse en pie.

Como si hubiese sentido mi mirada, Stella abrió los ojos.

—¿Qué haces? —preguntó adormilada.

—Disfrutar del paisaje. Vuélvete a dormir.

Sus labios se curvaron en una sonrisa aletargada.

—¿Cuánto tiempo llevas despierto?

—Poco.

Ella siguió sonriendo.

—Horas, ¿no?

Solté una carcajada. El problema de las almas gemelas era que, cuando compartías un vínculo tan distinto a nada que hubieses sentido antes hacia otra persona, era bastante sencillo detectar cuándo te la estaban intentando colar.

Le aparté un mechón de pelo de la cara.

—No sé qué habría hecho sin ti la semana pasada.

—Sin mí no habrías pasado la peor semana de tu vida.

Negué con la cabeza.

—Antes o después me habría enterado. Por mucho que se intente ocultar una mentira, la verdad siempre sale a la luz.

Ella suspiró.

—Supongo que sí.

—He tomado una decisión sobre cómo abordar el tema con mi exmujer.

—Ah, ¿sí?

Asentí.

—Creo que lo mejor es no decirle nada.

—Vale. Y… ¿cómo has llegado a esa conclusión?

—Lo primordial es que Charlie no sufra. Soy el único padre que conoce y ahora mismo es demasiado pequeña como para asimilar que su vida no sea como ella cree. Necesita estabilidad, rutina y previsibilidad, no que yo trate de joder a mi exmujer. Lexi me pide la manutención y la pensión conyugal todos los meses. A Jack le va bien, pero, créeme, no podría permitirse la cantidad que le envío yo a Lexi para que las dos vivan bien, así que lo mejor es que siga pensando que no lo sé. Si se enterara, se sentiría amenazada económicamente y seguro que con lo rencorosa que es le diría a su hija de seis años que su padre no es su padre de verdad.

Acaricié el brazo de Stella.

—Antes le he mandado un mensaje a Jack para decírselo, porque me parecía lo correcto. Él me ha contestado que los genes no lo son todo y que la niña es mía. No parecía tener mucho interés en entrar a formar parte de la vida de Charlie. Lo odio, pero tiene razón. No me importan los genes; Charlie es mi hija. El hecho de no compartir ADN no cambia nada. Algún día, cuando sea mayor y esté lista… —Se me empezó a quebrar la voz—, se lo diré.

Stella esbozó una sonrisa triste.

—Me parece lógico. Aun así, sabiendo lo que sabes, intuyo que no te será fácil tratar con tu exmujer.

Sacudí la cabeza.

—Ya, pero no pasa nada. Haré lo mejor para mi hija… para Charlie.

Stella estiró el brazo y me acunó la mejilla.

—No te corrijas. Charlie es tu hija. Un padre antepone las necesidades de su hijo a las suyas y estoy bastante segura de que, de los tres adultos involucrados, tú eres el que siempre lo ha hecho.

Asentí una vez más.

Stella me acarició el brazo en silencio durante varios minutos. Estábamos tumbados de costado, cara a cara, con mi mano entre nosotros. Cuando ella trató de entrelazar sus dedos con los míos, me di cuenta de que no tenía la mano apoyada en la cama como tal, sino apretada en un puño.

Stella lo abrió.

—Estás muy tenso.

—Sí. Debería ir a correr para destensarme.

—¿Tienes que ir a algún lado hoy o algo que hacer?

Negué con la cabeza.

—Suelo ir a la oficina los sábados para trabajar durante medio día, pero hoy no pienso ir.

Ella levantó mi mano y se la llevó a los labios.

—¿Sabes? Conozco una forma mucho más placentera de destensarte que salir a correr.

A pesar de la noche en vela que había pasado y la conversación que acabábamos de mantener, el mero hecho de sentir los labios de Stella sobre mi mano y de oírla pronunciar «correr» de esa forma me cambió el humor para mejor.

—¿No me digas? ¿Cuál?

Me dio un ligero empujón para que me tumbase boca arriba y se colocó sobre mí. Se sentó a horcajadas antes de quitarse la camiseta que se había puesto para dormir. Sus generosos pechos subían y bajaban a causa de la respiración. Cuando fui a sentarme para tocarlos, Stella levantó el dedo índice y lo meneó de un lado al otro.

—De eso nada. Esto es para destensarte a ti. Túmbate y deja que yo me ocupe de todo.

Doblé los brazos por detrás de la cabeza suponiendo que lo haríamos con ella encima, pero, para mi sorpresa, ella se contoneó hacia atrás hasta sentarse sobre mis muslos. Sus manos menudas me sacaron el pene de los pantalones de chándal y me lo aferraron con firmeza. Me dio un apretón y se relamió antes de agacharse y pasar la lengua por la punta.

Sus ojos brillaron malévolos mientras lamía las gotas de líquido preseminal del glande y me miraba a los ojos.

—Enséñame cómo quieres que te la chupe.

Gemí y hundí las manos en su pelo. Ella cerró los ojos, abrió la boca y casi se tragó toda mi polla de golpe.

Joder.

Y tanto que era mejor que correr.

La cosa acabaría demasiado rápido, pero lo necesitaba. Como si supiese exactamente lo poco que iba a durar, se puso manos a la obra. La cubrió entera de saliva, tanto que cada vez que se la metía y se la sacaba de la boca se oía el gorgoteo más *sexy* que había escuchado nunca. Se la metía hasta el fondo de la garganta y después retrocedía una y otra vez. Era la sensación más maravillosa del mundo y a la vez una puta tortura. Me moría por subir las caderas y enterrarme hasta el fondo de su garganta, pero no quería hacerle daño. Unos minutos más tarde, se detuvo y me miró. Yo seguía con la mano en su pelo, pero Stella la cubrió con la suya e hizo presión.

—Enséñame, Hudson. Enséñame.

Joder.

Volvió a cubrirme con la boca y, tras subir y bajar dos veces más, no fui capaz de reprimirme; hice lo que me pidió. Cuando llegó al punto en el que, o se echaba para atrás o se la introduciría entera en la boca, le empujé la cabeza hacia abajo suavemente. Y ella abrió la garganta aún más y se la tragó hasta el fondo.

—Jodeeeeeeeer.

Desde el principio podía hacerlo, pero había esperado a que se lo pidiera yo.

Dios santo.

Si ya era perfecta antes, ahora...

Se deslizó hacia arriba ahuecando las mejillas para chupar hasta la punta. Emitió un ruidito de aprobación cuando le agarré el pelo con el puño y volví a bajarle la cabeza. Duré un par de veces así hasta que supe que estaba a punto de llegar al orgasmo.

—Voy a correrme… —Gemí y relajé el agarre de su pelo.

Pero ella no se detuvo.

—Stella… Cariño… —Esta vez usé el pelo que aún sujetaba para apartarla un poco, porque no estaba seguro de si lo había dicho lo bastante alto, pero con aquello solo conseguí que ella me la lamiese aún más.

«Joder, quiere que me corra en su boca».

No tuvo que esperar demasiado. Tras introducírsela una vez más, dejé escapar un chorro interminable. Me preocupó lo mucho que duró, pero ella se lo tragó todo.

Aunque había sido Stella la que había hecho todo el trabajo, tuve que apoyar la cabeza en la almohada, jadeante. Stella se limpió la boca y se tumbó sobre mi cuerpo con una sonrisa de oreja a oreja en la cara.

—Madre mía… Eso ha sido… Me tiemblan las piernas.

Soltó una risita.

—¿Te has destensado?

—Sí. Pero como me ponga a pensar en cómo has aprendido a hacer eso…

—Por raro que parezca, la mujer de uno de los diarios que leí no terminaba de lanzarse y probarlo, así que se compró un vídeo explicativo. Yo también me lo compré por curiosidad.

Cerré los ojos y me reí.

—Esos diarios van a acabar conmigo, ¿eh?

Epílogo

Stella

Ocho meses y medio después

Querido diario:

Esta noche Stella se ha quedado dormida antes que yo y me he quedado mirándola. Muy de vez en cuando se le ha crispado un poquito la comisura de la boca y sus labios se han curvado hacia arriba. No ha durado mucho, un segundo o dos, pero ha sido fascinante. Espero que estuviera soñando conmigo, porque quiero hacer todos sus sueños realidad, igual que ella ha hecho con los míos.

Hudson

Aferré mi nuevo diario contra el pecho. ¿En serio? ¿Cómo había podido tener tanta suerte? Hudson y yo nos habíamos ido a vivir juntos unos meses después del lanzamiento oficial de Mi Esencia, aunque ya no me hiciera falta tener compañero de piso. Por primera vez en la vida, me podía permitir pagar mi propio piso en Nueva York. Podría haber dado la fianza de mi propia casa de arenisca sin ningún problema, ya que mi negocio iba mejor de lo que nunca hubiera imaginado. Hasta Oprah había puesto mi pequeño invento en su lista de regalos

333

favoritos para este año. Ahora teníamos una caja de edición especial para San Valentín y pronto estaría lista la versión masculina. Había trabajado hasta tarde muchos días para conseguir los nuevos algoritmos, pero ahora el personal especializado de Inversiones Rothschild se había hecho cargo de todo, y yo por fin sentía que había encontrado el equilibrio que siempre había deseado en mi vida.

Decir que Hudson Rothschild había cumplido todos mis sueños sería quedarse corto. Hasta me sorprendió con un viaje a Grecia para celebrar nuestro primer envío internacional. Nos alojamos en el hotel más impresionante de Mykonos. Cuando llegamos me resultó vagamente familiar, pero hasta que no entramos a nuestra *suite*, no caí en el motivo. El hotel que había reservado era el mismo que yo había elegido hacía casi un año cuando estuve planeando mis vacaciones soñadas en la oficina mientras esperaba para hablar con él. Se había acordado después de haberlo visto de refilón aquella vez en la pantalla.

Y en cuanto a mi afición a leer diarios… Bueno, dejé de comprarlos. Me preocupaba que tener diarios desperdigados por casa le pudiera traer malos recuerdos a Hudson. Hacía unos cuantos meses, él se percató y me preguntó por qué había dejado de hacerlo. Le dije que ya no me hacía falta leer la vida de otra gente porque nada podría superar mi historia de amor. No le había mentido, por supuesto; pero Hudson me conocía bien. Sabía que echaba de menos leerlos y probablemente también intuyera el motivo por el que los había dejado, razón por la cual me sorprendió con un diario la semana pasada: uno que había tenido guardado en secreto durante meses. Fue lo más dulce y romántico que nadie ha hecho nunca por mí. Bueno, casi todas las entradas eran muy dulces; y luego otras eran pervertidas, sin más.

De hecho… Retrocedí unas diez o doce páginas y releí una de mis favoritas.

Querido diario:

Hoy ha sido un día bastante duro (el doble sentido ha sido sin querer, pero no quita que sea muy cierto). Mi chica lleva ya casi una semana en la costa oeste. Esta mañana, al despertarme, estaba tumbado sobre su almohada. Su olor siempre consigue que sea imposible que se me baje la erección mañanera sola. En vez de luchar contra ella, he cerrado los ojos, he sacado su almohada de debajo de mi cabeza y me la he puesto sobre la cara. Respirando hondo, me he masturbado, imaginándome que mi puño era su precioso sexo. No había comparación, pero me he imaginado que estaba sentada sobre mí, restregándose con vigor hasta introducirme en ella. Stella echaría la cabeza hacia atrás cuando estuviese cerca de llegar al orgasmo, y sus bonitas tetas botarían sin parar, anhelantes de que las acariciara con la boca. Yo esperaría hasta que hubiese terminado y entonces la embestiría tan adentro que mi semen aún seguiría en su interior la próxima vez que tuviera que marcharse.

Hudson

Otra de mis favoritas estaba unas cuantas páginas atrás. Era una historia que él nunca me había contado, pero que me derritió el corazón.

Querido diario:

Hoy he llevado a Charlie a desayunar fuera y le he dicho que Stella se mudaba con nosotros. Después, hemos vuelto caminando a casa y hemos pasado junto a un parque. Dentro había dos niñas pequeñas, tal vez un año menor que ella. Estaban saltando con los ojos bien abiertos y unas sonrisas de oreja a oreja. He señalado a las niñas y le he preguntado: «¿Por qué crees que están tan contentas?». La respuesta de

335

Charlie ha sido: «Puede que la novia de su papá también se vaya a mudar con ellas».

Hudson

El hombre por el que me derretía en aquellos instantes salió al jardín de atrás. Yo me encontraba sentada en una mecedora en el porche junto a la chimenea con Hendricks a mis pies.

Hudson negó con la cabeza.

—Mi fiel amigo parece olvidarse de quién es su verdadero dueño.

Sonreí. Últimamente, el perro pastor que le había regalado por Navidad se había vuelto mi sombra. No sabía muy bien el motivo, porque lo único que parecía hacer era gritarle por comerse mis zapatos y los muebles. Adiestrarlo nos había costado muchísimo para que ahora empezara con el fantástico hábito de morder las patas de las mesas de mil dólares. Para ser sincera, Hendricks era un auténtico coñazo la mayor parte del tiempo. Pero ver la mirada en los ojos de Hudson la mañana de Navidad (cuando se dio cuenta de que por fin tenía el perro que tanto había querido de niño) hacía que todo el caos mereciera la pena.

Ahora poseía una copia de la foto que Olivia tenía enmarcada en la repisa de la chimenea de su salón en mi mesilla de noche, la de Hudson soplando las velas y deseando tener un perro pastor mientras le tapaba la boca a su hermana. Y sí, había llamado a nuestro perro como la ginebra que nos había unido.

—Es porque soy yo la que normalmente le da de comer —dije.

Los ojos de Hudson se centraron en el libro que tenía en las manos.

—Recuerda nuestro trato: solo puedes leer una entrada al día.

—Lo sé. Estaba releyendo algunas de mis preferidas. Todavía tengo pendiente leer la de hoy.

—Vale. Voy a la tienda a por una botella de vino para llevar esta noche a casa de Olivia. Aprovecho y saco a Hendricks. ¿Hace falta que traiga algo más?

Hoy era el primer aniversario de boda de Mason y Olivia, así que cenaríamos con ellos. Acababan de mudarse de Manhattan a una casa a unas manzanas de la nuestra. Me preguntaba si Hudson habría caído en la cuenta de que hoy no solo era su aniversario, sino también el nuestro. Hoy hacía un año que había olido unos chupitos de ginebra y había conocido al amor de mi vida. Aunque amor no fue exactamente lo que sentí cuando me subí al taxi aquella noche para huir de la escena del crimen. Le había comprado un regalito para conmemorar el día en que nos conocimos y supuse que sería mejor dárselo luego cuando volviéramos a casa.

—No, creo que solo el vino. Ya tengo preparada la tarta para el postre.

—Vale. Vuelvo en veinte minutos.

—Bien. Podemos ver el atardecer antes de salir para casa de Olivia.

Hudson hizo amago de volver a entrar en casa, pero se detuvo y se giró con un dedo en alto.

—Recuerda, solo una entrada. No te adelantes.

—Que sí.

Mientras oía cómo sus pasos se alejaban, suspiré y volví a abrir el diario. Solo me quedaban unas veinte páginas o así. Y la siguiente entrada era cortísima. Probablemente pudiera leerme el diario entero antes de que volviera y nunca lo sabría. Pero, en cambio, saborearía las páginas como él quería que hiciera.

Al menos… eso es lo que había pensado hacer.

Hasta que leí la siguiente entrada corta…

Querido diario:

Hoy he ido de compras. No entiendo mucho de joyas, así que me he llevado a mi hermana. Sigue siendo igual de peñazo, en serio.

Sonreí mientras me imaginaba a Hudson y a Olivia juntos de compras. Su concepto de ir de compras se reducía a entrar en una tienda con el propósito de comprarse tres trajes y salir en cuestión de media hora. Olivia, por otra parte, más bien arrasaba con todo lo que veía. Si tenía intención de comprarse un par de zapatos para un vestido, volvía a casa con una vajilla nueva para el comedor, un abrigo para Mason, un juguete para Charlie y algún aparato electrónico para la oficina de The Sharper Image. Los zapatos que en un principio había querido comprar ya no serían necesarios porque se habría comprado otro vestido nuevo.

De hecho, una vez la acompañé a comprarse unos zapatos para un modelito y, cuando volvió a casa con otro conjunto distinto, se dio cuenta de que seguían haciéndole falta zapatos para lo nuevo que se había comprado. Olivia era la clase de mujer que salía del centro comercial con catorce bolsas diferentes. Hudson era más de pedir que le mandaran los trajes a casa cuando estuviesen terminados para así no tener que volver a la tienda.

Pero mientras retomaba la lectura, caí en la cuenta de que Hudson no me había dicho que se hubiese ido de compras con su hermana. Tampoco había vuelto a casa recientemente con ninguna otra joya para mí… Así que seguí leyendo con curiosidad.

Hemos ido a seis joyerías distintas. A Olivia le parecía horrible todo lo que a mí me gustaba. Y todo lo que le gustaba a ella, a mí no me convencía. Después de un día entero buscando, he vuelto a casa con las manos vacías y con un humor de perros. Mi preciosa chica ha regresado a casa unos diez minutos después y olía a bosque. Llevaba en el laboratorio desde bien temprano trabajando en los nuevos perfumes masculinos de Mi Esencia. Pero en cuanto ha envuelto los brazos en torno a mi cuello y ha rozado mis labios con los suyos, mi día de mierda se ha esfumado. Ahí ha sido cuando me he dado cuenta de que el problema de comprarle joyas a mi amor es que no encontraré nada ni la mitad de especial que ella. Me ha llevado treinta y un años entenderlo y no pienso quedarme a medias a la hora de demostrarle lo mucho que significa para mí.

Hudson

Madre mía. Era imposible que dejara de leer ahí. ¿Hudson quería comprarme una joya que fuera especial? ¿Podría ser…? Miré por encima del hombro hacia el interior de la casa. Todo estaba en silencio. Hudson tardaría unos veinte minutos en ir a la licorería y volver con el perro. Tenía que leer un poquito más; una entrada más, al menos.

Por supuesto, una entrada me llevó a dos, y dos a tres, y de repente me vi en la última página. Hudson se había ido de compras unas seis veces, había escrito otra entrada subidita de tono y muy vívida sobre las cosas que quería hacerme, y otras tantas páginas sincerándose sobre la noche en que mis padres vinieron a cenar. Me había llevado un tiempo, pero sí, mis padres y yo por fin nos habíamos vuelto a ver en persona. Aunque había tenido que trabajar mucho en ello y en ese momento estuve hecha un manojo de nervios, la velada resultó agradable. Todavía no había retomado la relación con mi hermana, aunque por fin le conté a Hudson la historia entera y admití con quién me había engañado Aiden. Albergaba la esperanza de que quizás algún día también encontrara la forma de perdonar a Cecelia.

Por lo que tenía entendido, ella y mi ex habían roto también después de que lo encontrara poniéndole los cuernos con una de sus amigas. Tal vez debería haberme alegrado cuando me enteré, pero no fue así. Me sentí mal por Cecelia, lo que me indicó que a lo mejor seguía habiendo esperanza para nosotras.

Ninguna de las entradas de Hudson especificaba nada sobre el tipo de joya que quería comprar, pero resultaba bastante evidente que se trataba de un anillo. ¿Qué otra cosa tenía que ser tan perfecta como para dar tantos viajes?

Se me aceleró el pulso a medida que leía las últimas páginas.

«¡Ay, madre! Ha comprado algo».

«¡Y lo ha escondido en nuestro dormitorio, en el mismo sitio donde ocultó mi regalo de Navidad el año pasado!».

«Y no piensa dármelo hasta su cumpleaños».

¡El cumpleaños de Hudson no era hasta dentro de dos meses! Ni de coña podría esperar tanto tiempo para saber qué era.

Hudson no tenía ni idea de que el año pasado había encontrado por casualidad su pequeño escondrijo al fondo del armario. Así que podría…

«No, en realidad no debería».

Tal vez solo comprobara si era una cajita pequeña…

No iba a abrirla ni nada.

Imagina la expectación que sentiría durante los próximos dos meses… y ahora imagina qué ocurriría cuando por fin llegara el gran día, si él me regalaba una cajita con… ¿unos pendientes?

Me resultaría imposible ocultar la decepción que sentiría después de estar esperando durante meses. Casi sentía como si tuviera que ir a mirar ahora. Fuera lo que fuese, le había llevado mucho tiempo comprarlo. Se sentiría fatal si de repente rompía a llorar, incapaz de ocultar la grandísima decepción que sentía. Así que, en parte, también lo haría por él.

«No te lo crees ni tú…».

Bajé la mirada al reloj de pulsera y eché un vistazo al interior de la casa una vez más. Tal vez debería esperar una ocasión en la que permaneciese más tiempo fuera…

«No». Negué con la cabeza, aunque estaba respondiendo a mis propios pensamientos.

No podía esperar.

Me precipité hacia el interior y corrí directamente hacia la puerta principal. La abrí y miré a la derecha y a la izquierda para asegurarme de que Hudson no estuviera ya en las inmediaciones. Como no lo vi, fui directa al dormitorio. La puerta estaba cerrada, pero como se atascaba, tuve que tomarme un momento para tranquilizarme. Me temblaba la mano cuando respiré hondo antes de girar el pomo.

Entonces, el corazón se me paró cuando puse un pie dentro.

—¿Buscas algo? —Hudson arqueó una ceja. Estaba sentado en el borde de nuestra cama con Charlie en la rodilla y Hendricks tumbado a sus pies.

Parpadeé varias veces.

—¿Qué haces aquí? Creía que te habías ido.

Indicó a su hija que se bajara de su regazo y se puso en pie.

—¿Que qué hago aquí? Podría preguntarte lo mismo. ¿Qué haces tú en nuestro dormitorio ahora mismo, Stella?

—Yo, eh…

Se acercó hacia donde me encontraba paralizada. Me tomó de la mano con una sonrisa de oreja a oreja.

—No habrás leído de más, ¿verdad?

Tenía la cabeza hecha un lío. ¿Cuándo había vuelto de la tienda? ¿Y de dónde había salido Charlie? ¿Qué narices estaba pasando?

No tuve que esperar mucho para conocer la respuesta. Hudson extendió una mano hacia su hija. Charlie la aceptó con una enorme sonrisa en la cara. Si antes había pensado que estaba nerviosa, no era nada comparado con cómo me sentí al ver al hombre que amaba arrodillarse frente a mí.

Se llevó mi mano temblorosa a los labios.

Verlo a él un poco nervioso cuando levantó la cabeza me ayudó a tranquilizarme.

—Hoy, hace un año, conocí a una mujer preciosa e inteligente —comenzó—. Cuando te oigo contar la historia de cómo nos conocimos, tú siempre dices que te colaste en la boda de mi hermana. Pero lo cierto es que te colaste en mi corazón. Eres la persona más increíble, amable, cariñosa y rara que haya conocido nunca.

Me llevé las manos a la boca y lágrimas de felicidad anegaron mis ojos a la vez que me reía.

—¿Rara? Haces que suene como algo bueno.

Hudson sonrió.

—Lo es. Y te quiero porque eres un poquito rara a veces, no pese a ello. Te has pasado años leyendo las historias de amor de los demás y esta noche has leído el último capítulo de la mía… —Me guiñó un ojo—… aunque se suponía que no debías. Pero mi último capítulo es tan solo el principio, cariño. —Miró a Charlie, que sacó una cajita de detrás de su espalda y se la tendió a su padre—. Stella Rose Bardot, permíteme concederte tu final feliz. Cásate conmigo y te prometo que lo daré todo para hacer tu vida mejor que cualquiera que hayas leído antes en un diario.

Abrió la cajita negra y dentro había algo que no había visto nunca. La cajita forrada en terciopelo contenía dos anillos. A la derecha había uno de diamante en talla rectangular y de oro blanco, con diminutas bandas alrededor de la alianza. A la izquierda había una réplica idéntica, pero más pequeña. Sacó el primero de la cajita y me lo tendió.

—No solo te estoy pidiendo que te cases conmigo. Te pido que formes parte de mi familia con Charlie. Pedí que te hicieran el tuyo y luego una minirréplica con zirconita para ella; mis dos chicas. ¿Qué dices, cariño? ¿Te casas con nosotros?

Miré a Charlie. Tenía una sonrisa gigantesca en el rostro mientras sacaba algo de detrás de su espalda y lo sostenía en alto.

Un plátano con algo escrito en la cáscara.

«No seas muy dura de pelar».

Por tonto que pudiera parecer, el plátano me ganó. Las lágrimas de felicidad ahora caían por mis mejillas. Me las limpié y en silencio articulé un: «Te quiero» a Charlie antes de pegar mi frente a la de Hudson.

—Sí, ¡sí! Mi corazón ya es vuestro, así que esto solo es la guinda del pastel.

Después de que Hudson me colocara el anillo en el dedo, ayudamos a Charlie a ponerse el suyo. Los tres nos abrazamos durante un buen rato antes de que mi prometido le dijera que fuese a ducharse para ir a casa de su tía.

—Por fin un minuto a solas. —Hudson me acunó las mejillas y pegó mi boca a la suya—. Y ahora bésame como es debido.

Me dejó sin aliento, como siempre.

—¿Sabes? Entre el diario y esa pedida, creo que en el fondo es todo un romántico, señor Rothschild.

—Ah, ¿sí? —Sonrió—. Lo negaré si alguien me lo pregunta.

Me reí.

—Vale. Pero yo sabré la verdad. Pese a esa dura capa exterior, por dentro eres todo un blando.

Hudson me agarró la mano y se la llevó a la entrepierna, donde tenía una erección de todo menos blanda.

—Más tarde te daré un poco más de dureza exterior.

Sonreí.

—Me muero de ganas.

Rozó mis labios con los suyos.

—¿Te ha gustado el diario?

—Me ha encantado. Ha sido la mejor historia de amor que haya leído nunca. Pero mi parte favorita ha sido el final.

Hudson negó con la cabeza.

—Ese no ha sido el final, cariño. Solo es nuestro comienzo. Porque una verdadera historia de amor como la nuestra nunca termina.

Agradecimientos

A vosotros, los lectores. Gracias por el apoyo y vuestra emoción. La vida nos ha puesto a todos unas cuantas trabas últimamente, así que doy gracias por que me hayáis permitido daros una vía de escape, aunque sea durante un ratito. Espero que hayáis disfrutado de la historia de amor de Hudson y Stella y que volváis la próxima vez para conocer a nuevos personajes. A Penelope. Los últimos años han sido una auténtica montaña rusa, pero no hay otra persona con quien hubiera preferido vivirlos.

A Cheri. Gracias por tu amistad y por tu apoyo. ¡Las amigas lectoras son las mejores!

A Julie. Gracias por tu amistad y por tu sabiduría.

A Luna. La vida es como un libro: nunca es demasiado tarde para escribir una historia nueva y he disfrutado viendo cómo se desarrollaban cada uno de tus emocionantes capítulos. Gracias por tu amistad.

A mi increíble grupo de lectores en Facebook, Vi's Violets. Veinte mil mujeres inteligentes hablando de los libros que adoráis en un único lugar. ¡Soy muy afortunada! Todas y cada una de vosotras sois un regalo. Gracias por formar parte de esta locura de viaje.

A Sommer. Gracias por crear la imagen de la historia de Hudson y Stella con tu precioso diseño.

A mi agente y amiga, Kimberly Brower. Gracias por estar siempre ahí. Todos los años me brindas una oportunidad única. Me muero de ganas por descubrir qué más vas a conseguir. A Jessica, Elaine y Julia. Gracias por pulir las durezas y hacerme brillar de verdad.

A todos los blogueros. Gracias por inspirar a otros a que me den una oportunidad. Sin vosotros, no habría lectores.

Con mucho amor,
Vi

Chic Editorial te agradece la atención dedicada a
La invitación, de Vi Keeland.
Esperamos que hayas disfrutado de la lectura
y te invitamos a visitarnos
en www.chiceditorial.com,
donde encontrarás más información
sobre nuestras publicaciones.

Si lo deseas, también puedes seguirnos
a través de Facebook, Twitter o Instagram
utilizando tu teléfono móvil
para leer los siguientes códigos QR: